GARDE LE SILENCE

SUSIE STEINER
GARDE LE SILENCE

TRADUIT DE L'ANGLAIS (ROYAUME-UNI) PAR YOKO LACOUR

EQUINOX

les arènes

Jour 1, minuit
MATIS

Clé dans la porte, il passe le seuil comme possédé et titubant se rue dans l'escalier jusqu'à la salle de bains. S'il tache la moquette, il prendra une raclée. Son estomac bien que vide se retourne, il vomit dans les toilettes : une bile acide. Étrangement, la brûlure lui procure du réconfort.

Dimitri se tient dans l'embrasure.

— Est-ce que ça va ?

Agenouillé devant la cuvette, Matis pousse un grognement.

— Tu as trop bu ? demande Dimitri en s'approchant.

Puis, lorsque Matis se tourne pour le regarder :

— Mon Dieu, qu'est-ce qui t'est arrivé ?

— Lukas est mort, lâche Matis dans un sanglot. Je l'ai amené ici et maintenant il est mort. Je n'ai jamais vu autant de haine, Dimitri. Pourquoi nous détestent-ils à ce point ?

Dimitri hausse tristement les épaules.

— J'espère qu'il viendra les hanter la nuit, dit Matis.

— Pour être hanté, il faut avoir une conscience.

— Et ils n'en ont aucune.

— Allez, viens, tu as besoin d'un verre, dit Dimitri en l'aidant à se mettre debout.

Dans la cuisine, alors que Dimitri cherche la vodka, Matis se met à trembler.

— La police, ici, va faire correctement son boulot. Pas comme chez nous, dit Dimitri en lui tendant la bouteille.

Matis boit une gorgée, fait la grimace. L'alcool brûle son estomac déjà irrité.

— Ce n'est pas ce qui va le ramener. Tout est de ma faute.

Dans la chambre, où quatre hommes dorment sur des couches à même le sol, Dimitri s'allonge sur le matelas vide à côté de Matis pour le réconforter. Ce même matelas où Lukas gémissait dans l'obscurité, jusqu'à ce qu'un des hommes crie : *Užsičiaupk po velnių.* « Ferme ta gueule. »

— Tu veux quelque chose pour t'aider à dormir ? propose Dimitri. Ce type, là, le dealer qui a aidé Saulius, il nous a donné des médocs.

Matis secoue la tête et roule sur le dos.

— Dors, reprend Dimitri. Demain, on doit aller travailler.

Si la vie n'était qu'une question de volonté, Matis souhaiterait être mort. Il n'aura pas cette chance. Las et brisé, son corps continue à fonctionner. Chaque jour, il se réveille sur le matelas puant, trempé de la sueur d'hommes qui ont été dans la même situation avant lui. *Que leur est-il arrivé ?*

Lorsqu'ils sont dans la camionnette à quatre heures du matin, ils connaissent un moment de répit – enfin, ils peuvent respirer. Ils ont survécu à un calvaire, se sont tirés du lit après avoir trop peu dormi, jusqu'à la station-service BP où les migrants affluent de toute la ville pour le travail agricole. Car il faut être à l'heure. Autrement ils seront punis pour avoir manqué l'appel. L'autre calvaire

– attraper suffisamment de poulets à travers les brumes de l'épuisement, malgré les démangeaisons et la brûlure des plaies aux mains – viendra plus tard. Presque tous les hommes s'endorment aussitôt montés dans la camionnette. Menton sur la poitrine. Front contre la vitre.

Matis a toujours dormi avec cette bande hétéroclite de tarés – l'intimité forcée, étrange, de ceux qui partagent une même chambre. Les ronflements, un homme qui parle dans son sommeil, les odeurs corporelles exsudées pendant la nuit, musquées et humaines, repoussantes, c'est vrai, mais aussi profondément personnelles – une manière de vulnérabilité. Lukas gémissait la nuit sur son matelas, Matis jamais. C'était son idée de venir ici, c'était donc à lui de tout mettre en œuvre pour que ça marche, au moins de faire semblant. Jusqu'à présent, il avait dû survivre même s'il n'en avait pas eu envie, il avait dû dire à Lukas que leur situation n'était que temporaire, une ornière sur leur route pour la liberté. Mais maintenant que Lukas est mort…

Jour 1, 7h45
MANON

— Maman, c'est l'heure de me réveiller ! hurle Teddy depuis sa chambre.

Manon donne un coup de coude à Mark. Obéissant, il s'extrait du lit.

Elle jette un œil endormi à sa montre. 06h20. « Rhaa, c'est pas vrai », grogne-t-elle avant de se tourner sur le côté et de rechuter dans de délicieux abysses. La chaleur de la couette, l'obscurité de la chambre grâce au rideau occultant, la torpeur de son esprit, désormais malmené par des bourrasques d'irritation : Mark et Teddy viennent de se glisser dans le lit.

Quels pactes ne conclurait-elle pas avec Lucifer pour une nouvelle plongée dans le sommeil ! Donne-moi cinq minutes, trois minutes, une seule. Je te vendrai mon âme.

S'ensuivra un moment de câlins adorables, la sensation veloutée des grosses joues de Teddy, ses bras doux et potelés de bébé. Comme elle aime ces vestiges de sa petite enfance. Elle est devenue l'une de ces femmes gagas qui embêtent les enfants dans les cafés, gazouillant des « Coucou, toi ! » à leurs visages impavides tandis que leurs mères la scrutent avec méfiance.

Ted lui enfonce les doigts dans le nez. « Coucou, détecteur maman ! » dit-il. Il ne sait pas que le mot est « détective ». Peut-être que si, en fait.

Commence alors la montée inexorable de fébrilité : coups de genou dans le ventre, bisous qui deviennent morsures – jusqu'à ce que Mark ou elle s'incline face aux Weetabix du matin.

Penchée au-dessus de son fils, elle tient d'une main son minuscule pénis afin que l'arc jaune de son pipi, chaud et élevé, retombe dans la haie. Elle songe à appeler Mark pour lui demander de s'assurer que Fly ne dort pas encore. Son fils traverse une étape importante à l'école (certificat de fin d'études secondaires) et elle a sans cesse l'impression qu'il est trop désinvolte. Elle doit lutter contre sa propre nature pour le laisser grandir et trouver lui-même son chemin. Ces jours-ci, son monologue intérieur semble entièrement tourné sur les erreurs qu'elle commet en tant que parent. Diriger ou laisser faire, telle est la question.

Le toboggan et la balançoire étaient mouillés. Ça n'a pas dérangé Teddy, qui s'est jeté allègrement dessus. Elle était trop crevée pour dire quoi que ce soit (*Est-ce qu'il faudrait que je commence une cure de fer contre la fatigue ?*), tout en sachant qu'il passerait en une fraction de seconde d'heureux et absorbé dans ses jeux à transi de froid et misérable.

Elle lève la tête vers le ciel – lugubre empreinte de doigt sale –, le soleil bas et l'air humide. Un été britannique typique. Le marronnier à une vingtaine de mètres bruisse avec le vent, ses fleurs en chandelle secouées avec force.

L'air sent le frais, le vif, avec un je-ne-sais-quoi de crotte de chien.

Elle renifle à nouveau. Il y a autre chose.

Des craquements et des grincements dus au vent.

Elle entend un son qui ne devrait pas être là. Pas dans un parc. Pas le matin. Elle scrute alentour tandis que Teddy est concentré sur son pipi.

Là.

Le marronnier à vingt mètres.

Elle aperçoit deux bottes noires parmi les branches hautes de l'arbre. Elle se redresse, les yeux plissés pour mieux voir. Des chevilles, un pantalon. Qui se balancent à hauteur de tête. Le grincement : une corde qui frotte la branche.

Elle rhabille Teddy à la hâte, le tourne contre elle et le prend dans ses bras. Il est trop grand pour qu'on le porte, ils ne cessent de se disputer à ce propos : lui debout face à elle (sa position de combat), les bras tendus en l'air, Manon qui s'énerve : « Non, tu peux marcher. » C'est pourquoi il est sidéré qu'elle le prenne dans ses bras, mais il ne va certainement pas protester. C'est un poids mort ; pantalon mouillé, jambes qui ballottent contre son corps. Elle est en fuite, pas en conflit. Elle lui tient la tête baissée contre son épaule afin qu'il ne voie pas les jambes – pas sûr qu'il les remarque, de toute façon.

Son fils est un curieux mélange entre extralucide et myope. S'il la surprend la tête dans le placard de la cuisine à manger un biscuit interdit, il la fixera d'un regard inquisiteur. « Tu manges quoi, maman ? – Rien du tout », répondra-t-elle la bouche pleine. Pourtant, si elle devait se vider de son sang dans la rue, elle a l'intuition qu'il se tiendrait au-dessus d'elle en disant : « J'ai soif. Très très soif. »

Elle est en train de s'enfuir en courant, de mettre autant de distance possible entre l'arbre et Teddy qu'elle tient d'une main tandis que l'autre fouille la poche de son manteau à la recherche de son téléphone.

C'est la première fois de sa vie qu'elle fuit devant un corps.

— Opérateur, ici l'officier Bradshaw 564, on a un homme décédé à Hinchingbrooke Country Park, à côté du parking. Je répète : il y a un cadavre dans un parc municipal. Demande assistance urgente. Envoyez des patrouilles. Présence d'un cadavre dans un espace public. Dans un arbre. Pendu à un arbre.

— Pouvez-vous vous en charger, s'il vous plaît, inspectrice ? répond l'opérateur.

— Non, je suis avec un enf... un mineur.

Manon essaie de ne pas employer de termes que Teddy pourra comprendre. Décédé. Cadavre. Pas mort. Pas corps.

— Impossible de m'en charger. Faites venir une unité.

En dépit du jargon et de son ton qui s'efforce de rester calme, Ted sent monter en elle la tension, si bien que, ressentant par transfert son anxiété, il lâche un gémissement plaintif, mélange de confusion et de peur.

— Tout va bien, Ted, dit Manon. Maman va bien et toi tu vas bien, d'accord ? C'est juste un coup de fil de travail, c'est tout. Tu veux qu'on rentre à la maison regarder *Sam le pompier* ?

Une fois qu'il s'est installé confortablement devant la télévision avec des habits secs et une crème anglaise, Manon appelle Davy.

— Je suis sur la scène de crime, dit ce dernier.

— Et ?
— Ça m'a tout l'air d'être encore un type de Wisbech.
— Oh, putain… J'étais avec Teddy.
— Il va bien ?
— Ouais, il va bien.

Jour 1,
9 heures
DAVY

Ils ne peuvent pas le décrocher avant que le photographe judiciaire ait fini son travail. Sans parler des TIC, les techniciens d'investigation criminelle. Ils ont bouclé un très large périmètre – il ne faudrait pas que des passants se retrouvent nez à nez avec le visage gris ou le cou brisé. Non que ça leur déplairait. Les badauds se rassembleraient en masse, exactement comme au Moyen Âge lors des exécutions publiques. Selon l'expérience de Davy, la foule n'est jamais rassasiée de la mort.

Au bas du pantalon de la victime, à hauteur de menton, est épinglé un morceau de papier sur lequel des mots incompréhensibles sont écrits.

Mirusieji negali kalbėti

Davy plisse les yeux devant la feuille pour déchiffrer au mieux l'écriture manuscrite, puis sur son téléphone où il tape les mots dans Google Trad. Réponse :

Campé aussi près de la jambe de pantalon, Davy est assailli par la puanteur du cadavre – pas en décomposition, le décès est récent. Probablement la nuit dernière, devine Davy. L'odeur est pestilentielle parce que ses boyaux se sont relâchés au moment de la mort et que c'est un garçon de dix-huit ans qui n'avait pas l'habitude de beaucoup se laver. Les jeunes hommes se tuent plus fréquemment que toute autre catégorie de personnes, or la note écrite suffit à faire pencher la balance. Menace ou confession. Quoi qu'il en soit, ça sent le meurtre à plein nez, pas le suicide.

— T'en dis quoi ? demande Harriet.

— La note épinglée au corps, répond Davy. La traduction est « Les morts ne parlent pas ». C'est du lituanien, ajoute-t-il en lançant un regard entendu à Harriet, qui acquiesce.

— Tu penses à Wisbech ?

— Oui. Et puis regarde ses mains.

Ils examinent les mains du cadavre, qui pendent à hauteur de tête. Pratique. Ce sont des mains de boucher : doigts épais et crispés sur eux-mêmes, comme une paire de gants trop portés. Peau mate. Le dos de ses mains est sillonné de myriades de petites lignes blanches.

— Il va falloir qu'on alerte l'opération Faisan, dit Davy.

Il refuse d'avouer, même à lui, combien il se réjouit de faire appel à Bridget, de l'opération Faisan (le surnom donné à l'équipe d'intervention contre l'exploitation humaine du Fenland). Les sentiments qu'elle lui inspire. Il est déjà pris. Et pas par Bridget.

— Il faut absolument qu'on agisse, dit Harriet. C'est le

troisième. On va croire que la situation nous échappe. Des caméras de surveillance ?

— Pas dans cette zone, répond Davy en secouant la tête.

— La victime avait les mains attachées ?

— Il semblerait que non.

— Si ses mains n'étaient pas attachées, est-ce qu'il a essayé de se hisser sur la corde ?

— Derry McKeith nous en dira plus après l'autopsie.

Davy voit qu'Harriet pense la même chose que lui. Difficile de monter un homme dans un arbre *avec* les mains liées. Plus difficile encore de le pendre *sans* qu'elles le soient. S'il était drogué ou inconscient, cela aura été quasiment impossible de le hisser en haut d'un arbre.

— On va demander à Terry de chercher des traces de fibres sous ses ongles, des brûlures de corde sur ses paumes, ce genre de choses.

— Oui, dit Davy en ajoutant mentalement un item de plus à sa liste déjà longue d'un kilomètre.

Jour 1,
16 heures
MATIS

Douze heures dans l'obscurité d'un poulailler industriel l'aident à oublier. La puanteur, le bruit, les coups de bec, l'épuisement... Peut-être Lukas est-il mieux là où il est.

Dans la camionnette qui les ramène chez eux, sa tête ballotte contre le siège. Il s'endort d'un sommeil de plomb. Lorsqu'ils sont déversés hors du van, il regarde la maison en pensant à la solitude qui l'y attend, et se met à trembler. Il attrape Dimitri par le bras.

— Je ne peux pas y aller, dit-il. Je me sens mal.

— OK. On va boire un coup.

Il voit bien que Dimitri est mort de fatigue et qu'il irait volontiers s'étendre sur son matelas. Il le remercie intérieurement de lui tenir compagnie.

Alors qu'ils descendent la rue, une voiture se gare devant leur maison. Deux hommes en costume sombre en sortent et se dirigent vers la porte d'entrée. De grosses huiles, devine Matis. Le régime communiste adorait le déploiement d'autorités, lui avait confié le père de Lukas. Matis admirait le père de Lukas. Jűri lui avait décrit ces hommes en uniforme indolents qui erraient çà et là sans but précis, pleins de leur propre importance. « Fiers comme des coqs avec leurs manies administratives. Quatre types en costard pour poinçonner ton billet au musée. Bienvenue dans le plein-emploi ! »

Matis et Dimitri prennent leur bouteille de vodka, qu'ils vont boire ensuite dans le parc. L'air est sec, la température douce.

— Pourquoi ne racontes-tu pas à la police ce que tu as vu ? demande Dimitri. Laisse-les s'occuper de ça.

— Sérieusement, tu fais confiance à la police ?

— Ici, c'est différent.

— C'est ça.

La méfiance vis-à-vis de l'autorité n'est pas la seule raison pour laquelle Matis refuse de parler.

— Tu ne dois rien dire à la police, souffle Matis à Dimitri. Promets-le-moi.

Matis se réveille allongé sur le trottoir, où il s'est endormi. Il fait presque nuit. Quelqu'un lui a jeté des pièces. Elles ont atterri contre son ventre. Ce geste de charité lui arrache des larmes.

DAVY

La carte d'identité, à moins que ça ne soit un permis de conduire (Davy n'arrive pas à décider car tout est écrit en lituanien), révèle un nom : Lukas Balsys. La photographie de mauvaise qualité montre un homme à peine plus âgé qu'un garçon, quoique son visage n'ait pas été moins gris vivant qu'après sa mort.

— Davy Walker en chair et en os. Quelle bonne surprise ! s'exclame Bridget en entrant dans son bureau à Wisbech.

Bridget est l'officier en charge de l'opération Faisan, dont les locaux occupent trois pièces d'une mansarde aménagée en centre-ville.

— Ah, très bien, dit Bridget en examinant le papier officiel que Davy vient de lui tendre.

Sa coiffure est élaborée : deux nattes qui lui courent de chaque côté de la tête, un peu comme une écolière. Elle porte un cardigan noir sur une robe à motifs.

L'attirance de Davy pour Bridget est avant tout physique. Elle est ce qu'il ne peut pas avoir : la nouveauté, l'inconnu, l'interdit. Lorsque chez soi tout est autorisé, le désir se tourne vers ce qui ne l'est pas. Davy a conscience que ses sentiments ne sont pas plus profonds que cela, tandis que sa fiancée Juliet lui offre quelque chose de réel et de complexe – quoiqu'il ressente la pression d'un engagement que lui-même a voulu et suscité. C'est Juliet, non Bridget, qui doit supporter ses incessantes annulations et ses arrivées tardives à la maison à cause du travail. Les soirées en amoureux toujours remises à plus tard. C'est Juliet qui doit lutter contre l'irritation croissante que son agenda chaotique engendre. Bridget est une pulsion destructrice. Bridget est interdite, difficile d'y résister. Bridget est enjouée, ses yeux brillent. Son visage est toujours animé, elle a un sens de l'humour incroyable. Surtout (et ce n'est pas négligeable), Bridget a envie de lui. Combien de fois ça arrive dans une vie ? Davy entend Manon lui dire : « Jamais, mec, crois-en ma vieille expérience. »

— Alors, dit Bridget après avoir fait une recherche sur son ordinateur. Lukas Balsys n'est pas fiché dans notre base de données. Mais ça n'est pas inhabituel. La moitié de ces gars sont inconnus de nos services. Il vient peut-être d'arriver. Si j'étais toi, je commencerais par aller à la maison où ils vivent sur Prospect Place. C'est en quelque sorte le foyer des Lituaniens. Méfie-toi d'Edikas, leur porte-parole. Il parle correctement l'anglais et va t'enfumer à leur propos : combien ils sont heureux, etc. Oui, oui, trrrès content, trrrès jolie maison, fait-elle avec un accent russe à couper au couteau, avant de poursuivre : Tu n'obtiendras aucune réponse directe de leur part. Prends un interprète avec toi. Et essaie d'éloigner Edikas. Ils ne diront rien tant qu'il est dans la même pièce.

— OK, j'ai compris, répond Davy en souhaitant prendre congé sur une phrase plus sexy, mais le sujet de leur discussion s'y prête peu.

Conversation pro (un meurtre, tout de même) versus badinage (amoureux). Le pro l'emporte. L'espace mansardé sent vraiment bon – le parfum floral de Bridget.

— Au fait, Davy, ajoute-t-elle alors qu'il s'apprête à partir, c'est étrange que la note soit écrite en lituanien. La plupart des hommes qui migrent sont des Russes baltes. Voilà, si ça peut t'aider…

— Donc ils ne viennent pas de Lituanie ? demande Davy, soudain confus.

— Si, mais ce sont des Russes baltes de Lituanie. Il y en a énormément, surtout à Klaipeda, la ville d'où ils sont originaires pour la majorité. C'est là-bas qu'ils se sont installés pendant l'occupation soviétique.

Davy se gare devant une maison mitoyenne en brique rouge, aux fenêtres en plastique, dont le jardin est encombré de détritus qui débordent de sacs-poubelles. La maison voisine est immaculée.

— Ça doit les rendre fous, dit Davy à l'interprète tandis qu'ils remontent l'allée.

Davy lui lance un regard avec une grimace qui signifie : « On ne va pas passer un bon moment là-dedans. »

Pour commencer, personne ne vient leur ouvrir la porte. Ils sonnent une nouvelle fois et frappent, puis Davy crie « Police ! » à travers la boîte aux lettres.

Au bout d'un moment, un homme groggy en pantalon de survêtement et T-shirt leur ouvre, laisse la porte entrebâillée, puis remonte l'escalier, le tout sans dire un mot.

Ils restent indécis dans le hall, jusqu'à ce qu'un type trapu et chauve s'approche depuis l'arrière de la maison et leur tende la main.

— Bonjour, je suis Edikas. Qu'est-ce que je peux faire pour vous ? les salue-t-il en russe.

Edikas propose à Davy de s'entretenir avec quelques-uns des migrants. L'entreprise se révèle d'autant plus compliquée qu'il n'y a aucune chaise dans la maison – le salon est entièrement occupé par des matelas posés au sol et l'espace cuisine n'a pas de table. La maison est sale et sent les plats surgelés – de ceux dont la viande est d'origine inconnue.

Calepin en main, Davy va se poster à l'entrée d'une des chambres. L'homme qu'il interroge est assis sur un matelas, genoux relevés, dos au mur. Il évite soigneusement son regard. Tout le monde nie connaître Lukas ou savoir quoi que ce soit sur lui.

L'interprète paraît mal à l'aise tandis qu'il traduit leurs propos. Il parle le lituanien et le russe, comme la plupart des Lituaniens d'un certain âge. Jetant un regard anxieux à Davy, il regarde le calepin et tend la main. Davy lui donne son carnet.

Peur, y inscrit l'interprète. Le mot est souligné. Il écrit ensuite : *Pouvez-vous divertir son attention ?*

— Je pourrais vous parler seul un instant ? demande Davy à Edikas.

— Quand vous avez fini, on parlera, répond Edikas, cette fois en anglais, en croisant les bras.

— Comment s'appelle ce petit gars ? demande Davy en se baissant pour caresser le chien, qui montre les dents et se met à grogner.

— Skirta, répond Edikas. Dans ma langue, ça veut dire « dévoué ».

Il scrute la chambre, où l'interprète est en train de chuchoter quelque chose au migrant.

— Qu'est-ce que vous dites à mon ami ? lance Edikas d'une voix forte.

L'homme en pantalon de survêtement qui leur a ouvert la porte entre dans la cuisine et ouvre plusieurs placards. Edikas lui crie dessus en russe, l'homme proteste faiblement. Son visage est ravagé par la fatigue. Davy devine qu'il cherche de la nourriture et qu'Edikas lui refuse de se servir. L'homme remonte l'escalier d'un pas lourd.

— Ils mangent tout le temps, se justifie Edikas.

Davy revient dans la chambre, où l'interprète essaie vainement d'arracher quelques mots à l'ouvrier. C'est lui qui devrait mener l'interrogatoire, pas l'interprète, aussi Davy intervient-il dans la discussion.

— Vous connaissiez Lukas Balsys ?

L'interprète traduit.

Le migrant assis sur le matelas hausse les épaules.

— Ça veut dire oui ou non ? demande Davy.

Encore un haussement d'épaules.

— Vous préférez nous accompagner au poste de police pour discuter ?

Edikas entre à son tour dans la chambre.

— Vous avez pas le droit de l'emmener au poste sauf s'il est en état d'arrestation. Et pourquoi il serait arrêté ? Il a rien fait !

— Savez-vous ce qui est arrivé à Lukas Balsys ? insiste Davy, décidé à poursuivre l'interrogatoire malgré les obstacles.

Nouveau haussement d'épaules indolent.

Davy écrit sur son carnet : *Dites-lui qu'on peut le mettre sous protection s'il nous parle.* Il le montre à l'interprète, qui note en retour : *Je ne peux pas lui dire sans le dire aussi à l'autre.* Signe de tête discret en direction d'Edikas.

— Lukas avait-il des affaires ? demande Davy à Edikas. Quelque chose qu'il ait laissé dans la maison ?

Edikas hoche la tête et pointe un des matelas. Il est couvert d'un drap, autrefois blanc mais à présent maculé d'une tache marron qui a la forme d'un homme. À côté du matelas se trouvent un flacon de vitamines, une ceinture en cuir et une paire de chaussettes.

— Où sont son portefeuille et son téléphone portable ?

— C'est tout, dit Edikas avec un haussement d'épaules en faisant un geste vers la maigre collection d'objets.

Davy enfile une paire de gants et glisse les effets personnels de la victime dans une pochette à indices. Il est pressé de s'en aller. Ce n'est pas ainsi qu'ils obtiendront des informations. Cette maison est une scène de crime. Elle a besoin d'être passée au peigne fin.

— On peut y aller, dit-il à l'interprète en contournant le matelas d'un pas hâtif pour se diriger vers la porte d'entrée.

Une fois à l'extérieur, son téléphone vibre.

Tu rentres quand mon canard ?

Davy regarde sa montre. Il est seulement seize heures et Juliet réclame déjà son retour. Irrité, il répond.

Tard. Un boulot est tombé.

Tu peux me donner une idée de l'heure ? J'ai toujours du mal à dormir quand je ne sais pas quand tu rentres.

Dors. Je prendrai le canapé.

MANON

La vision de l'homme dans l'arbre l'a mise hors d'elle – encore une chose qui vient confirmer que le pays, non le *monde*, part à vau-l'eau. Hors d'elle que Teddy ait été sur le point de voir un pendu. Hors d'elle que la Corée ait lancé un nouveau missile. Hors d'elle que ses bacs à ordures aient disparu pendant la nuit et que les rues autour de sa maison soient jonchées de détritus. Coupes budgétaires où que l'on porte le regard. Détectives mutés ou à la retraite, non remplacés. L'inspection générale de la police met en garde contre de graves carences dans le service : délais de réponse trop longs, suspects qu'on laisse filer, appels urgents déboutés. Vous appelez le 999 ? Oui, madame, on vous envoie quelqu'un d'ici deux à trois jours.

Tout est encore pire que dans ses pires cauchemars. Sans parler des coups infligés par la crise de la quarantaine.

— Quand je me lève le matin, dit Mark, mon corps tout entier me fait mal pendant quelques minutes.

— Je sais, dit-elle. Surtout les pieds.

Ils sont tous les deux livides, ventripotents. Leurs fesses sont molles. Quel contraste avec leurs enfants ! Ils ne se lassent pas d'admirer leur peau saine et brillante. Leurs jolies jambes. Lorsqu'elle tient le visage de Ted à côté du sien devant le miroir, elle a l'impression de visionner un film d'horreur sur les ravages de la vieillesse. Le passage sans transition du satin à la toile de jute moyenâgeuse.

À quarante-six ans, Manon est entrée dans l'âge de l'anxiété galopante, une période de sa vie saturée par l'angoisse. Elle a conscience que son front plissé, jamais déplissé, irrite Mark Talbot (quoique lui non plus ne soit pas un rayon de soleil). Sa joie de vivre a disparu au profit de la constante anticipation du pire. Et si Teddy se noyait ou développait une tumeur ? Si les personnes auxquelles elle le confie se mettaient à le maltraiter ? Comment le saurait-elle ? Pourquoi ne reste-t-il pas tranquille une heure ou deux avec un livre ? *Et cetera, et cetera, et cetera,* dit le sinistre roi de Siam dans *Le Roi et moi.*

Et puis le mariage. Une mascarade qu'on s'efforce de maintenir sur les rails. Tout faire pour ne pas répéter les sempiternelles mêmes disputes parce qu'elles sont chiantes, et pourtant vivre dans la peur de tout faire foirer, car qui d'autre voudrait s'encombrer d'elle ? Et puis : les enfants. Ses regards courroucés à Mark Talbot tandis qu'elle sort les poubelles sous la pluie battante. *Parce que si tu loupes le passage du camion-poubelle, ça va puer jusqu'au paradis, ça va puer autant que ton mariage pourri.*

D'accord, Mark et elle ne sont pas mariés, mais ils pourraient aussi bien l'être (la chienlit quotidienne sans les avantages fiscaux). À l'instar de la plupart des couples, ils s'en sortent comme ils peuvent. Il est son compagnon de tous les jours, ce qui n'est pas négligeable. Ils sont unis dans leur métier de parent : soixante-dix pour cent de joie à découvrir la personnalité émergente de leurs enfants et trente pour cent de fastidieuses rancunes. Préparation des repas, remplissage du lave-vaisselle, sac à linge sale qui déborde, Lego qui traînent partout. Manon se demande parfois si sous l'apparente banalité de leur quotidien, une force plus sombre ne serait pas à l'œuvre. Comment savoir ? Mark pourrait fréquenter quelqu'un d'autre. Sa vie intérieure, surtout sur Internet, pourrait dissimuler d'horrifiants secrets. Mais ces questions ne lui traversent l'esprit que sporadiquement, car il est son compagnon de tous les jours ; sans lui, sa vie s'effondrerait purement et simplement. Ensemble ils partagent discussions, rires, affection et loyauté. Il est son foyer. Elle n'ose pas l'interroger parce qu'elle l'aime démesurément. Mieux vaut ne pas savoir, se consoler par une ignorance placide et sans vagues. Les êtres humains s'accommodent mal d'une réalité trop vive.

Janvier : le mois préféré des ruptures. Noël étant la charge qui brise les reins du mariage. Mark Talbot couve lui aussi secrètement sa crise du milieu de vie, à un degré qu'elle n'est pas encore parvenue à définir. Il paraît mal nourri (malgré sa brioche) et en mauvaise santé. Il a acquis une dépendance inquiétante au Gaviscon. Elle le regarde faire pipi et tremble pour sa prostate.

« Un jour tu prends conscience, avait-elle expliqué à sa plus vieille amie Bryony, que ses problèmes n'iront jamais en s'améliorant. Ses problèmes seront toujours tes problèmes.

— Eh ouais. Si tu voyais les parents à l'école des enfants. Ils tombent comme des mouches. Tous en thérapie de couple. Et pas pour recoller les morceaux.

— Moi aussi je fais une thérapie de couple. Mais seule.

— Pratique.

— Je sais. Au moins je n'ai pas à écouter sa version des choses.

— Une thérapie de couple toute seule, est-ce que ça ne serait pas juste... une thérapie ?

— Ne sois pas bête. Je n'ai pas besoin de thérapie. Mes problèmes viennent uniquement de Mark.

— Bah, tiens. Pourquoi il ne t'accompagne pas ?

— Il prétend que je serais la seule à parler. »

Il ne s'agit pas seulement du débat éculé sur la charge mentale – superviser le tunnel devoirs-bain-dîner-dodo tout en concoctant des repas nutritionnels remplis de légumes frais –, mais aussi du gouffre sans fond de l'Angoisse existentielle. Qui des deux conjoints porte ce fardeau sur ses épaules ? Celui qui est naturellement anxieux ? L'est-il parce que l'un des deux conjoints refuse de porter cette angoisse et donc s'en décharge sur l'autre ? Sur cette question, elle a son idée, qu'elle garde dans sa poitrine (plutôt son *buffet*, désormais). Ces temps-ci, ils se touchent à peine, Mark et elle. Leur lit est un canyon glacé et infranchissable. Les baisers appartiennent au passé, sauf avec Ted. C'est comme si la dimension physique de la parentalité – les bisous et câlins du coucher, les petites jambes dodues autour de la taille – avait usurpé la dimension physique du mariage.

Pourquoi la charge mentale pèse-t-elle si lourd ? Est-ce dû à l'âge ? L'angoisse a tué sa libido, autrefois aussi allègre qu'un jeune chiot. Elle a tué toute légèreté. Fini les Rien à Foutre, Au Diable La Pusillanimité, Rien à Perdre, Allez On Se Marre Un Bon Coup, *et cetera, et cetera, et cetera*.

Où sont passés les émotions vibrantes de sa jeunesse, les voyages en Europe à dix-sept ans, les épiphanies régulières dans des églises italiennes ? Lire E. M. Forster alors que le train s'arrête en gare de San Gimignano, Tears for Fears dans les oreilles. L'odeur du shampooing Wash and Go de Vidal Sassoon, sa bouteille verte en équilibre sur des porte-savons en plastique dans des douches de camping. Comme tout semblait miraculeux alors. La musique ! La littérature ! Les fresques ! À dix-sept ans, elle était amoureuse de tout le monde, pas comme à quarante-six où elle n'aime personne.

C'était l'absence de lassitude. Elle pouvait rester assise des heures sur les bancs d'une église surchargée à la feuille d'or et songer sérieusement à Lucy Honeycomb, Isabel Archer et Gwendolen de *Daniel Deronda*, emportée par les personnages au point qu'elles auraient pu être en train de voyager ensemble, troupe bariolée tout de dentelle vêtue. Pourquoi ne pouvait-elle pas vivre ainsi pour toujours ? Comment s'est-elle retrouvée à gober des substituts vitaminés et mettre une alarme sur son téléphone pour le jour des poubelles, seulement pour se rendre compte qu'on ne peut pas programmer d'alarme parce que l'espace de stockage est insuffisant, si bien qu'il faut payer pour en libérer (jusqu'à ce que mort s'ensuive), sauf qu'on a oublié son mot de passe. Quand enfin on en a récupéré un nouveau, on a soixante-cinq ans et un pied dans la tombe.

C'est les enfants, pense-t-elle. Impossible d'envoyer valser son mariage à cause des enfants. Impossible de dire merde à son boulot pour aller soigner des orangs-outans à Bornéo. Impossible d'oublier de faire des courses pendant, disons, trois semaines. De dire : « Allez, hop ! je plaque tout pour faire un master en grec ancien. » Non, il faut maintenir le foutu train sur les foutus rails. Weetabix à six heures du matin, qu'on le veuille ou non. Après chaque repas, un autre à préparer. Libre ensuite de s'imaginer assise face à une horripilante *date* Internet (dont le charme n'arrive pas à la cheville de Mark Talbot, même par un jour de poubelles), avec son fameux front plissé au maximum, puis de regarder sa montre et dire : « Désolée, je vais pas pouvoir me bourrer la gueule et rentrer chez toi pour baiser parce qu'il faut que je sorte les poubelles ce soir, autrement le camion ne repassera pas avant trois jours. » Des hommes politiques tellement incompétents qu'elle ose à peine s'y intéresser.

Personne ne change jamais les ampoules, si bien qu'ils vivent dans une pénombre toujours croissante.

C'est soit les enfants, soit la mort. C'est probablement la mort : l'ombre de l'idée qu'on a peut-être atteint plus de la moitié de son existence et qu'il n'y a rien d'autre à espérer. De nouvelles expériences ? Déjà fait. Hormis le cancer, qui pourrait bien être la seule expérience nouvelle restante. Chaque congé est une répétition de congés précédents : campings où les maisons en plastique sont suffisamment proches les unes des autres pour qu'elle puisse admirer des couples plus heureux que le sien depuis la terrasse de son amertume. Mots croisés sur son téléphone (espace de stockage suffisant).

La seule variable après quarante-cinq ans : l'heure à laquelle viendra la Faucheuse. Est-ce que ce sera cinquante ans ? Soixante-deux ? Les gens secoueront-ils la tête en disant « Si jeune », avant de retourner à leur commande Deliveroo ? Ou alors à quatre-vingt-douze ans, aveugle, sourde et sénile ? Une fois passée la moitié de la vie, celle-ci devient un pari : le moment de la mort, et si on l'aura cherché pour ne pas avoir « mangé sainement ». Trop de clopes et pas assez de chou kale. Trop de télé, pas assez de yoga.

Après la cigarette, le nouveau mal du siècle est la sédentarité. Après la sédentarité, l'obésité. Un scientifique lui a dit un jour que l'âge de la mort était fixé pour chacun dès la naissance. Si seulement on *savait*, on ne passerait pas autant de temps à s'en inquiéter. Vous imaginez-vous passer votre vie à avaler du chou kale, pour découvrir en fin de compte que vous avez encore quatre-vingt-dix ans devant vous ? Si seulement on pouvait juste nous informer, disons à trente ans, qu'il nous reste jusqu'à soixante-huit ans pour tout faire, aimer tout le monde, mettre de l'ordre dans ses affaires, avoir des aventures, si seulement la mort pouvait nous prendre moins par surprise. Par le passé, les gens qui silencieusement devenaient fous à force de perdre enfant après enfant vivaient au coude à coude avec la mort, ils s'en étonnaient moins. Peut-être que si la mort était constamment présente, tel un lac terrible, froid et humide, on se désolerait moins de la cruauté aléatoire avec laquelle elle frappe.

Ouvrir un plan épargne logement, renouveler le contrat d'assurance, apporter un assortiment de fruits exotiques pour la Journée verte de la crèche jeudi. Quel est le régime qui sied le mieux aux mémères ? Suivre le programme d'exercices court *7-Minute Workout* ? Sept minutes, qui paraissent une éternité ! Quelle nouvelle destination de vacances sera la moins pire ? Et bien sûr, une fois qu'on a décidé d'un lieu et d'une date après une recherche sur Internet de, allez, trois ans, on jette un œil sur Trip Advisor, qui fracasse tous nos rêves avec des photos en gros plan de cabines de douche pleines de moisissures.

Où sont passés les agents de voyages d'antan ? Qu'on nous débarrasse une fois pour toutes des agents immobiliers mais qu'on fasse revenir les agents de voyages. Quelqu'un qui nous procure de la joie plutôt que des soucis.

Elle repense à la comédie musicale *Hair*. Comment est-elle passée de « Age of Aquarius » à l'Âge de l'Angoisse ?

Le médecin lui a prescrit une analyse sanguine pour son taux de fer.

— Je suis tout le temps fatiguée. Je me réveille fatiguée, avait-elle dit à l'infirmière.

— Les femmes de quarante-six ans sont généralement fatiguées parce qu'elles font tout, avait répondu celle-ci, manifestement peu émue par son cas.

Elle a passé une grande partie de la journée en extérieur à interroger des témoins à propos d'une affaire classée sans intérêt, pour rien. Enfin, ça lui a fait une sortie. Les yeux plissés à cause de la luminosité, Manon serre l'écharpe autour de son cou. Malgré la belle saison, il fait un froid de canard, d'où l'écharpe. Son téléphone se met à sonner. Bryony.

— Tout va bien ? demande Manon.

— T'es en route pour le bureau ? répond Bri.

— Oui, pourquoi ? Tu veux que je te ramène un café ?

— Non, McConnasse veut te voir.

— Pourquoi ?

— Aucune idée.

La nouvelle superintendante qui dirige la MCU, c'est-à-dire la grande patronne de Manon, au-dessus de Harriet mais sous le commissaire (elle remplace le regretté et totalement discrédité Gary Stanton), s'appelle – roulement de tambours – Glenda McBain.

Glenda McBaye-Aux-Corneilles.

Glenda McBoulet-À-Mon-Pied.

Elle avait été promue au poste durant le congé maternité de Manon, et selon quasiment toute l'équipe de la brigade criminelle, elle ne le devait pas à son mérite. Ce que McBain ignorait en matière d'investigation policière, elle l'avait compensé par des termes empruntés au jargon des médias sociaux – « présence digitale », « data mining », « KPI », « taux de reach organique » – jusqu'à ce que le panel de recruteurs vieillissants soit pris de panique. Du moins, c'était la rumeur qui courait au self. Ces officiers supérieurs, avec leurs boutons dorés et leurs épaulettes, étaient d'un âge à lisser leur journal papier sur la table de la cuisine afin de se tenir informés des événements actuels. L'histoire disait que Glenda McGain-Personnel avait cité suffisamment de fois Facebook et Twitter, contenu attractif et piège à clics, pour qu'ils soient pris de brûlures d'estomac. Ils avaient été tellement terrifiés par son lexique « webisant » qu'ils avaient fini par lâcher : « Eh bien, elle a l'air de savoir de quoi elle parle » d'un ton soulagé, avec l'espoir de ne plus jamais aborder le sujet.

Le premier accrochage entre Glenda McBain et Manon avait eu lieu lors de son entretien de retour de congé maternité, puisqu'il n'est jamais trop tôt pour se faire des ennemis au sein de la hiérarchie.

Manon était retournée aux affaires classées, où elle travaillait trois jours par semaine – un emploi du temps tout à fait adapté à un service qui n'était soumis à aucune investigation urgente menée « en direct », les victimes étant généralement mortes depuis des décennies, si bien qu'un retard de quelques semaines n'allait pas changer grand-chose. Pas d'appels nocturnes, encore moins de débuts d'enquêtes de soixante-douze heures sans interruption comme pour la MCU. Les affaires classées étaient les eaux souterraines de la Force, peuplées de planctons policiers ; Manon était plus qu'heureuse d'y barboter. Café à la main, elle embauchait sans hâte et se connectait à Internet pour une séance de shopping en ligne – l'idée même qu'elle se faisait d'un équilibre entre travail et vie de famille. Mais il fallait reconnaître que le boulot manquait d'entrain. Une chose est sûre, l'excitation n'était pas inscrite à la liste de ses expériences quotidiennes.

Que Manon travaille tel ou tel jour ne faisait aucune différence, alors elle avait naturellement choisi le mardi, le mercredi et le jeudi. Week-ends prolongés à gogo, la majorité passés au lit avec Teddy à lui faire des câlins et à lire *Dr Dog* en boucle. Ces matinées étaient délicieuses comparées à la sinistrose ambiante de son activité professionnelle, moins reposantes en revanche si Teddy n'avait pas fermé l'œil de la nuit. Prendre une douche et se sécher les cheveux, le nourrir et l'habiller, se nourrir elle et s'habiller, garder son calme face au caca-urgent-alors-qu'on-passe-la-porte-d'entrée dont il avait le secret.

Or Glenda McBain avait décidé tout à fait aléatoirement que Manon travaillerait le lundi, le mercredi et le vendredi. Selon Manon, un sabotage en bonne et due forme venant d'une supérieure qui, elle s'en était rapidement rendu compte, n'avait pas inventé le fil à couper le beurre. Sa chef connaissait peut-être le jargon du Web, Glenda McBain n'en était pas moins, pour citer Bri, « con comme un balai ».

Aussi, lorsque Manon et Harriet se retrouvaient dans le bureau de Glenda à discuter de la mécanique complexe d'une affaire ou à débattre du Regulation of Investigatory Powers Act, loi qui avait pour but de réguler le pouvoir des institutions publiques en charge de la surveillance et des enquêtes, Manon voyait Glenda lutter pour suivre le fil : un léger clignement des yeux combiné à un délai physique. Comme si le cerveau de Glenda disait : « Doucement, les gars ! Va falloir qu'on fige le mouvement des bras et des jambes un petit instant pendant qu'on intègre ces infos. »

Harriet aussi s'en rendait compte, mais elle était trop *corporate* pour utiliser la gamme complète des surnoms de McConnasse. Contrairement à Bryony, à l'avant-garde de la potacherie glendienne.

— Il est arrivé quelque chose. Quelque chose de terrible, avait dit Bri récemment en entrant chez Manon pour filer droit dans la cuisine avec des mouvements furtifs et paniqués.

— Dis-moi.

— Je l'ai appelée… je l'ai appelée… J'y arrive pas.

— Mais si.

— On était en *réunion* ! Tout ça, c'est ta faute, Manon, tu me pousses toujours au crime, tu encourages ma puérilité !

— Vas-y, accouche.

— Je l'ai appelée McFlurry. Je l'ai dit à mi-voix, et je me suis reprise en parlant, donc…

Manon avait éclaté de rire, elle en pleurait, même.

— C'est pas drôle.

— Arrête, je vais mouiller ma culotte ! Est-ce que tu as carrément balancé un Madame la superintendante McFlurry, ou plus informellement CG McFlurry ?

— CG ? avait répondu Bri, perplexe.

— Crème Glacée.

— Je peux venir travailler avec toi aux affaires classées ?

— On n'accueille que les esprits les plus affûtés, Bri. Les cerveaux les plus brillants du pays.

Manon s'était demandé pour quelle raison Glenda lui avait fait passer l'entretien de retour de congé : ne la payait-on pas pour accomplir des tâches moins subalternes ?

« Est-ce que tu vas pouvoir assumer la charge de travail en trois jours par semaine ? » avait demandé Glenda d'un ton brusque et autoritaire, comme si c'était ce qui définissait les femmes de pouvoir. *Merci, le féminisme.* « C'est les affaires classées, avait répliqué Manon. Je ne dirige pas l'unité antiterroriste. »

Glenda, s'était raisonnée Manon, chipotait pour chipoter. Glenda disait : « Je veux du rose », simplement parce qu'elle le pouvait. Glenda appartenait à cette catégorie de personnes qui croient dur comme fer que, si elles étirent leurs tentacules jusqu'aux coins les plus reculés de l'existence (des coins qui ne les concernent nullement), elles atteindront le Contrôle ultime.

Elle avait accepté la décision grotesque de McBain, et quelques semaines plus tard, lorsque ses yeux laser s'étaient portés ailleurs, Manon était discrètement retournée à son emploi du temps initial.

En route pour le QG, Manon regrette de ne pas avoir pris son imperméable Marks & Spencer, qu'elle visualise en boule par terre, à côté de la porte d'entrée. Les crochets pour suspendre les manteaux sont tombés il y a trois semaines et depuis, ils « rangent » leurs affaires sur le sol. Aucune chance que quiconque prenne en main le problème des crochets. C'est au-delà de leurs compétences, et elle est trop gênée de faire appel à un professionnel pour une tâche aussi minable. D'ailleurs ses fantasmes sexuels impliquent en général des hommes qui réalisent du menu bricolage tout en gardant leur équilibre émotionnel.

Ses genoux se raidissent douloureusement tandis qu'elle gravit les étages jusqu'au bureau de McConnasse. Elle s'assure par un coup d'œil derrière son épaule que personne ne la suit dans l'escalier, afin de pouvoir boitiller et monter à l'allure d'une grand-mère, mais il y a une bande de jeunes officiers et, bien obligée de préserver sa dignité, elle serre les dents en montant. Qu'est-ce que McBain peut bien lui vouloir ? Va-t-elle lui taper sur les doigts à cause de sa tenue ? de son utilisation de la papeterie ? Lui demander de live-tweeter une arrestation ? *Hashtag police ! Ouvrez !*

— Ah, Manon, entre, dit McBain. Je te transfère à l'équipe numéro deux, l'affaire du Lituanien.

Manon s'apprête à protester contre les horaires de travail et ses sacro-saints week-ends avec Teddy, mais Glenda lève une main.

— Tu seras inspectrice-chef mais tu garderas ton emploi du temps du lundi, mercredi et vendredi.

À ses mots, le cœur de Manon tressaute.

— Si quelque chose de nouveau arrive pendant tes jours de congé, Davy prendra le relais. Il a toutes les compétences qu'il faut. Il se pourrait que tu doives répondre à un coup de fil tardif de temps en temps, mais c'est tout. Ça te va ?

Manon secoue la tête. Elle cherche l'arnaque. Elle a beau se creuser la tête, le scénario est sans failles. Est-ce qu'elle n'a pas rêvé de mettre le nez dans cette affaire, ne cessant de la retourner dans tous les sens, manquant presque d'appeler Davy pour lui recommander d'explorer telle ou telle piste ? Et voilà qu'on lui donne l'occasion de la superviser, tout en conservant ses horaires d'origine. Inespéré. Il y a *forcément* une arnaque, un coût personnel terrible et néanmoins invisible qu'elle va devoir assumer en même temps qu'elle préparera un ragoût ou arrosera les plantes de son patio. Va-t-on la forcer à s'occuper d'un octogénaire en parallèle ? À dresser un chiot labrador ?

Pourtant, la seule chose à laquelle elle pense est : *De nouveau en binôme avec Davy Walker.*

— Et mon équipe aux affaires classées ?

— Ton équipe poursuivra son travail et te tiendra au courant s'il y a du neuf.

C'est-à-dire jamais, pense Manon.

— Et Harriet, dans tout ça ? Est-ce qu'elle n'est pas l'inspectrice-chef sur l'affaire lituanienne ?

— Harriet va prendre un congé. Euh... je crois qu'elle veut que ça reste confidentiel... mais comme vous êtes amies... On lui a diagnostiqué une tumeur cancéreuse au sein. Elle va subir une mastectomie cette semaine.

— Oh, mon Dieu ! s'exclame Manon, une main sur la bouche.

Pas la solidarité féminine, après tout.

Alors que Manon s'apprête à sortir, Glenda lui dit :

— Il est un peu tard pour commencer aujourd'hui, et de toute façon Davy est encore au foyer des migrants pour une série d'auditions. Mieux vaut que tu t'y mettes quand tu reviendras travailler.

Le soir venu, Manon déboule dans la cuisine, où Mark donne son dîner à Teddy, et jette ses clés sur le plan de travail en tonnant :

— Devine ce que la sorcière McConnasse a fait aujourd'hui !

— Je présume que tu parles de Glenda McBain ?

— Tiens, tu es subitement devenu son meilleur ami ?

— Qu'a-t-elle fait pour susciter ton ire, ô déesse de mon cœur ?

— Elle veut que je conduise une enquête pour homicide. L'affaire lituanienne.

— Et c'est une nouvelle terrible parce que… ?

— On n'a plus de sous-vêtements propres.

— Pardon, mais quel rapport entre des sous-vêtements et le drame d'avoir été promue, que dis-je, valorisée, par ta chef ?

— Je reprends : on n'a plus de sous-vêtements propres, dit Manon en baissant un doigt à chacun de ses points. Le téléphone fixe est cassé depuis des semaines – on ne répare jamais rien. Il n'y a pas un seul aliment avec une quelconque valeur nutritionnelle dans notre cuisine, et ne me refais pas le coup du maïs en conserve. On est infoutus de réserver des vacances dignes de ce nom, on commande trop de repas à emporter, nos meubles sont moches. Et on n'a plus aucun sous-vêtement propre. Donc : je ne peux pas réfléchir à une enquête complexe parce que, mon cher et tendre gardien du patriarcat, mon esprit est encombré de sous-vêtements sales.

— Oublie les sous-vêtements, mets-les de côté. Certes, tout ce que tu dis est vrai, mais un : les seules personnes qui appellent le fixe sont soit des parents lointains, soit des répondeurs automatiques ; deux : j'adore les plats à emporter et toi aussi ; trois : oublie les sous-vêtements. Tu n'as qu'à mettre des maillots de bain. Quatre : j'admets qu'on est très forts pour réserver des vacances merdiques ; et cinq : qu'est-ce qu'on s'en fout que le mobilier soit moche ? On s'assoit dessus, on ne le regarde pas.

— Moi si.

— Eh bien, arrête.

Elle note qu'il ne dit pas : « Je vais laver les sous-vêtements. » (Même s'il le faisait, ça ne durerait pas plus d'une semaine.)

— Je crois qu'elle a raison, reprend Mark. Ça va te faire un bien fou de mener cette enquête, dit-il en se glissant contre elle pour mettre les mains sur ses hanches puis sous son chemisier. Qu'est-ce que tu dirais de... plus tard... susurre-t-il en lui faisant un clin d'œil.

— Encore ? Tu es sérieux ? Bon, *d'accord*, thaï ou indien ?

En réalité, il a trop mal au cœur pour avaler quoi que ce soit – du jamais-vu chez Mark.

— Tu es... tout jaune, lui dit-elle. Tes yeux ont la couleur de l'urine.

— Quelle poète !

Au lit ce soir-là, alors qu'ils s'endorment, Manon lui dit :

— J'aimerais que tu nous trouves des films pornos à regarder. Histoire de pimenter un peu les choses.

— OK.

— Mais rien de bizarre, hein. Des trucs conventionnels pour les gens comme nous. Rien de... trop extrême.

— Du porno pour couples dodus vieillissants.

— Non, je ne veux pas voir des gens dodus en train de le faire. Ça, je l'ai déjà à la maison. Pas d'animaux non plus ou de trucs offensants.

— J'ai compris : du porno sans animaux pour couples vieillissants.

— Tu crois qu'ils ont une section spéciale dans les sex-shops ?

— Possible. À côté de la section « clergé ».

— En fait, je ne saurais même pas où m'en procurer. Tu crois que John Lewis en vend ?

— S'ils en vendaient, ce serait exactement le type de porno qu'on aime.

— Oh oui. Du porno John Lewis. Ce serait parfait. Pas d'orifices inattendus ou dégoûtants. Et des jolies lampes de table au cas où l'esprit se mettrait à errer.

Jour 2,
8 heures
DAVY

À présent que les techniciens et le photographe judiciaire ont prélevé ce qu'il leur fallait, ils ont retiré le cordon de sécurité.

— Comment l'ont-ils hissé là-haut ? s'interroge Manon, la tête levée sur l'arbre. Si c'est un homicide, il n'a pas pu coopérer. Pas facile de monter un type s'il s'y oppose. Et c'est pas comme s'ils avaient construit un échafaudage.

— Peut-être une échelle, répond Davy. Ensuite ils l'ont enlevée.

— On a trouvé des marques au sol pour les pieds de l'échelle ?

— Non, mais ils ont pu racler la terre pour les couvrir. Et s'ils l'avaient menacé, par exemple en lui braquant une arme sur la tête ?

— Moi je dirais : « Allez-y, tuez-moi. » Plutôt ça qu'être pendu. Si ton cou ne se brise pas immédiatement, tu peux mettre des plombes à mourir.

— Ils l'ont peut-être forcé à grimper à l'arbre.

— Mouais, pas très pratique, tu ne penses pas ? En tout

cas, si j'étais un tueur en série, ça ne serait pas mon premier choix de *modus operandi*.

— Un tueur en série ? s'écrie Davy, déjà contrarié de se voir retirer son homicide, pas seulement par Madame Gros-Sabots qui piétine sa scène de crime, mais par sa suspicion que ce pourrait être un suicide après tout – et voilà qu'elle parle désormais d'un tueur en série ?

— Eh bien, c'est la troisième pendaison en autant de mois. De plus, ils ont tous été pendus avec la même corde. Tout repose sur la corde, Davy. C'est ça qu'on doit investiguer en premier.

Il aimerait dire *Tu crois que je n'y ai pas pensé ? Tu crois que je n'ai pas commencé par là ?*

Les deux précédentes victimes, un homme et une femme, sont supposées avoir mis elles-mêmes un terme à leur vie, selon une enquête établie par des officiers locaux. Davy ne se prive pas de le lui rappeler.

— Pourquoi ne nous ont-ils pas d'abord consultés ? demande Manon.

— Ils pensaient pouvoir s'en occuper seuls.

— Vraiment ? Il se pourrait que ç'ait été des meurtres. Il se pourrait qu'on soit devant la troisième victime d'un homicide en série.

— Je crois que tu t'emballes un peu.

— Je crois qu'il faut qu'on rouvre les deux autres affaires.

— Bonne chance pour annoncer ça à l'équipe de Wisbech.

— Je ne vais rien leur annoncer, dit Manon à Davy avec un grand sourire. C'est toi qui vas le faire.

Elle ne le lâche pas durant tout le trajet jusqu'à la voiture. Les deux premières victimes ont-elles laissé une note ? Y a-t-il eu des témoins ? Des dépositions quant à leur état d'esprit précédant le décès ? Caméras de surveillance ? Système de reconnaissance des plaques minéralogiques ? *Oui oui*, voudrait-il hurler, *je travaille dessus ! Donne-moi juste ma chance, au moins un jour ou deux.* Il est tellement, tellement fatigué.

— T'as l'air crevé, dit Manon.

— Je ne comprends pas, fait Davy. Si tu les pendais, tu essaierais de masquer ça en suicide, pas en meurtre.

— Oui, mais ça ne ressemble pas à un suicide. Et s'il y avait un doute, la note s'est chargée de l'ôter. Il y a quelque chose qui cloche. C'est une méthode de suicide, pas de meurtre, et pourtant la note vient tout foutre en l'air. Et aussi, si on me forçait à monter dans un arbre, quelles que soient les menaces employées, je grimperais aussi haut que possible pour me mettre hors d'atteinte.

— Il y avait une ceinture en cuir, dit Davy. À côté de son lit dans le foyer pour migrants. Si je voulais me tuer, j'utiliserais ma ceinture et je me pendrais au lampadaire le plus proche. Pas besoin de faire tout le chemin jusqu'à Hinchingbrooke.

— C'est vrai que c'est beaucoup d'efforts pour rien, concède Manon.

Puis elle revient à la charge avec ses questions. Lieu de découverte des corps, comment ils sont arrivés là, les a-t-on aidés à s'y rendre – les lieux étaient tous isolés, n'est-ce pas, Davy ? Et gna et gna et gna. *On n'est qu'au deuxième jour de l'enquête*, voudrait-il lui hurler au visage. *Lâche-moi la grappe !*

— Si on était à la télé, dit Manon, le souffle court et d'un ton excité, on serait dans un bureau avec une espèce d'écran en verre sur lequel serait projetée une carte interactive et je n'aurais qu'à faire glisser le doigt dessus pour délimiter les lieux. Et on porterait des tenues monochromes, Davy.

— Ouais, sauf qu'on n'est pas à la télé, donc je peux t'offrir un Bic et une carte du Service cartographique d'État.

MANON

— Alors, qui c'est, le type qu'on va voir ? demande Manon au moment où Davy s'engage sur la route, direction le commissariat de Wisbech pour l'interrogatoire.

— Edikas. C'est le passeur. Il dirige les migrants pour le compte de Vasil le Barbare, le chef de gang. C'est lui qui les prend en charge à leur descente du car. Vasil empoche l'argent. Bridget dit qu'un salaire est versé sur le compte en banque des migrants, donc en apparence il y a une trace administrative, mais on leur prend leur carte bancaire dès leur arrivée, si bien qu'ils n'ont aucun accès à l'argent. Vasil utilise leurs comptes pour blanchir ses fonds.

— Pourquoi n'a-t-il pas été retiré de la circulation par l'opération Faisan ?

— Personne ne veut témoigner contre lui. Le plus gros problème de Faisan, c'est que dès que les migrants s'en vont, ils ne veulent plus rien à voir avec ce qu'ils ont vécu. Ils retournent comme ils peuvent à Klaipeda, et c'est tout. Un mur de silence, selon l'expression de Bridget.

— Tiens, tiens, l'expression de Bridget... le taquine Manon en essayant de lui donner des petits coups de coude sans provoquer d'accident. Comment va Bridget d'ailleurs ?

— Elle va bien, répond Davy en rougissant.

— Quelle est la situation d'Edikas ? Une femme ? Des enfants ?

— Ils sont à Klaipeda. Il leur envoie de l'argent chaque mois.

— À quoi ressemble Klaipeda ?

— C'est un port de la mer Baltique, troisième ville de Lituanie. Plein de Russes, essentiellement des emplois sur les docks.

— D'accord. Cet Edikas m'a tout l'air d'avoir le pire des deux mondes. Il fait tout le sale boulot pour Vasil sans jouir du même luxe que son chef et sa bande. Où vit-il?

— Dans une maison en location. Mais il habite seul.

— On va avoir besoin d'un interprète pour l'interrogatoire ?

— Il dit que non. À ce qu'il prétend, son anglais est bon.

— Hum, j'ai déjà eu ça. Pas d'interprète, et au moment de passer aux détails tu te rends compte qu'il y a plein de mécompréhensions qui les arrangent. Plein de *no comprendo, officier Walker.*

Ils restent un moment silencieux, à traverser la région du Fenland.

— Et de toute façon, reprend Manon, il y a plein de moyens de déguiser un meurtre en suicide. Médicaments. Petite poussée dans la rivière, accident de voiture. Tranquille Émile. La pendaison, ça a quelque chose d'archaïque… Ça me fait penser au Moyen Âge, ou aux bandits de grand chemin, ou même aux lynchages. Tu sais, pendant la guerre de Sécession ? Ils pendaient les esclaves aux arbres.

— Enfin, là on est à Wisbech !

— Eh oui, Davy, dit Manon en faisant mine de saisir

en plein vol un sac à main imaginaire. Wisbech, dernier bastion de la civilisation.

Elle allume la radio et lâche aussitôt : « Ah putain, pas encore lui, je peux pas le blairer ! » tandis que la voix reconnaissable entre mille du présentateur Shane Farquharson résonne dans l'enceinte – Monsieur Tout-le-Monde avec un je-ne-sais-quoi de nouveau riche de banlieue.

— Comment tu peux écouter de la daube pareille, Davy ?

Sur les ondes, la voix faussement franche du collier de Farquharson s'élève : « N'importe quelle personne normale et sensée a parfaitement le droit d'être inquiète si un groupe de Lituaniens emménage subitement à côté de chez elle. »

— Pas les personnes normales que je connais, grogne Manon. De quoi il parle, ce con ? Y a rien de sensé à avoir peur de la nationalité de quelqu'un ! C'est même carrément l'opposé. C'est être un gros facho réactionnaire.

— Farquharson est un polémiste, c'est tout, tempère Davy. Ça ne veut rien dire.

— Je crois que c'est pire que ça.

Farquharson, dont le boulot principal est d'être à la solde des médias, est un homme éduqué, à l'intelligence supérieure à la moyenne – il peut donc exprimer les sentiments furieux de ses suiveurs pour donner un sens à leur rage futile et un but éphémère à leur impuissance. Bien qu'il ne soit jamais parvenu à être élu au parlement, il contrôle les ondes radio grâce à ses interventions dans des émissions ouvertes aux appels du public, comme celle qui en ce moment pollue l'air que respirent Manon et Davy.

— En plus, il est l'invité hebdomadaire de « Question Time », s'énerve Manon. Ça lui donne une plate-forme où alimenter la folie des gens.

Elle a conscience de se livrer une nouvelle fois à l'une de ses diatribes et soupçonne Davy d'avoir décroché pour songer plutôt à la plantureuse Bridget tandis qu'elle vitupère contre la haine et la négligence ambiantes dont les effets se ressentent ensuite dans les bureaux de vote. Bienvenue dans l'ère de la désinformation. Colère dans les journaux et sur les ondes radio, colère qui évince l'information réelle. Les faits n'existent plus. À leur place : « Voilà ce que je ressens », « Marre des experts qui nous disent quoi penser » ou encore « L'élite a toujours tout contrôlé, il est temps que ça change ». Le tout-à-l'égout de la pensée. *Make Wisbech Great Again*.

— Bref, dit Manon en éteignant la radio. Ça avance, les préparatifs du mariage ?

DAVY

Au rappel de ses pensées adultères pour Bridget, il rougit.

Pris chacun dans l'enthousiasme des pièges du couple, tout s'est passé très vite avec Juliet : l'emménagement, les vacances, les balades du week-end, le choix de la décoration intérieure, les petits plats, Netflix, de moins en moins de sexe torride ; se prémunir contre l'isolement était devenu un projet en soi. Ce repli voulu (par bien des aspects un repli face au reste du monde) a restreint leur cercle de connaissances à eux seuls – leur couple –, si bien qu'ils sont devenus totalement dépendants l'un de l'autre. Davy a délibérément fermé la porte aux multiples richesses qu'offre le monde – des richesses comme Bridget, son humour mordant et ses expressions animées. Alors qu'il a désiré ce repli plus que tout, il souffre de son manque d'interactions avec le reste du monde. Il repense avec nostalgie à l'époque où il acceptait toutes les invitations dans l'espoir de rencontrer quelqu'un, où il se forçait à sortir alors que chaque fibre de son être réclamait une soirée télé avec un plateau-repas. Las d'évoluer seul, il s'était hâté de rompre avec cette solitude à la première occasion ; or il ne peut s'empêcher de se sentir piégé par l'isolement dans lequel Juliet et lui s'emmitouflent comme avec une couverture en laine épaisse.

Car non, ses intérêts ne sont pas *tous* contenus derrière les rideaux tirés du salon, avec son poste de télévision constamment allumé et le chauffage un poil trop fort, pour aussi douillet que ce soit. Davy doit le reconnaître, il s'ennuie.

Mais dans le même temps, se morigène-t-il, Bridget n'est pas faite pour lui, car Juliet est La Bonne. Juliet a posé ses moulins à sel et à poivre dans sa location à Sapley, autrefois aride comme un cabinet dentaire. Une fois que l'on a fait une place chez soi à la salière et au poivrier de quelqu'un, impossible de revenir en arrière. De plus, Juliet supporte la négligence et les déceptions qu'engendre son travail : enquêtes qui surgissent sans avertissement, vacances annulées. Elle les a accueillies presque sans sursauts d'agressivité. Le lien complexe qui les unit ne peut pas (ne devrait pas) être comparé au drap léger et soyeux d'une relation fantasmatique et, de ce fait, dénuée de toute récrimination coupable (*cf.* Bridget).

MANON

— Connaissez-vous Lukas Balsys ? demande Manon après qu'a retenti le bip de l'enregistreur vocal et qu'elle a annoncé se trouver en présence de Davy et d'Edikas, lequel n'a pas été informé de ses droits car il n'est pas en état d'arrestation – pas encore.

— Oui, répond Edikas.

— Quelles étaient vos relations avec lui ?

— Je lui trouve du travail. Dans l'agriculture.

— Il est arrivé de Klaipeda en car, c'est bien ça ?

Edikas acquiesce.

— S'il vous plaît, pour l'enregistrement.

— Oui.

— Est-ce vrai qu'à son arrivée vous lui avez pris son passeport et sa carte bancaire ?

— Non ! Pourquoi je ferais ça ? Je n'ai pas besoin de passeport lituanien. J'ai le mien. J'aide mon peuple, c'est tout. Quand des hommes viennent de Lituanie, je les aide. Rien d'autre.

— Versiez-vous un salaire à Lukas ?

— Bien sûr.

— Pouvez-vous le prouver ?

— Oui, nous avons des fiches de salaire. Vous pouvez vérifier aussi sur son compte en banque.

— S'il possédait un passeport et des cartes bancaires, pourquoi ne les a-t-on pas retrouvés ? Ses seuls biens consistaient en une ceinture en cuir et des vitamines.

Edikas hausse les épaules.

Manon laisse le silence planer. Le temps que chacun réfléchisse à la situation. Les silences sont parlants, dès lors qu'on refuse d'en prendre la responsabilité. Plus jeune, elle avait redouté plus que tout les blancs dans la conversation, qu'elle se hâtait de combler comme si *elle* était à blâmer, même si son compagnon était le plus socialement inadapté des deux. Cela avait conduit à un tas de situations absurdes dont Manon remplissait le vide par du sexe. L'asseyait-on en face d'un jeune type pincé et arrogant sorti d'une école privée, elle se pliait en quatre pour que le rendez-vous se passe bien, n'hésitant pas à raconter n'importe quoi, le feu aux joues, pour mettre à l'aise quelqu'un qu'elle n'appréciait même pas. Quelqu'un qui, souvent, la méprisait ouvertement. Elle avait même fini par avoir des relations de plusieurs années avec de telles personnes.

Plus maintenant. Désormais elle a pris l'habitude de se fixer certaines règles d'or avant un quelconque événement social. *Reste en retrait. Observe. Ne comble pas les blancs. Laisse les autres faire la conversation. Tu n'es pas responsable.*

Aujourd'hui elle tire du réconfort, voire un sentiment de puissance, de cette ligne de conduite. Elle a appris qu'elle ne contrôlait pas plus le malaise que la météo. Elle se contente donc d'en faire l'observation, tel un passant curieux, plutôt que de chercher à le modifier.

Ce qui n'est pas le cas de Davy, véritable boule de gêne à fleur de peau.

— Où étiez-vous le soir du lundi 14 mai, c'est-à-dire avant-hier ? demande Manon.

— Chez moi, répond Edikas.

— Avec quelqu'un ?

— Non, seul. Et Skirta, mon chien.

— Quand avez-vous appris le décès de Lukas ?

— Aujourd'hui. Hier c'était mon jour de congé.

— Comment avez-vous réagi à cette nouvelle ?

— C'était un homme lugubre, dit-il avec une grimace, en haussant les épaules. Très négatif. Je suis pas surpris qu'il se soit tué.

— Qu'est-ce qui vous fait croire qu'il s'est tué ? demande Manon, le fixant droit dans les yeux.

— Je... je croyais qu'il s'était pendu, dit Edikas, l'air choqué.

— Et alors ?

— C'est pas facile de pendre quelqu'un d'autre.

— On croirait que vous avez essayé.

Silence.

— De qui Lukas était-il le plus proche au foyer ?

— Matis. Il est venu de Klaipeda avec Matis.

— Très bien, dans ce cas nous aimerions parler à Matis. Pouvez-vous nous donner son numéro ?

À nouveau, Edikas fait une grimace. Il palpe ses poches.

— Je n'ai pas mon téléphone.

Manon hoche la tête, tout en sortant discrètement son portable sous la table. Tandis que Davy interroge Edikas sur l'endroit où Matis pourrait se trouver, elle repère le numéro d'Edikas dans un e-mail interne et l'appelle.

Edikas se met à sonner.

— Vous voulez parler de ce téléphone ? dit Manon en souriant.

Pas le moins du monde troublé, Edikas fait défiler l'écran de son portable.

— Non, je n'ai pas le numéro de Matis.

— Alors peut-être pourriez-vous nous aider à trouver ce numéro. Ou Matis. C'est important qu'on lui parle. Autre chose sur Lukas ?

— Il couchait avec la voisine, Mme Tucker.

— Bon, dit Manon en bouclant sa ceinture de sécurité à l'extérieur du commissariat de Wisbech. Allons voir M. et Mme Tucker.

Ils font la route en silence, et Manon se rappelle combien elle apprécie la compagnie de Davy Walker – ils se connaissent depuis si longtemps qu'il n'y a aucun malaise entre eux ; bien qu'elle se fasse du souci pour lui, songe-t-elle en examinant son visage exsangue. Il a l'air épuisé.

— Tu veux qu'on fasse une pause ? propose-t-elle. On pourrait s'arrêter manger un sandwich.

Sans répondre, Davy gare le véhicule. Ils remontent ensuite la rue piétonne de Wisbech jusqu'à la boulangerie Greggs.

L'estomac qui gronde, Manon fixe avidement les sandwichs baguette garnis de mayonnaise crémeuse et de poulet ou de thon. *C'est exactement ce qu'il faut que j'arrête de manger*. Une pensée qui ne fait qu'accroître sa faim. Elle choisit un sandwich aussi long que son avant-bras et un sachet de chips salées. Après tout, c'est compris dans le menu.

— Tu prends quoi ? demande-t-elle à Davy.

Il tient un sandwich (deux fois plus petit que le sien), qu'elle lui enlève des mains pour payer leurs deux repas à la caisse tandis qu'il sort du magasin. La frugalité de son déjeuner comparée au sien lui rappelle l'époque où elle était allée consulter un nutritionniste pour l'aider dans sa bataille contre le gras.

— Et donc vous mangez en même quantité que votre partenaire ? lui avait-il demandé.

— Évidemment ! avait-elle répondu, outrée à l'idée qu'elle doive se servir des portions plus petites.

De retour à la voiture, Manon dit :

— Pourquoi Edikas n'est-il pas allé travailler hier, comme il le fait d'habitude ? Il était trop occupé à tuer Lukas ?

— C'est peut-être son jour de congé, dit Davy en bâillant.

— Tu veux dire son jour de lessive et de courses en ligne ? Je ne pense pas qu'Edikas soit du genre à prendre des jours de congé.

Ils se garent devant deux maisons mitoyennes en brique rouge. Bien qu'elles soient identiques, le contraste entre les deux est saisissant.

— On dirait des photos avant/après, dit Manon à Davy.

— Je sais. Pauvres diables.

Du côté des Tucker, les cadres des fenêtres ont été fraîchement repeints en blanc. Les vitres sont immaculées. L'allée menant à la porte est dallée de pierres ivoire qui paraissent avoir été posées récemment. Pas une fissure, pas une mauvaise herbe. Le dallage est si propre que Manon songe à enlever ses chaussures avant de l'emprunter.

La porte d'entrée est gris-bleu avec une poignée extra-large en acier inoxydable et un numéro de maison coordonné.

Derrière les panneaux en verre de la porte, couverts d'un film dont le décor est composé d'étoiles avec effet de givre, elle voit approcher une silhouette venue répondre à leur coup de sonnette. Le type de personnes à nettoyer leur jardin avec l'un de ces souffleurs à feuilles assourdissants. À régler une facture dès qu'ils la reçoivent. Ces deux-là ne doivent certainement pas « ranger » leurs manteaux par terre.

À côté, les fenêtres du rez-de-chaussée ont été condamnées par des planches en contreplaqué. Les cadres, en décomposition, sont gris. Le tas d'ordures dans le jardin est si haut qu'il atteint le rebord de la fenêtre. La vitre de la porte d'entrée en PVC est fissurée. Sur les marches du perron se trouve un monticule de canettes de bière.

Les sacs-poubelles balancés devant la maison ont été pillés par les renards, si bien que les déchets (sachets de chips, peaux de banane, mégots de cigarette, barquettes alimentaires en plastique et sachets de thé) jonchent l'allée. Ça sent. Non, ça pue, comme à l'arrière d'un camion poubelle.

Alors que la porte s'ouvre, Manon et Davy présentent leur insigne.

Tous les deux à la maison en pleine journée, pense Manon en avançant dans le hall au parquet stratifié couleur hêtre clair. *Ça ne doit pas être facile.* La maison sent le cirage et les produits ménagers.

— Par ici, dit Mme Tucker. Thé ou café ?

— Ça ira, merci, répond Manon en la suivant dans une cuisine aux murs blanc brillant tandis que Davy et M. Tucker disparaissent dans le salon. Vous ne travaillez pas aujourd'hui ?

— Je travaille depuis la maison. Jim a perdu son emploi récemment, fait Mme Tucker avec le sourire las de quelqu'un qui assume une lourde responsabilité. Un mari c'est pour la vie, pas pour le déjeuner ! Pour être honnête, c'est en train de me rendre folle.

— J'imagine.

— En réalité, il n'aimait pas beaucoup son travail. Mais là…

— Quel était son emploi ?

— Il faisait de l'accompagnement social dans le logement pour le conseil municipal du Fenland. Les collectivités locales ont subi des coupes budgétaires drastiques, comme vous le savez. Ça doit être la même chose dans la police.

— Effectivement. En ce moment on marche sur le fil du rasoir.

Elles attendent en silence que l'eau bouille.

— Bien, dit Mme Tucker, un plateau chargé à la main, nous pouvons y aller.

Au salon, M. Tucker est en train de raconter à Davy ses déboires. Il a une expression intense sur le visage, comme s'il n'arrivait pas à se décharger assez vite.

— J'ai tout mis dans cette maison, chaque centime que j'avais. Je comptais la léguer aux enfants. Dans dix ans on aurait fini de rembourser l'emprunt, sauf que depuis qu'ils ont emménagé, la maison ne vaut plus un sou. Rien ! Qui voudrait nous la racheter avec ce qui se passe à côté ? On est condamnés à rester, merde ! s'énerve-t-il en donnant un coup de pied dans la plinthe à proximité.

— Jim ! dit sa femme. Calme-toi.

— Non, je ne me calmerai pas. Ne me dis pas de me

calmer, bordel ! répond M. Tucker, mâchoire crispée, en serrant et desserrant les poings.

Manon lance un regard à Davy, qui est blême, comme s'il avait peur. Peut-être craint-il que M. Tucker balance ses poings à tout-va. La tension dans la pièce est palpable.

M. Tucker poursuit ses vitupérations, non pas en criant mais en crachant les mots.

— Cette maison est une pierre autour de notre cou. Qui va nous la racheter ? Toutes ces ordures, là, dehors, ce bruit, ces odeurs… Ils se pointent à n'importe quelle heure du jour et de la nuit en faisant un boucan pas possible, ils se disputent, se battent… Saouls même ! Tout allait bien avant qu'ils débarquent ici. On s'est plaints des dizaines de fois au type qui dirige le foyer, Edikas ou je ne sais pas quoi, mais il ne répond plus à mes appels. Ma patience est à bout, vraiment.

Tandis qu'il parle, Manon observe le couple. Mme Tucker porte une robe-chemise noire et des lunettes à monture épaisse noire. Elle a un style – pas de maquillage, cheveux courts, boucles d'oreilles voyantes. *Elle sait s'habiller*, songe Manon avec admiration. M. Tucker est vêtu d'un vieux jean usé et d'un pull à col zippé. Sans être gros, il a un physique typiquement masculin – ventre bedonnant, jambes longues et minces. Il a une calvitie. À son poignet, il porte une montre connectée Fitbit. Manon se demande s'il est du genre à prendre des résolutions, en l'occurrence se remettre en forme, et à ne pas les tenir.

Comme incapable de supporter plus longtemps la crise de colère de son mari, Mme Tucker quitte la pièce.

— Tout va bien, monsieur Tucker, dit Manon. Je comprends que la situation soit délicate. Avez-vous parlé à la police ou au conseil municipal de ce qui se passe ? Peut-être devriez-vous porter plainte pour conduite antisociale...

— Personne n'écoute, coupe M. Tucker en s'asseyant enfin. Il n'y a rien que je puisse faire.

Rentrant dans le salon, Mme Tucker va s'asseoir sur le canapé à côté de son mari. *Elle en a ras la casquette de lui*, songe Manon. *Il a besoin de trouver un travail. Il a besoin de sortir tous les jours pour aller travailler, de rentrer le soir fatigué et regarder la télé. On a tous besoin de ça. Ou bien il devrait être locataire plutôt que propriétaire. Autrefois on était une nation de locataires comme les Allemands : plus mobiles, moins vulnérables à ce type de peine.*

— Lukas Balsys, annonce Manon tout à trac.

Elle observe comment le nom prend place entre M. et Mme Tucker sur le canapé, le malaise qu'il provoque au sein des époux. *Que vous dites-vous à propos de Lukas Balsys ?* se demande Manon. *Moi qui croyais que mon couple battait de l'aile. On est la putain de famille Ingalls comparés à eux.*

— Eh bien ? dit Mme Tucker.

— Êtes-vous au courant qu'il est mort ?

— Oui, répond Mme Tucker. C'est très triste.

— Vous le connaissiez bien ?

Davy s'agite sur son siège – d'embarras, suppose Manon.

Mme Tucker regarde son mari, qui continue à fixer droit devant lui.

— Hum... Non, pas très bien, dit Mme Tucker. Je ne dirais pas qu'on le connaissait *bien*. Il lui est arrivé de venir ici pour réparer deux trois choses... Des petits travaux de plomberie. Il était doué en bricolage, et comme on s'était plaints de nombreuses fois au propriétaire d'à côté, Edikas, c'est bien ça ?

— Ce n'est pas le propriétaire, mais c'est leur patron.

— Voilà. Eh bien je crois qu'il pensait qu'il nous devait un service. Peut-être a-t-il cru qu'on cesserait de se plaindre. Donc il a envoyé Lukas réparer notre chaudière car la veilleuse n'arrêtait pas de s'éteindre.

Edikas, se souvient Manon, ne l'avait pas énoncé avec autant de délicatesse.

— Il baisait sa femme, avait-il déclaré. Tout le monde sait qu'elle aime ça. Beaucoup. Lukas l'aurait jamais forcée, c'était pas son genre. Peut-être qu'il s'est tué par amour. En tout cas, on les entendait à travers le mur, avait-il dit avec un rire graveleux en ajoutant une mauvaise imitation d'orgasme féminin : « Oh oui ! Oh oui ! » suivie d'un nouveau rire gras. Ces voisins, ils se plaignent tout le temps. Donc je me dis, si j'envoie Lukas, il va plomber son tuyau ! avait-il hurlé de rire.

— OK, j'ai compris, merci, avait répondu Manon.

— De toute façon, cette femme l'aurait fait avec n'importe quel homme que j'envoie. Même Dimitri.

— Qu'est-ce qu'il a Dimitri ?

— Des problèmes mentaux, avait répondu Edikas en tapant son doigt contre sa tempe avec une grimace qui lui avait déformé le visage.

Manon avait regardé Davy, sans avoir à lui dire : « On devrait discuter avec ce Dimitri » car il était déjà en train de le noter sur son carnet.

Elle examine à présent Mme Je-le-fais-avec-n'importe-qui Tucker, assise à côté de M. Je-ne-l'ai-probablement-pas-fait-depuis-des-années Tucker.

— Avez-vous des appentis, par exemple une cabane à outils ou un garage ?

— Une remise, dans le jardin, répond M. Tucker.

— Vous permettez que j'y jette un œil ?

Elle le suit dans le jardin à l'arrière de la maison : une petite pelouse ovale ceinte d'un parterre de fleurs et d'un étendoir à linge fabriqué à partir d'une corde en plastique bleue du même type que celle retrouvée au cou de Lukas Balsys.

Les pinces à linge qui y pendent sont rouillées. Adossée à une extrémité de la maison, une bobine de cette même corde, maculée de boue, de toiles d'araignée, de moisissure ou de quoi que ce soit de marron que l'on trouve en extérieur. À certains endroits, la corde a viré au jaune. Cela ne cadre pas avec la propreté du reste de la maison.

— Vous comptiez remplacer ça ? demande Manon, une main posée sur la corde.

— Oh, répond M. Tucker. On y a songé, mais à quoi bon ? Je refuse de mettre un centime de plus dans cette maison. Plus maintenant. La corde est dans cet état depuis des années. Pas très hygiénique de suspendre du linge dessus.

— Avez-vous acheté de la corde dans l'idée de la remplacer ?

Elle scrute l'intérieur de la remise dont M. Tucker vient d'ouvrir la porte. Pas de bobines de corde neuves.

— Pas encore, non.

Bien qu'il ne fasse pas chaud, le ciel est tellement lumineux qu'ils doivent plisser les yeux. Aucun d'eux ne fait le geste d'entrer dans la remise.

— Écoutez, je suis désolé pour la scène de tout à l'heure, dit-il.

Loin de sa femme, il paraît plus calme, plus triste également.

— Vous n'aimez pas les immigrés, dit Manon.

— C'est une question ? rétorque-t-il en prenant à nouveau un ton agressif. Il ne m'a pas semblé en entendre une. Est-ce que j'aime les immigrés d'à côté ? Non, je ne les aime pas. Est-ce que je déteste tous les immigrés ? Non, même si je pense qu'on pourrait en voir moins. On est envahis.

— Donc vous êtes contre l'immigration ?

— Est-ce que ça n'est pas le cas de tout le monde ?

— Je commence à le croire, dit sèchement Manon. On peut retourner à l'intérieur ? J'ai une ou deux questions à poser à votre femme et vous.

Puis elle tourne les talons et se dirige vers la maison.

— Où étiez-vous avant-hier dans la soirée ? demande Manon, de retour dans le salon.

Les Tucker ont repris leur place sur le canapé. Assis dans un coin de la pièce, Davy prend des notes.

— Ici, répond Mme Tucker. On essayait de regarder la télé par-dessus le vacarme.

— Le vacarme ?

— Il y a eu beaucoup de bruit venant de la maison voisine. C'est à cause du rassemblement anti-immigration. J'hésite à dire « manifestation » car ils n'étaient pas si nombreux que ça. One Wisbech. La bande de Dean.

— Dean ?

— Dean Singlehurst, c'est leur leader. Ils sont venus avec leurs pancartes et leurs banderoles. Ils faisaient un boucan pas possible. Il y a eu une échauffourée avec les gens d'à côté.

— Une échauffourée ?

— Oui. Les manifestants ont défilé dans notre rue en scandant leurs slogans. Ils étaient peu nombreux, un peu plus d'une vingtaine, je dirais, mais ils faisaient du bruit pour cinquante.

— Attendez, le trajet de la manifestation de One Wisbech passait par une impasse comme Prospect Place ?

— Oui, nous aussi on a trouvé ça étrange, répond Mme Tucker.

— Qu'est-ce qu'ils scandaient ?

— Oh, comme d'habitude : « On est chez nous », « Rendez-nous nos emplois », « Migrants dehors ». Ils se sont arrêtés juste devant le foyer. On n'a pas vu ce qui s'est passé exactement – nos volets étaient fermés.

— Dans ce cas comment pouvez-vous savoir combien ils étaient ?

— Quand ils ont commencé à remonter notre rue, je suis sortie pour voir ce qui se passait. Shane Farquharson était avec eux, il menait le cortège. Puis je suis retournée dans le salon, d'où je ne pouvais plus rien voir. Mais on entendait tout. Certains manifestants ont frappé chez les voisins, et il y a eu des cris.

— En anglais ou en lituanien ?

— Les deux. J'ignore s'ils sont entrés dans le foyer ou si ce sont les migrants qui sont sortis. Au bout d'un moment, le bruit s'est calmé.

— Qu'est-ce qu'ils se disaient en anglais ?

— Eh bien, l'un des manifestants a dit : « J'ai une question pour toi ! » et puis « Oï ! Oï ! ».

— Quelle heure était-il ?

— Dix heures, dix heures trente ? répond Mme Tucker avec une grimace. Il y avait les informations à la télévision. Non pas qu'on ait pu entendre quoi que ce soit.

— Vous n'avez pas pensé à appeler la police ?

Manon jette un regard au plateau à thé pour voir s'il reste des biscuits. Elle est dépitée de découvrir une assiette vide pleine de miettes. Davy a tout engouffré, le salaud.

— Il n'y avait pas de quoi alerter la police. Juste un rassemblement de personnes, quelques cris. Évidemment, on n'était pas encore au courant, pour Lukas.

Manon lance un regard en biais à Davy, mais il est déjà occupé à tout noter sur son carnet. Figeant son geste, il demande soudain :

— Jim Tucker, c'est bien votre nom complet ?

— En fait, c'est Jerome Wilberforce Tucker.

— Waouh ! s'exclame Manon. Vous préférez qu'on vous appelle juste Wilberforce, histoire de rester simple ?

— Appelez-moi Jim. Je sais que c'est un nom ridicule. Ma mère avait de... grandes espérances.

— Des ambitions, intervient Mme Tucker.

— Vous savez, moi, c'est Manon, donc je suis mal placée pour juger.

— C'est pas ce qui te retient, marmonne Davy. Et vous ? demande-t-il ensuite à Mme Tucker.

Les meilleurs noms, pense Manon, *ont du rythme. Maxim de Winter. Englebert Humperdink. Dante de Blasio.* Dernièrement, Fly s'est amouraché d'une fille à l'école qui s'appelle Temperance. « Je l'aime déjà, lui avait dit Manon. Juste à cause de son prénom. » Peut-être devrait-elle changer de nom pour Manon de Bradshaw.

— Elspeth. Elspeth Tucker.

De retour dans la voiture, Davy laisse libre cours à sa colère.

— Ça craint vraiment pour lui, dit-il. Qu'est-ce qu'il est

censé faire ? Il a sué sang et eau pour acheter sa maison, et voilà qu'elle ne vaut plus rien à cause d'*eux*. Je ne lui en veux pas d'être pro-UKIP. Moi aussi j'aurais envie de les tuer.

— La question est de savoir s'il l'a *fait*. Lui ou elle. Je n'ai pas trouvé de corde neuve.

— Et puis il a un alibi. Tous les deux en ont un.

— Oui, enfin, leur alibi repose chacun sur l'autre. Donc prudence. Alors comme ça Lukas passait parfois les voir ? Il faut qu'on discute avec les résidents du foyer.

— Le problème c'est qu'ils se ferment comme une huître en présence d'Edikas. Tu ne vas pas interroger Mme Tucker sur sa liaison avec notre victime ?

— Je vais le faire, mais pas tout de suite. Rien ne dit qu'elle soit allée à Hinchingbrooke la nuit du décès de Lukas, même si elle avait eu la force de le hisser en haut d'en arbre, ce dont je doute. Maintenant qu'on a des raisons de mener une perquisition, il faut qu'on retourne au foyer et qu'on les interroge chacun séparément. Cette maison fait partie de la scène de crime. On s'en fout de ce qu'en dira Edikas, ou son chien. Tu peux faire venir un interprète ? Il faut aussi qu'on discute avec les manifestants de One Wisbech. Sans oublier Dimitri le Taré. Oh, et, Davy ? dit-elle alors qu'il s'engage sur la route, et elle croit le voir lever discrètement les yeux au ciel. Est-ce qu'on a essayé de comparer l'écriture manuscrite sur la note ? Peut-être qu'il y aura quelque chose dans la maison qui concordera. C'est ce qu'on va chercher en priorité… n'importe quoi avec une écriture manuscrite.

MATIS

Edikas lui bloque le passage à sa chambre.

— La police veut te parler, dit-il. Je ne veux pas d'emmerdes avec les flics à cause de toi.

— Je ne peux pas… commence Matis.

— Si, tu peux. Tu peux leur parler sans rien leur dire. C'est facile. T'as oublié ça, tu sais pas ça.

Dimitri, qui telle une assistante maternelle chaperonne de plus en plus Matis, s'est joint à eux, dominant par sa taille le petit et gros Edikas.

— Oh ! Il dit qu'il veut pas.

— Occupe-toi de tes affaires, rétorque Edikas.

— C'est mon ami.

— J'en ai ras le cul de ces conneries d'amitié. C'était ça le problème de Lukas. *Inutile !* Vous êtes ici pour travailler.

— Laisse-le tranquille, dit Dimitri presque en criant.

— Tout va bien, tente de le calmer Matis.

Il remarque qu'Edikas cherche quelque chose dans sa poche, et avant qu'il ait pu réagir, sa main couverte d'un poing américain s'écrase sur le visage de Dimitri.

— Viens avec moi, dit-il en poussant dans la chambre un Dimitri sonné.

Il ordonne aux hommes étendus sur leurs matelas de quitter la pièce. Juste avant de fermer la porte, Edikas sort la tête et siffle, sur quoi son chien monte l'escalier en bondissant et se faufile dans la chambre. Matis entend Dimitri hurler.

— S'il te plaît ! Non !

Puis des grognements, des râles, un cri de douleur. Enfin Edikas siffle à nouveau :

— Suffit ! dit-il en rappelant le chien.

La porte s'ouvre. Edikas descend l'escalier, le chien trottinant à son côté.

Entrant dans la chambre, Matis découvre Dimitri qui se tient la jambe, par terre. Son pantalon est déchiré et la blessure à son mollet saigne abondamment.

DAVY

Armés d'un mandat de perquisition, ses officiers peuvent enfin contrôler ce qui se passe dans le foyer et ont contraint Edikas à quitter la scène de crime. Résultat, les discussions avec les migrants sont beaucoup plus détendues. Jusqu'à un certain point.

L'après-midi de sa mort, il y a eu une dispute entre Lukas et M. Tucker, raconte l'un des résidents à Davy et Manon. M. Tucker était venu au foyer pour le voir.

— La dispute a eu lieu en anglais ou en lituanien ? demande Davy.

— Les deux. M. Tucker criait en anglais et Lukas en lituanien.

— Que disait Lukas ?

— « C'est pas ma faute. C'est tes affaires, pas les miennes. »

Troublé, Davy croit un instant que le migrant a mal compris sa question, mais l'interprète lui confirme les paroles de Lukas.

— Vous savez ce que disait M. Tucker ? intervient Manon.

— *Ne*.

— Vous pensez qu'ils se disputaient à propos de

Mme Tucker ? demande Davy, conscient d'interroger une conjecture et non un fait.

L'homme acquiesce.

— Quel type de personne était Lukas Balsys ?

— Dépressif. Très. Toujours l'air triste. Il reste à l'écart, vous savez ? Pessimiste.

Davy hoche la tête, sentant croître une affinité avec la victime. *Quel gâchis d'avoir perdu un si beau spécimen de dépression.*

— Vous pensez qu'il s'est tué ? demande-t-il.

— Ah non. C'était sa nature. Y avait pas de quoi se tuer. En fait, il était heureux d'être triste. C'est Matis qui disait ça.

— Où est Matis ?

Haussement d'épaules. Chaque fois qu'il pose des questions sur l'ami de Lukas, on lui répond par une grimace et un haussement d'épaules. On lui dit : « Sûrement dehors. Il aime boire. »

Lorsqu'il interroge les migrants sur ce qui s'est passé la nuit du décès de Lukas, ils se lancent des regards furtifs, répondent par des phrases qu'ils laissent en suspens, des pincements de lèvres. *Ils savent, mais ne veulent rien dire*, songe Davy. Soit ils protègent quelqu'un, soit c'est la peur qui les empêche de parler.

— C'est normal qu'Edikas ne soit pas venu travailler hier ? demande Davy à un certain Audrius.

— Non, j'ai jamais vu Edikas prendre un jour de congé.

— Quelle était la relation entre Lukas et Edikas ? Ils se disputaient souvent ?

Audrius fait une grimace, comme irrité par la stupidité de Davy.

— Edikas est pas du genre sympa. Il nous fait travailler. Il se dispute avec nous tous.

— Ils savent mais refusent de parler, dit Manon en s'écroulant sur le siège passager.

Assis face au volant, Davy lit ses e-mails sur son BlackBerry.

— Tiens, voilà quelque chose d'intéressant, dit-il. M. Tucker a déjà été impliqué dans un incident.

— Vraiment ? Il a fait quoi ? Hissé quelqu'un en haut d'un arbre ?

— Altercation avec un automobiliste. Selon Tucker, le type lui aurait fait une queue-de-poisson, donc au feu rouge suivant il est sorti de sa voiture, s'est penché au-dessus du pare-brise du type et a donné un coup de poing sur le capot.

— Plutôt menaçant. En tout cas, il a son caractère. Ne jamais sous-estimer la colère de l'homme blanc d'âge mûr qui se sent rabaissé, Davy Walker. Je parle en connaissance de cause : j'en ai un à la maison.

— Mark se sent rabaissé ?

— Pas vraiment, mais plein d'hommes très investis dans leur carrière deviennent amers quand ils atteignent un certain âge et que les choses ne sont plus aussi... faciles qu'avant.

— Alors que les femmes... ?

— Ha ! Tu essaies de me prendre en traître. Les femmes ont d'autres préoccupations, comme par exemple rester minces. En gros, rester minces et paraître jeunes.

— Tu crois qu'on devrait parler à la victime de l'agression ?

Non qu'il n'ait pas déjà d'autres chats à fouetter.

— Pourquoi pas. Je ne suis pas sûre qu'on puisse parler d'agression. Se faire cabosser le capot de sa voiture et défoncer le crâne ne sont pas la même chose. Et puis, qu'est-ce qu'on apprend de nouveau ? Que Tucker a un sale caractère ? Je pense qu'on le sait déjà. Et qu'est-ce que ça nous apprend sur le meurtre de Lukas ? Je veux dire, sa mort ne rentre pas dans la catégorie du crime impulsif, non ? Quelqu'un a prémédité de prendre une corde et de le hisser sur un arbre.

— Une impulsion préméditée ?

— Tu parles sérieusement ? Il y a plus pratique comme impulsion. Si je devais agir de manière impulsive, je pousserais ma victime du haut d'un immeuble ou sous un train. Je prendrais le couteau de cuisine le plus proche...

— Oui, mais Tucker a un mobile. De tous les suspects, le sien est réellement... Tu imagines l'humiliation ? En plus Lukas vivait la porte à côté, sans parler du foyer de migrants insalubre qui dévalue le prix de sa maison. Quand même, il a une vraie raison *et* un caractère irascible.

— Tu oublies que les gars, là, dit Manon en pointant le foyer, sont morts de trouille. Et ce n'est pas à cause de Tucker, pas vrai ? Je crois qu'il faut qu'on réfléchisse à un plan de protection avec l'opération Faisan pour les faire parler.

— Autre chose, dit Davy en lisant encore ses mails, on a les résultats pour la plaque minéralogique de la voiture de Tucker, et ils sont négatifs.

— Attends, quelle voiture ?

— La BMW.

— C'est celle de Mme Tucker. Son mari conduit une Nissan Micra.

— OK. Je vais demander qu'on la trace.

— Ils ont aussi des comptes en banque séparés. C'est pas ce qui a l'air de les rendre plus heureux.

— Comment va-t-on faire pour retrouver Matis ?

— Peut-être qu'il est temps de saisir le téléphone portable d'Edikas. On devrait également enquêter sur la dispute entre Lukas et Tucker, au cas où elle aurait dégénéré. La police a peut-être été mise au courant sans qu'il y ait eu de plainte officielle.

— Pourquoi Dimitri est-il prétendument fou ? Il m'a eu l'air parfaitement sain d'esprit quand je lui ai parlé, la communication passait même mieux qu'avec les autres.

— C'est peut-être juste parce qu'il est bâti comme un poids lourd.

Jour 3
DAVY

— Tu as vu ça ? demande l'officier Kim Delaney, assise devant son ordinateur, en s'écartant pour que Davy puisse voir. Une page Facebook. One Wisbech, le groupe anti-immigration. Cette publication-là, ajoute-t-elle en pointant l'écran. Le jour de la mort de Lukas, quelqu'un a écrit un commentaire : « L'heure est venue de se débarrasser de la vermine sans foi ni loi qui envahit notre ville ! »

— Charmant. Qui a fait ça ?

Kim plisse les yeux sur son écran.

— Tu as besoin de lunettes de vue, dit Davy.

— C'est pas écrit. Je vais demander à l'équipe technique de tracer l'adresse IP, ça devrait être rapide. Ces tarés sont souvent très actifs en ligne mais du genre inertes « dans la vraie vie », dit Kim en traçant des guillemets avec ses doigts et riant de sa blague.

— Sauf qu'ils n'étaient pas inertes la nuit du décès de Lukas. Ne montre pas ce site à Colin, il ferait tout pour rejoindre le groupe.

Colin Brierley, l'enquêteur en civil de l'équipe et son *nerd* attitré, est aussi le seul partisan de l'UKIP au sein du service. Ils tolèrent ses remarques d'un goût douteux avec un agacement teinté d'affection. « Les bigots aussi ont des sentiments », aime à leur rappeler Manon. Davy soupçonne Colin de ne pas *réellement* détester les étrangers, pas au fond de lui. C'est juste un homme qui cherche encore sa tribu ; la brutalité dans laquelle il se complaît croise celle d'autres hommes blancs d'âge mûr marginalisés, avec qui Davy commence à se sentir des affinités.

Ces hommes se sentent malmenés à la fois par des jeunes femmes brillantes, des jeunes musulmans brillants et de jeunes gays brillants – quiconque paraît avoir accès aux informations capitales qui leur font défaut. Des informations sur la modernité, comment vivre, comment s'épanouir, comment tout *fonctionne*.

Colin est un peu l'animal de compagnie de l'équipe : parfois il explose, idéologiquement parlant, et la puanteur est révoltante, mais la plupart du temps il se contente d'être juste là. S'il ne l'était pas, sa présence même scandaleuse leur manquerait.

— Tout le monde, s'il vous plaît, dit Davy. Briefing.

— Est-ce qu'on ne devrait pas attendre que Manon soit là ? demande Kim. Après tout, c'est elle l'inspectrice-chef.

— On est pressés par le temps, répond Davy, conscient de tirer avantage de l'emploi du temps de Manon.

La vérité est qu'il aimerait reprendre le contrôle de la situation.

Qu'est-ce que je raconte ?

L'équipe médico-légale et les TIC leur ont fourni les résultats du test ADN et des empreintes digitales pour la corde et la scène de crime, mais il va falloir leur trouver une correspondance dans la base de données. Or la moitié des migrants de Wisbech ne sont pas connus, encore moins répertoriés dans la base. Comme c'était prévisible, l'ADN de Lukas Balsys est partout présent.

Selon Davy, il y a plusieurs mobiles possibles à investiguer. Primo : Lukas a été tué pour avertir les autres migrants de ne pas moucharder, pour les inciter à travailler plus dur, les contraindre à obéir par la terreur. Dans ce cas de figure, Edikas est le premier suspect. Deuxio : il a été tué par d'autres migrants suite à une dispute à propos de drogue ou d'argent (ici, il faudrait passer au gril le dealer local, Talcy Malc), ou d'une femme. De même qu'en prison, il y a une culture de la violence dans les foyers pour immigrés – une façon d'imposer son commandement par la force. Sans oublier que, à en croire Bridget (*Bridget, tiens, tiens*, entend-il Manon dire dans sa tête), les migrants souffrent de problèmes psychiatriques davantage que la moyenne, d'où le risque qu'ils s'attirent des ennuis. Tertio : Tucker en a-t-il eu marre d'être cocu ? Quarto : Lukas a-t-il fait une mauvaise rencontre avec le groupe anti-immigration ? S'est-il suicidé ? Le travail éreintant, l'absence de salaire, les conditions de vie déplorables, tout cela a-t-il eu raison de sa volonté de vivre ? Davy rechigne à explorer cette piste, pas seulement parce qu'il veut épingler un meurtrier, mais parce qu'il aimerait que la mère de Lukas obtienne la compensation qu'elle mérite, la même que Davy donne à sa propre mère sous forme de loyer pour ne pas l'avoir abandonné à dix ans. Juliet, bien sûr, ignore tout de cette transaction.

— Où en est-on avec la corde ? demande-t-il à l'équipe.

— Alors, commence Kim. On sait qu'elle est en polypropylène, de couleur bleue, et qu'une bobine coûte douze livres soixante-dix-sept. On sait aussi qu'Edikas en a acheté une bobine au Homebase de Westlode Street à Spalding.

— Pourquoi l'acheter à Spalding alors qu'il y a un B&Q à cinq minutes du foyer ? demande Davy.

— Il était peut-être à Spalding pour des affaires ? suggère Kim. Ou bien il préfère l'expérience shopping de Homebase.

— Est-ce que ça n'est pas le cas de tout le monde ? À moins qu'il ait acheté la corde à Spalding pour ne pas être pris, ou pour que les employés ne puissent pas le reconnaître.

— Dans ce cas, pas de bol : un des employés de Homebase se souvient de lui à cause de son chien qui grognait et bavait. Il a eu peur que sa laisse ne soit pas assez résistante et a dit à Edikas : « J'espère que la corde est pour le chien. » Edikas a fait mine de ne pas comprendre ce qu'il disait.

— OK, parfait. C'est donc bien Edikas qui a acheté la corde.

— Oui. Grâce à cet employé, on a pu retrouver la date de son passage en magasin sur la caméra de surveillance et récupérer les images du moment où il achète la corde.

— Très bien. L'a-t-on interrogé sur cet achat qui a servi à pendre trois personnes ?

— Oui. Il a dit que des migrantes voulaient de la corde pour suspendre leur linge et qu'il en avait procuré à trois foyers. Je cite : « Comment je peux savoir qu'elles allaient se pendre avec la corde à linge ? C'est pas ma faute. Les Lituaniens sont des gens tristes. »

— Excellent travail, Kim. Super imitation d'ailleurs. Bon, qui regarde le dossier des deux autres victimes ? demande Davy, priant pour que ce ne soit pas Nigel le Mou, dont le travail est au mieux bâclé, au pire inexistant.

Nigel lève la main. *Bien sûr*, pense Davy.

— Euh… eh bien, je n'ai pas encore fini de lire leurs dossiers, répond Nigel.

— Tu es sérieux ?

— Quand même, ce sont de gros dossiers, se justifie Nigel.

Davy se tait un instant. *Je ne peux pas les donner à Kim, autrement elle va tout faire car tout ce qu'on lui donne, elle le fait. Et bien. Mais si je laisse le boulot à Nigel, il ne sera jamais fait.*

— Peut-être que Kim pourrait te donner un coup de main, Nigel, dit Davy.

— Super, répond ce dernier avec un grand sourire.

Ce qui désespère le plus Davy, c'est que Nigel n'a aucun problème à être perçu comme paresseux et incompétent. Il est dénué de tout orgueil professionnel.

— Colin, je vais avoir besoin que tu localises le véhicule de M. Tucker pour la nuit du décès de Lukas. De toute évidence, on cherche des trajets aller-retour entre Wisbech et Hinchingbrooke.

— Ça marche, répond Colin.

— J'aimerais aussi que tu vérifies les images de vidéosurveillance pour les deux autres victimes. Une fois que Kim aura consulté leurs dossiers, elle pourra t'indiquer les paramètres de localisation. (Comme eux tous, il a rayé Nigel des opérations. Celui-ci pourrait aussi bien ne plus faire partie de l'équipe.) Et puis j'aimerais que tu te renseignes sur Dean Singlehurst, peut-être qu'il y a des informations sur lui en ligne. Tant qu'on y est, trouve-moi son adresse, ajoute-t-il alors que Manon entre soudain dans la salle. Qu'est-ce que tu fais ici ? demande-t-il, gêné d'être surpris en pleine réunion d'équipe.

— Je n'ai pas pu m'empêcher de venir, donc j'ai appelé une baby-sitter pour Ted. Il faut qu'on organise une réunion avec Bridget, de l'opération Faisan, dès que possible. Tu peux l'appeler pour lui demander de venir ? Qu'est-ce que tu fais avec le carnet de briefing à la main ?

— Euh… Je… dit Davy en rougissant. Je voulais juste qu'on avance, c'est tout. Je n'étais pas en train de profiter de ton jour de congé…

— Ce n'est pas un « jour de congé », Davy. C'est une journée exténuante de gardiennage d'enfant.

On n'entend pas une mouche voler parmi l'équipe, trop occupée à suivre l'échange.

— Oui, eh bien, je ne profitais pas de ton emploi du temps.

Il entend Nigel chuchoter d'une voix haut perchée :

— Gros malaise !

— Mais oui, c'est ça. Tu n'as qu'à me faire un compte rendu de la réunion pendant qu'on attend Bridget.

MANON

Ils sont dans ce qu'on appelle la « zone de repos » : une pièce lugubre avec un canapé élimé et des chaises en plastique. Autrefois c'était la salle fumeurs : les murs ont gardé la trace jaunâtre de la nicotine.

Davy dévore Bridget des yeux dès qu'elle a le regard tourné, mais sitôt qu'elle le regarde il baisse les yeux au sol. Elle porte un haut à manches longues incroyablement moulant.

— Merci d'être venue, Bridget, dit Manon. Notre problème, c'est qu'on n'arrive pas à faire parler les résidents du foyer.

— Bienvenue dans mon monde, répond Bridget.

— On a besoin qu'ils nous racontent ce qui s'est passé le soir de la mort de Lukas, mais ils sont terrifiés.

— Oui. C'est notre principal problème. Aucun n'ira balancer l'un des chefs de gang. Et quand on parvient à réunir suffisamment de preuves, ils se hâtent de quitter le pays. C'est presque impossible de les poursuivre en justice.

— Je n'arrive pas à savoir s'ils ont peur d'Edikas ou de celui qui a tué Lukas, dit Manon.

— C'est peut-être la même personne, remarque Davy.

— Il se peut aussi, note Bridget, qu'Edikas se soit servi du meurtre pour menacer les migrants. Genre : si tu balances, tu seras le prochain. Même s'il n'a rien à voir avec le crime.

— Qu'est-ce qu'on peut faire alors ? demande Manon. Les retirer du foyer pour les mettre en lieu sûr ?

— La plupart n'iront pas. Même si dans les faits ce sont des esclaves, notamment en termes de conditions de vie et de paiement, ils sont là par choix. La porte n'est pas fermée à clé. Souvent, ils sont psychologiquement fragiles, ils ont des passés troubles, des problèmes d'alcoolisme. Ils croient être là pour le travail, donc ils le font, seulement ils ne sont pas payés. Leur véritable prison, c'est la barrière de la langue, leur méfiance vis-à-vis de la police, leur dépendance aux chefs de gang pour les besoins vitaux. On leur donne un peu de liquide pour acheter un déodorant ou un sachet de chips, mais pas de salaire.

— Que penses-tu d'Edikas ? demande Manon. Selon toi, il pourrait tuer ?

— Oh oui, sans l'ombre d'une hésitation. Edikas est le dur qui va mater les autres durs. Il est tellement froid, c'est presque un reptile.

Davy sort la langue en louchant – une imitation extrêmement mauvaise d'un serpent.

Bridget se met à glousser.

Bon sang, pense Manon. S'il y a une chose qu'elle déteste, c'est être exclue d'une quelconque tension sexuelle entre des individus. Telle une retraitée, ce qu'elle a l'impression d'être, elle s'extrait de son siège avec difficulté en disant :

— Y a des hôtels pour ça. Ah, Bridget ? Ce sont toujours des travaux agricoles qu'on leur donne ? Attraper des poulets, etc. ?

— Principalement. C'est là qu'on manque de main-d'œuvre. Ils ramassent aussi des fruits et légumes. Vasil possède une entreprise d'installation de terrasses. Elle est dirigée par un type qui s'appelle Jonas. En gros, les Lituaniens sont connus pour accepter les travaux les plus difficiles.

Le téléphone de Manon se met à sonner. Numéro inconnu. Sa première pensée est qu'il est arrivé quelque chose à Teddy ou à Fly.

— Allô ?

— Manon Bradshaw ?

— Oui.

La tension monte.

— Ici l'hôpital de Hinchingbrooke. (*Oh mon Dieu, non, s'il vous plaît, pas maintenant.*) Nous avons admis M. Mark Talbot, qui souffrait de douleurs abdominales. Il a demandé si vous pouviez venir. Êtes-vous disponible ?

Elle ressent un soulagement coupable à ce que ce ne soit pas l'un des enfants.

— Bien sûr. J'arrive tout de suite.

Elle a fait le trajet de dix minutes jusqu'à l'hôpital en courant, son esprit échafaudant tous les pires scénarios possibles. Aussi c'est à bout de souffle qu'elle se penche au-dessus du guichet de réception pour lâcher :

— Je viens voir Mark Talbot.

— Un instant, s'il vous plaît, dit la réceptionniste en pianotant sur son clavier et en regardant son écran. Oui, quatrième étage, service d'oncologie.

Oncologie, merde, oh merde.

À l'étage en question, elle est accueillie par une infirmière (sûrement celle qui l'a appelée).

— Ne vous en faites pas. Il se repose. Venez avec moi.

Tandis que Manon trottine derrière elle le long du couloir de linoléum brillant, les vers d'un poème d'Emily Dickinson lui reviennent en tête :

Pour Mort ne pouvant m'arrêter –
Aimable il s'arrêta pour moi –
Dans la Calèche rien que Nous deux –
Et l'Immortalité[1].

Il est là, silhouette familière dans un environnement inconnu, les paupières closes, redressé dans le lit et couvert par le drap. Ouvrant les yeux, il la voit et lui sourit, lui prend la main tandis qu'elle s'assied à son chevet.

— Merci de m'avoir filé la trouille de ma vie, dit-elle, la colère bouillonnant sur sa langue tel du caramel brûlant.

Pourquoi lui fait-il ça alors qu'elle est jusqu'au cou dans son premier cas d'homicide depuis des années ?

— Pardon.

— Qu'est-ce qui se passe alors ?

— J'ai eu des douleurs terribles à l'estomac. Donc je suis venu.

— Et ?

— Ils me gardent pour me faire passer une série d'examens.

— Ça veut dire quoi ?

Il hausse faiblement les épaules. Bon Dieu, c'est comme

1. Traduction de Claire Malroux, Paris, Belin, 1989 (*NdT*).

de demander à Fly comment s'est passée sa journée à l'école. « Ouais » ou « Bien », des réponses qui ne lui apprennent absolument rien.

— Tu es inquiet ?

— Oui, un peu. Et toi ?

— *Maintenant* je le suis. À qui faut-il que je parle ?

— Pas la peine de les déranger. Ils ont la situation en main.

Le moment est mal choisi pour être désolé, songe-t-elle. Il est sans cesse en train de s'excuser. Quand on lui demande ses coordonnées bancaires, il dit : « Merci, c'est gentil. » Plus que n'importe où ailleurs, il faut brusquer les choses au NHS. Elle aimerait reprendre le contrôle sur la situation, sur lui. Car à cet instant, ses émotions sont en roue libre. *Pas ça. Pas maintenant.*

— Reste calme, dit-il en lui serrant la main.

— Impossible. Pas quand il s'agit de toi.

Elle s'en va chercher un employé de l'hôpital mais le service est vide, à l'exception d'une femme de ménage. Probablement d'Europe de l'Est. Kristine, la baby-sitter de Teddy, est roumaine.

— Bon, quand est-ce que tu sors ? demande-t-elle à Mark en revenant dans la chambre.

— Demain, je pense.

— Tu as sûrement mangé un curry avarié. Je te connais.

Récemment, dans les bras de Mark, elle lui avait rappelé leur premier week-end en amoureux, à l'époque où ils étaient encore excités l'un par l'autre.

— Qu'est-ce que tu gardes comme souvenir de ce week-end ? lui avait-elle demandé, coquine.

— Les tourtes au porc, avait-il répondu aussitôt.

Non, ce n'est pas Monsieur Romantique.

Du tout.

Que deviendra-t-elle s'il meurt ? Le pire peut arriver.

Les gens ne se sortent pas toujours d'affaire.

Avec qui discutera-t-elle de tout et de rien ? À qui racontera-t-elle ce qu'elle a mangé au déjeuner ? « Franchement, c'était pas assez salé. »

Qui lui fera des compliments sur son rôti de bœuf ?

— C'est grâce à mon bouquet d'herbes de Provence, lui avait-elle confié.

— Ton bouquet d'herbes de Provence ? avait-il répondu avec un petit sourire ironique.

Qui d'autre maniera le second degré comme lui ?

Si elle ne s'effondre pas, c'est uniquement grâce à la pensée de ramener ses enfants à la maison et de les serrer très fort contre elle.

Hors de propos, elle se demande soudainement : *Ont-ils retrouvé la trace de la corde ?*

Et de même qu'un naufragé s'accrocherait à cette corde, elle se hisse sur la terre ferme de l'enquête pour s'y reposer momentanément.

Dans toute investigation il y a des indices qui n'ont pas de sens, un élément qui menace de détricoter l'ensemble. Même en cas de doute, on entraîne les officiers à toujours « penser homicide », car en envisageant le pire on prête attention à la totalité des pistes. Dans le cas de l'affaire Balsys, la question est de savoir comment il s'est retrouvé dans un arbre. Peut-être le ou les meurtriers se sont-ils servis d'une échelle dont les marques ont ensuite été effacées par la pluie. Ont-ils utilisé une sorte d'échafaudage ? Et puis il y a le problème du cadavre, plus lourd et encombrant qu'on ne pourrait s'y attendre. Quoique, ici, ils aient laissé le corps à l'endroit de sa mort. Il n'y a eu aucune tentative de le dissimuler.

Demeure la question concernant la manière de contraindre un corps vivant à cheminer jusqu'à la mort. De toute évidence, la victime va opposer une résistance. L'avantage est qu'elle est capable de se mouvoir. Les meurtriers ont pu faire usage de leur force physique, mais c'est peu plausible. À moins que Lukas ait été inconscient, drogué ou tabassé. Mais alors il aurait été un poids mort… Retour à la situation de départ.

Elle réalise soudain qu'il n'y a pas un unique meurtrier. Ils sont plusieurs. *Ils*. C'est « eux », pas « lui ». Un groupe, des complices. Une entreprise commune.

Et si son propre conjoint, son complice, venait à mourir ? Elle a passé tant de temps à critiquer Mark, l'homme à qui elle confie tout, son âme sœur, le sol sous ses pieds (d'ailleurs elle ne s'est pas privée de le fouler aux pieds) ; il est son mur porteur, son toit, sa chaleur et ses saisons. Elle a gâché le peu de temps qu'ils ont passé ensemble, ne l'a pas apprécié à sa juste valeur. Que deviendra-t-elle s'il la quitte ?

Il est son équilibre, son égal, sa meilleure moitié. La présence qui lui permet de regretter sa liberté ; celui qui l'aime assez pour la supporter. Qui d'autre le ferait ? Et même si elle voulait de cette personne… Mais non, elle n'en veut pas, car le seul être qui compte est Mark Talbot. Pour toujours et toujours, amen.

C'est juste des examens, pour l'instant on n'est sûrs de rien. Attends juste qu'il passe les examens. Alors seulement on avisera, pense-t-elle.

Avec qui se sentira-t-elle suffisamment à l'aise pour lire à son côté sans dire un mot pendant des heures ? (Ce qu'ils feraient, s'il n'y avait pas Teddy.) Oh Teddy ! Qui l'aimera autant que Mark ? Qui le regardera avec cette adoration que Mark tente de dissimuler mais qu'elle seule voit ? Teddy n'est même pas son fils biologique, pourtant ça n'a jamais eu d'importance pour lui. Ce sont ses enfants à lui qu'elle aurait dû avoir, afin de perpétuer un peu sa bonne nature. Mais des enfants de seize ans, quatre ans et deux ans (s'ils avaient remis ça) et un partenaire se mourant du cancer (ainsi que son esprit l'a si rapidement diagnostiqué) – ce serait un lourd fardeau à porter. Sans parler du travail, que ce soient les affaires classées ou une enquête pour homicide.

Toutes leurs conversations à propos de la nourriture ; pas tant des conversations que des pensées vagabondes exprimées à voix haute. Devra-t-elle les garder pour elle désormais ? Elle repense aux paroles d'une chanson de Joan Armatrading : « *Avec un ami, je peux sourire, Mais avec un amant je peux rejeter la tête en arrière et rire, rire vraiment.* »

Il est plus qu'un amant, plus qu'un ami. Il est le réceptacle de ses pensées, celui à qui elle peut tout confier, sans jamais craindre qu'il la juge. Dire qu'elle a passé tant de temps à chercher la faute en lui, en leur couple.

L'autre jour, elle avait failli se jeter dans les bras d'un inconnu en pensant que c'était Mark (de même que les petits enfants prennent parfois soudain la main du mauvais adulte). Ce parfait inconnu, elle avait été sur le point de lui dire : « Il est temps d'évacuer la zone, j'en ai lâché un mortel. » Le genre de pépite conversationnelle qu'elle n'offre qu'à Mark Talbot, le veinard. Futur feu Mark Talbot. À qui confiera-t-elle ses secrets de cuisinière, ses émissions de gaz mortel, ses envies de programme télé (« Il faut absolument qu'on regarde ce documentaire sur les migrants, *Exodus*. Il paraît qu'il est excellent. Ah, attends, en fait il y a *L'Amour est dans le pré* à la même heure »). Qui écoutera ses moindres pensées comme si c'était intéressant ? Il faut dire que lui raconte les mêmes histoires au moins trois ou quatre fois. C'est pourquoi elle n'écoute jamais la première fois.

Ils s'envoient des photos de leurs doubles mentons respectifs. Leurs lettres d'amour à eux.

Certaines personnes se sortent d'affaire, d'autres non.

— Qu'est-ce qui ne va pas ? demande-t-elle à Fly d'un ton plus agressif que voulu.

— Rien.

— Pourquoi tu es si silencieux ? Tout va bien à l'école ?

— Je suppose.

— Ça veut dire quoi ?

— Laisse-moi tranquille.

Fly est son fils adoptif, bien que le terme « adoptif » n'ait plus grand sens aujourd'hui. Le frère d'une victime assassinée, il n'avait eu aucun endroit où aller à onze ans, moment auquel elle l'avait pris sous son aile – temporairement pour commencer, puis définitivement. Il est la lumière de sa vie : réfléchi, empathique, intelligent, gentil. Et noir, même si cela non plus n'a plus de sens. À seize ans, il la dépasse d'une tête et travaille dur à l'école, ce qui, lorsqu'on fréquente un lycée public, a aussi ses désavantages.

Elle est constamment sur son dos à guetter d'éventuels

signes d'ennuis. Il s'apprête à passer son certificat d'études secondaires (GCSE) et elle nourrit l'espoir que sa vraie valeur sera enfin visible aux yeux du monde. Oui, c'est beaucoup demander d'un simple examen scolaire. Mais elle a toujours senti que le monde (disons les professeurs) peinait à reconnaître les richesses de son fils.

Elle le suit dans l'escalier, se demandant si elle devrait effectivement le laisser tranquille. Après tout, il doit mener seul ses combats.

— Il y a quelque chose que tu veux me dire ? demande-t-elle, assise sur son lit.

— Non.

— Sûr ?

— Oui.

Avec les enfants, il faut aborder le problème de biais. Lorsqu'ils sont petits, comme Ted, c'est toujours à cause des jouets ou du bain. Avec Fly, elle est souvent obligée de ruser au moyen d'un préambule incroyablement fastidieux à propos de football ou de mythologie grecque, avant d'obtenir la vérité. Toujours passer par le jeu…

— Qu'est-ce que tu lis ? tente-t-elle.

— *Madame Bovary*.

— Ah oui ? Je l'avais aimé, celui-là.

— Ouais, pareil.

— C'est pour l'école ?

— Non, c'est la bibliothécaire qui me l'a conseillé. Alors je me suis dit, pourquoi pas ?

Il vient s'asseoir près d'elle, en se penchant légèrement. Elle passe son bras autour de ses épaules. Il renifle. Des pleurs.

— Oh, mon chéri, raconte-moi.

— C'est Sulaiman.

— D'accord. Qu'est-ce qu'il a fait ?

— Il… Chaque fois qu'il me voit, il me fait un croche-pied pour que je tombe.

— *Quoi ?* s'écrie-t-elle, furieuse.

— C'est hyper chiant.

— Bien sûr que c'est chiant ! Tu lui as dit quelque chose ?

À la crèche, on apprend à Teddy à dire « Stop, j'aime pas ça », par opposition à, disons, mordre l'autre. Mais on lui apprend aussi à dire « J'aime donc je partage », une phrase qu'il se plaît à répéter à tout-va, surtout quand il s'agit d'arracher son jouet des mains d'un petit camarade.

— Non, murmure Fly.

— Tu en as parlé à un professeur ?

— Non.

— Tu veux que je le fasse ?

— Surtout pas ! Promets-moi que tu diras rien.

— Seulement si tu promets que tu en parleras.

Pour couvrir Fly de honte, il lui suffit d'aller le chercher à l'école avec son cabas de courses ; faire quelques pas de sa fameuse danse en public ; parler à l'un de ses professeurs.

— Pourquoi tu crois qu'il fait ça ? demande-t-elle.

— J'en sais rien, répond-il en haussant les épaules. Il doit croire que c'est drôle.

Fly est d'un naturel timide. Il peut arriver que d'autres gamins veuillent attirer son attention sans savoir comment s'y prendre.

— Est-ce qu'il rigole, après qu'il t'a fait un croche-pied ? dit-elle en souhaitant faire très, très mal à Sulaiman.

Il hausse les épaules.

— C'est horrible ! Fly, mon cœur.

Il soulève la jambe de son pantalon : il a des ecchymoses jusqu'aux genoux.

— Mon Dieu. Il faut qu'on fasse quelque chose. Je peux parler à la mère de Sulaiman ?

— Non ! S'il te plaît, ne fais pas ça. À cause de ton travail, les gens réagissent toujours mal quand tu t'en mêles.

— Mark alors ? Tu préfères que Mark se charge de la situation ?

Il hausse à nouveau les épaules, ce qui équivaut à oui. Si Mark était là, lui et Manon en discuteraient pendant une heure et elle se sentirait mieux ensuite.

Elle refrène son envie de quitter la maison en courant pour choper Sulaiman par le col et lui faire un croche-patte en lui disant : « Quel effet ça fait, hein, petit con ? »

En réalité, si ses souvenirs sont bons, Sulaiman est un gentil gamin avec des parents sympathiques. Pas faciles, les adolescents : impénétrables, pourtant tout bouillonne sous la surface.

Teddy est debout en pyjama dans l'encadrement de la porte. Elle le prend dans ses bras et le serre fort – élan d'affection qu'elle aimerait diriger vers Fly, mais elle ne le peut.

Au-dessus d'eux plane le spectre du départ de Fly pour l'université. Elle nourrit le rêve qu'il soit pris dans la même faculté qu'elle autrefois, Cambridge, ainsi il resterait vivre à la maison (même si ça ne serait qu'une fraction de « l'expérience universitaire », mais ô combien moins onéreuse). Elle ne supporte pas l'idée de vivre dans une maison sans enfants. Le silence. Juste Mark et elle, et la sénilité galopante. Dîners frugaux, sorties de grabataires au cinéma (*Aaah, une séance à six heures ! Dodo à neuf !*).

Peut-être accueillera-t-elle des enfants en difficulté chez elle. Pour leur donner un foyer.

Après la naissance de Teddy, Fly s'était senti rejeté. Remplacé par un nourrisson blanc naturel. Même si son petit cousin Sol lui manquait, emporté dans quelque lointain pays par la sœur de Manon (pour ce qu'elle en savait). Puis l'affection naturelle de Fly pour les enfants avait repris le dessus. C'est vrai qu'il est génial avec eux, se mettant à leur niveau pour jouer ou leur raconter des histoires. Et les enfants adorent les grands, sont éblouis par eux comme si c'étaient des illusions d'optique, une version licorne d'eux-mêmes. Quand l'enfant à l'intérieur de l'adulte établit le contact avec l'adulte à l'intérieur de l'enfant, la magie opère.

Ses parents, Maureen Dent (une Irlandaise alcoolique, décédée) et Adewale Sane (un Nigérian sans adresse fixe qui avait coupé tout contact avec Fly), lui avaient légué la grâce et la patience. L'intelligence. Juste avant la naissance de Teddy, Fly avait espéré que son père, en le prenant avec lui, le sortirait d'une situation difficile, qu'il démêlerait les sentiments confus qui l'habitaient, or ses sentiments s'étaient éclaircis d'eux-mêmes lorsqu'il s'était rendu compte que son père n'avait rien d'autre à lui offrir qu'un intérêt démesuré pour l'argent et une ribambelle de petites amies peu fréquentables.

Auparavant, Fly avait l'habitude de l'appeler « Manon », utilisant « maman » seulement de temps à autre, et encore, avec réticence. Cela aussi s'est estompé. Aujourd'hui, il dit « maman » naturellement, parce que c'est ce qu'elle est.

Lorsqu'il la sent au bord de la crise de nerfs avec Teddy, il prend l'enfant dans ses bras, l'installe dans sa chaise haute et lui donne à manger des toasts beurrés (que Ted écrabouille dans ses mains) et des myrtilles. Il lui parle. L'amuse avec des jeux de mains. *Ainsi font font font. Tourne, tourne petit moulin.* Ses petits bras qui moulinent dans les airs. Alors elle peut s'allonger sur le canapé et fermer les yeux en l'écoutant (bon, un œil ouvert au cas où ils feraient des bêtises). Se laisser aller confortablement dans les coussins moelleux.

Elle aurait aimé avoir connu Fly bébé. Elle aurait été heureuse de le bercer dans ses bras, ses lèvres contre ses tempes toutes douces, tandis qu'il téterait son biberon comme un agneau. Elle aurait aimé le garder avec elle plus longtemps, car son amour pour lui ne fait que croître.

La maison silencieuse, tard dans la nuit.

Elle est assise sur le carrelage de la cuisine, le dos contre un meuble de rangement, le col de sa chemise trempé de larmes. Sur la table, il y a les restes du dîner de Teddy, leurs assiettes sales à Fly et elle : du désordre que Mark aurait normalement rangé avant de se mettre au lit. Elle aurait dû remarquer cela davantage, mais elle était trop occupée à voir les manteaux par terre.

Sans rien débarrasser dans la cuisine, elle se hisse en haut de l'escalier. Elle ouvre la porte de la chambre de Teddy, allongé sur le dos dans son lit, la bouche comme un four. Elle se glisse à son côté, collant son nez contre son cou légèrement moite de transpiration, dont l'odeur évoque celle d'un hamster.

Elle lui embrasse la joue. Il fait une grimace, roule sur le côté. Elle le prend dans ses bras. Ferme les yeux.

— Je t'aime, Teddy Bradshaw.

Elle se réveille en sueur : la chaleur de fournaise du corps de Teddy. Se levant groggy, elle va retrouver Mark dans leur lit. *Réveil : je sens le chu du noir, non pas le jour*[1]. On peut toujours compter sur des vers de Gerard Manley Hopkins pour sombrer encore plus bas.

Puis la réalité lui revient, avec la violence d'une embuscade.

Le lit est trop grand sans toi.

Elle s'allonge dans les draps froids, à côté du terrible espace vide où il devrait être, où il a été alors qu'elle le critiquait, le malmenait.

---

1. Traduction de Pierre Leyris, Paris, Seuil, 1980 (*NdT*).

Jour 4
MANON

Ils ont convoqué Dimitri au commissariat de Wisbech mais celui-ci a décliné l'invitation, aussi sont-ils de retour au foyer de migrants pour l'interroger.

Il est assis sur un matelas au bout de la chambre, jambes croisées et dos au mur. Deux mètres de chair et de muscles. Une tête de géant. Des tibias de la taille de rames d'aviron. Manon a du mal à croire qu'il puisse avoir peur de quoi que ce soit – il pourrait soulever Edikas d'une seule main. En parlant de tibias, même depuis le seuil de la pièce malodorante, elle perçoit une odeur de chair en putréfaction.

Dimitri porte une bande de tissu autour du mollet, mais le pansement s'est défait à un coin, révélant une plaie. Suintante, constate Manon avec un début de nausée. Voilà pourquoi le bandage ne tient pas.

— Je mettrais ma main à couper que c'est une morsure de chien, souffle Davy à Manon.

— Allez, on vous emmène voir un médecin, dit Manon à voix haute (via l'interprète). Il va vous ausculter. Vous avez besoin de prendre des antibiotiques.

Davy comprend qu'elle essaie de fanfaronner devant l'expression de colère de Dimitri.

— *Ne!* réplique ce dernier.

— La blessure est infectée, insiste-t-elle.

Dimitri hausse les épaules.

— Comme vous voulez. Bonne chance avec l'amputation. Bon, quels étaient vos rapports avec Lukas ?

— On était meilleurs amis, dit Dimitri, sa fureur cédant la place à la tristesse.

— Connaissez-vous Matis ?

Il acquiesce.

— Où est-il ?

Manon, Davy et l'interprète sont encore au seuil de la chambre, tels des intrus, mais elle répugne à entrer à cause de l'odeur putride de la blessure.

— Il s'est tiré, répond-il en haussant les épaules. Je sais pas où.

— Sait-il ce qui est arrivé à Lukas ?

— Oui, mais il ne voulait pas me dire. Il répétait que c'était sa faute. Je sais pas pourquoi il disait ça. Ça n'a pas de sens. Lui et Lukas étaient meilleurs amis depuis l'enfance. Ce qui est arrivé à Lukas a complètement changé Matis, ça l'a rendu malade. Je ne comprends pas pourquoi il ne m'a rien dit. Il disait que s'il racontait, ça nous arriverait à nous aussi.

Avant,
Klaipeda
MATIS

— Regarde, je vais te montrer, a dit Matis lorsque Lukas s'est assis à la table avec deux pintes de bière.

Matis lui a tendu l'écran de son téléphone. Dessus, il y avait une annonce :

Emplois bien rémunérés au Royaume-Uni
250 £ - 350 £ / semaine
Repas et logement compris
Téléphone : …

— J'ai appelé le numéro, a poursuivi Matis. Le car part samedi.

— Je sais pas, a répondu Lukas en tournant son verre dans sa main.

Ils étaient attablés dans leur bar habituel : deux pièces aux murs couleur pêche garnies de mobilier en pin. Ils connaissaient les serveuses. La bière était excellente. La nourriture, à éviter.

Matis ne voulait pas monter seul à bord du car, il avait

besoin de Lukas pour calmer ses nerfs, faire de ce voyage une aventure excitante plutôt qu'un saut terrifiant dans l'inconnu.

Ayant grandi sans mère, Matis était invité à la table de la famille de Lukas à l'occasion des vacances et des jours fériés : déjeuner de Noël (moment auquel son père était toujours ivre), Pâques, anniversaires. Ces marques de sollicitude étaient offertes sans cérémonie, la famille Balsys paraissant à peine remarquer la présence de son hôte et ne cherchant jamais à s'auto-congratuler pour ce geste, ce qui évitait à Matis la morsure de l'humiliation.

Mme Balsys, Ludmilla, servait en silence ses plats faits maison à Matis. Goulash de bœuf, raviolis russes, salade de betteraves. Ils lui faisaient une place à leur table tout juste assez grande pour quatre, alors cinq… Pour Matis, les repas étaient des festins. Son père ne cuisinait jamais. Aussi Matis emmagasinait-il chez Lukas autant de bonheur qu'il pouvait, pour un usage futur. Ludmilla ne cessait de s'affairer dans la maison, toujours impeccable. Elle passait son temps à nettoyer, laver, balayer, astiquer. Matis admirait son efficacité. Contrairement à son père qui, trop occupé à cuver ses pintes de Svyturys, avait abandonné toute velléité de ménage. La cuisine était constamment en désordre, les lits défaits et les draps jamais lavés.

À l'école, Matis et Lukas n'étaient pas amis et fréquentaient des bandes séparées. Plus studieux, Lukas aimait lire. Mais chaque fois que Matis retrouvait Lukas, il avait l'impression d'être en famille : un cousin ou un frère auprès de qui il n'avait pas besoin de se justifier ou d'expliquer sa situation familiale.

— Allez, viens ! On ne peut pas rester à Klaipeda. Même

ta sœur est partie, a dit Matis en buvant une gorgée de bière, froide et amère.

Il s'est senti enhardi par l'alcool, le même effet que son père devait probablement rechercher. Encore une raison de s'en aller. Matis sentait grandir en lui une dépendance à l'alcool qu'il craignait être héréditaire, à moins que ça ne soit une caractéristique nationale. Sa mère les avait quittés une douzaine d'années plus tôt, incapable de supporter l'addiction de son mari.

À présent, Matis tentait le tout pour le tout pour convaincre Lukas.

— Il n'y a aucun avenir pour nous ici. On se casse le cul pour quatre cent cinquante euros par mois ! Tout ça pour quoi ? Pour remplir les poches d'un autre. J'en peux plus. Je veux une vie meilleure, je veux voir ce que le monde a à m'offrir.

En réalité, l'argent n'avait jamais vraiment intéressé Matis, quoique tout le monde autour de lui soit obsédé par ça – il n'y avait qu'à voir tous ces parents qui étaient partis au Danemark ou en Norvège pour de meilleurs salaires qu'ils envoyaient à leur famille. Matis ne fantasmait ni sur les richesses, ni sur les maisons, ni sur les voitures. Ce qu'il voulait, c'était découvrir de nouveaux horizons. Il ne connaissait que trop bien le Matis qui vivait sous le fatras métallique des grues sur les docks : Matis le déprimé, sans perspective d'avenir, irascible avec tout le monde et lassé de lui-même. Il ignorait qu'il se trompait en pensant qu'un départ signifiait une réinvention, que l'ancien Matis ne le suivrait pas s'il traversait l'Europe.

Il rêvait d'un nouveau Matis : un Matis intrépide, arpentant une scintillante métropole occidentale dans un costume sur mesure. Un Matis romantique, environné des ombres crépusculaires d'un paysage bucolique durant la moisson. Ou bien dans une paisible bourgade, où il trouverait amour et culture. Pourquoi pas ? Ce qu'il voulait avant tout, c'était des opportunités. De l'expérience. L'occasion de jouer un rôle. De ne pas être défini par le lieu d'où il venait : son père, l'effondrement du bloc soviétique, les communistes, les nazis.

Au Royaume-Uni, il cesserait de boire. Fini les trajets dans la neige pour se rendre à un boulot minable sans espoir d'avancement. Non, sa vie ne reproduirait pas celle de ses parents ni de leurs parents avant eux : un appartement sans charme dans le quartier du port de Klaipeda où l'attendrait une épouse au visage fermé. Au Royaume-Uni, il se réinventerait complètement. Il aurait une profession. Pourquoi pas monter une affaire ? Après tout le Royaume-Uni était le pays des entrepreneurs. En Lituanie, des personnes dotées de diplômes universitaires chargeaient des conteneurs sur les docks. C'était une nation de frères : pour accomplir quoi que ce soit, il fallait un ami haut placé. Tandis que le Royaume-Uni fonctionnait au mérite. C'était le pays de Simon Cowell et d'Ed Sheeran. Un endroit si riche que le shopping était un hobby national. Où l'on pouvait *devenir quelqu'un*. Ses enfants eux-mêmes auraient un avenir professionnel.

— Le problème n'est pas où on est, mais qui on est, a dit Lukas, éternel philosophe du pire. Pour changer, il faut changer intérieurement.

— Non, le problème c'est *où* on est, a répliqué Matis alors que le vieux Grigoriev prenait place à leur table sans y avoir été invité.

— Matis veut partir en Angleterre, a expliqué Lukas au vieil homme.

— *Ach!* s'est exclamé ce dernier. Qui va prendre soin de ton père ? Il ne pourra pas continuer à travailler longtemps, avec sa santé. Et ensuite ? Avec une retraite de trois cents euros par mois, dont deux cent cinquante rien qu'en chauffage... Tu dois rester pour t'occuper de lui.

— C'est tout ? a lancé Matis, bouillant intérieurement. C'est ça mon seul avenir ?

— C'est pareil pour tout le monde, a répondu Grigoriev. Et ne me dis pas qu'il n'a jamais rien fait pour toi. (*Le vieux grigou lit dans mes pensées*, a songé Matis.) Ton père ne t'a jamais abandonné. Il est resté, lui. Pas comme ta mère, que tu idéalises tant. C'est peut-être pas le plus sensible des hommes, mais il a fait face à ses devoirs. Tu devrais en prendre de la graine.

— Et regarde comme ça l'a rendu heureux, a rétorqué Matis.

— Qu'est-ce que le bonheur a à voir là-dedans ? Les jeunes croient que le bonheur est un dû. Moi je te parle de devoir. Notre devoir est de prendre soin de nos parents quand ils sont vieux, parce qu'eux ont pris soin de nous quand on était jeunes. C'est ça, un être humain.

— Mais entre les deux on a besoin de vivre, s'est écrié Matis face à une telle injustice. On a besoin de vivre pour soi-même. On a le droit de commettre ses propres erreurs.

Internet lui avait ouvert l'horizon tout en l'éclairant sur la situation de son pays. La Lituanie : troisième nation la plus malheureuse au monde, battue seulement par le Tchad et la Syrie.

— Je m'en fous, je pars quand même, a dit Matis.

Pure bravade. En dedans il tremblait de peur. Si Lukas ne le suivait pas, il ne trouverait jamais la force d'embarquer pour le voyage. Avec Lukas, il pouvait le faire. Sans lui, il se dégonflerait.

— Quand je serai riche et marié à une belle Anglaise, ne pense pas que tu seras le bienvenu, a-t-il dit en adressant un sourire gêné à Lukas.

En sortant du bar, ses émotions faisaient des montagnes russes mais il s'efforçait de garder un ton léger.

— Grigoriev est un égoïste. Qui ne tente rien n'a rien, Lukas, a dit Matis.

Puis il a eu une idée : on venait de diagnostiquer au père de Lukas un emphysème, probablement dû aux conteneurs de pesticides qui arrivaient au port depuis la Biélorussie.

— Ton père ne ramène plus rien depuis qu'il est en arrêt maladie. Tes parents ont besoin d'argent. On peut leur en trouver. Imagine la tête de ta mère quand tu lui enverras la moitié de ton salaire chaque mois. Imagine-la en train d'ouvrir l'enveloppe, comme elle sera fière de toi.

Matis devait se battre pour lui-même et pour sa liberté. Son ambition naissait en majeure partie du désir de laisser son père derrière lui, afin de marquer la différence entre eux. Or il ignorait en quoi cette différence consistait exactement. Il ne savait pas qui il était, il voulait juste qu'on lui donne la chance de le découvrir. À cette pensée, sa poitrine s'est contractée. En Lituanie, les hommes ne pleurent pas. Ils se battent, boivent, et souvent finissent par se tuer. Il voulait saisir la chance de ne plus être lituanien.

— Qu'est-ce qui se passera si le rêve que tu poursuis se révèle pire que ce que tu as ? a demandé Lukas. Peut-être qu'on n'obtiendra jamais mieux que ce qu'on a déjà.

Matis était incapable de répondre à Lukas, car ils n'étaient pas pareils. Lukas était un défaitiste : trop occupé à regarder lugubrement la pointe de ses chaussures, il ne pouvait pas voir de l'autre côté de la frontière. Lorsqu'on demandait à Lukas comment il allait, il répondait invariablement : « J'ai connu des jours meilleurs. » C'est la raison pour laquelle ils s'entendaient aussi bien – ce gouffre entre leurs natures respectives. Le pessimisme de l'un rehaussait l'optimisme de l'autre, et vice-versa. S'ils avaient été un homme et une femme, ils se seraient probablement mariés.

Quand ils se sont quittés ce soir-là, Matis a dit, du ton le plus léger dont il était capable :

— Le car part à huit heures du matin. Samedi, huit heures. D'accord ? Viens. Tu veux vraiment rester ici toute ta vie ?

— J'aime la misère que je connais, a répondu Lukas en secouant tristement la tête tandis qu'il s'éloignait.

Matis savait que Lukas avait une petite amie, Janina, qui pouvait le convaincre de rester à Klaipeda. Mais leur relation était compliquée, ce qui pouvait donc également l'inciter à partir. En réalité Matis n'en savait rien, et ça le rendait malade.

Samedi matin, il est parti avec pour seul bagage un petit sac à dos. Il avait faim mais avait trop mal au cœur pour manger quoi que ce soit. Il s'est contenté d'attendre au bord de la route en fumant une cigarette roulée. Soudain, il s'est empourpré de joie en voyant Lukas remonter la rue. Lui aussi portait un sac et dos et fumait.

— Eh ! s'est-il exclamé. Tu l'as fait !

Il aurait voulu hurler, tant il était heureux de voir Lukas. Au lieu de cela, il lui a tapoté l'épaule, mais gêné par son sac de voyage il n'a réussi qu'à lui donner une sorte de bourrade dans le cou.

Un car s'est arrêté devant eux et ils sont montés à bord. Non pas le car rutilant que Matis avait imaginé, avec écrans de télévision et air conditionné, mais un vieux bus jaunâtre aux sièges imprégnés de relents de tabac froid, vitres graisseuses et une porte des toilettes qui ne fermait pas. Une fois installé, Matis s'est rapidement endormi, conforté à l'idée d'avoir pris la bonne décision et par la présence de son meilleur ami. Il était à bout de nerfs, épuisé par les heures d'insomnie de la nuit précédente. Quoi que leur réserve le Royaume-Uni, Lukas était là, ils l'affronteraient ensemble. Maintenant seulement il pouvait rêver d'un avenir prometteur.

À son réveil, il a regardé défiler les derniers paysages lituaniens par les vitres sales. Sa mère ne le retrouverait jamais dans une ville anglaise. Si elle venait le chercher. En partant, a-t-il réalisé, il condamnait à jamais l'espoir de la voir revenir.

Quarante-quatre heures plus tard, le car dans lequel voyageaient Matis et Lukas s'est garé devant une petite maison mitoyenne dans une ville britannique. Laquelle ? Ils l'ignoraient. Depuis l'autre côté des fenêtres du car, les maisons lui ont paru minuscules et entassées les unes sur les autres. Les rues, encombrées de lampadaires, d'enseignes et de mobilier urbain. *Cette île est bondée*, a-t-il pensé.

Aucun des deux ne parlait un mot d'anglais, aussi ignoraient-ils tout de l'endroit où ils se trouvaient, malgré leurs efforts pour déchiffrer à travers le crachin les panneaux routiers bleus sur lesquels étaient dessinés des ronds-points blancs. Matis et Lukas ne s'en étaient sentis que plus vulnérables. Au cours d'un arrêt à une station-service, ils n'avaient pas pu demander d'informations ni rien acheter. Ils n'avaient pas de livres sterling.

Matis s'était dit qu'une fois arrivé, il pourrait prendre une douche et changer de vêtements. Peut-être dormir à l'horizontale une heure ou deux avant d'explorer les environs. Défaire son bagage. Ses chevilles étaient enflées après deux jours passés en position assise. Il avait mal aux hanches. Et puis il mourait de faim. On ne leur avait donné que deux sandwichs au fromage durant le voyage. À peine avaient-ils quitté la Lituanie qu'ils avaient mangé les pommes que Matis avait apportées. On leur avait demandé de remplir des formulaires indiquant leurs parents proches, adresse, etc., ce qui l'avait rassuré sur le caractère officiel de la procédure.

Matis et Lukas ont été accueillis par un certain Edikas qui tenait en laisse un chien noir d'allure peu commode. Ils ont été soulagés d'apprendre qu'Edikas était lituanien, mais leur soulagement a été de courte durée. L'homme les a fait entrer dans la maison et leur a montré une chambre sur le sol de laquelle étaient posés plusieurs matelas. La pièce sentait presque aussi mauvais que le car.

Il leur a dit qu'il avait besoin de leurs passeports pour des « trucs administratifs ». Ils les lui ont donnés. Leurs cartes bancaires ensuite, afin que leurs salaires puissent être versés sur leurs comptes. À la mention du paiement, ils ont volontiers tendu leurs cartes.

Le chien a uriné sur l'un des matelas.

Les rideaux étaient tirés, mais dans la pénombre ils ont aperçu un homme qui dormait dans un coin tandis qu'Edikas sortait de la chambre.

Matis a remarqué l'expression sur le visage de Lukas.

— Ça va bien se passer, a-t-il dit. On va travailler. Puis on sera payés. Quand on aura été payés, on s'en ira. On trouvera un logement à nous, on apprendra l'anglais. D'accord ? Lukas ? Tout va bien se passer.

Matis a mis ses besoins de côté, comme il le faisait depuis ses cinq ans : se laver, prendre le temps de s'installer, manger. Lorsque sa mère était partie, il s'était dit qu'il attendrait son retour. Alors il y aurait de bonnes choses à manger et des vêtements propres.

Elle n'était jamais revenue.

Matis et Lukas ont pris chacun un matelas, en évitant celui que le chien avait souillé. Le nez dans un oreiller sale, Matis percevait l'odeur de transpiration d'autres hommes, âcre et nauséabonde. Bientôt il s'est endormi d'un sommeil profond, vide, qui lui permettait d'oublier l'incertitude de sa situation.

Il a été réveillé d'une secousse par l'homme qui dormait dans le coin de la chambre. Matis a regardé sa montre. Il avait dormi moins de vingt minutes.

— On part dans une demi-heure, a dit le type en lituanien en lui montrant son téléphone comme preuve de quelque chose.

Un SMS, peut-être.

— Où ça ? a demandé Matis.

L'homme a haussé les épaules.

Ils sont montés à bord d'une camionnette remplie d'hommes. Il entendait à nouveau parler sa langue. Certains discutaient en letton, d'autres en roumain. Il a demandé où ils allaient, mais personne ne savait.

Après une heure de route, on les a fait descendre sur un

chemin de terre à l'extérieur d'une ferme. Ils se sont dirigés vers un hangar assez grand pour abriter plusieurs avions. Dedans il faisait noir et l'air empestait la fiente de poulet. Le caquètement terrorisé des volailles était assourdissant.

Incapables de distinguer quoi que ce soit, Matis et Lukas ont regardé les hommes se mettre à attraper les poulets qui s'envolaient, donnaient des coups de bec, vomissaient, crachaient et chiaient. Leur boulot : les entreposer dans des palettes, direction l'abattoir. Huit heures non-stop dans l'obscurité bruyante, douloureuse et puante. Plumes et griffes. Un mélange d'ammoniac et de relents douceâtres à vous retourner l'estomac. Matis doutait qu'il puisse rester debout une minute de plus sans vomir.

Tandis qu'ils quittaient les lieux à la fin de la journée, un des travailleurs a semblé prendre plaisir en voyant l'expression choquée de Matis.

— Les poulets sont mieux traités que nous, lui a-t-il dit. Les Anglais préfèrent les animaux aux étrangers.

Il ignorait combien de jours étaient passés, car ils n'avaient jamais droit à plus de deux heures de sommeil avant d'être embarqués dans le van et transportés vers un nouveau hangar de poulets où il était griffé de partout et couvert d'excréments. Parfois, c'était un champ pour ramasser des légumes, découper des brocolis au couteau, sans gants. C'est à cette période qu'il a appris par les autres qu'il ne serait pas payé. Qu'il avait même contracté des dettes.

Matis devait cet argent à un chef de gang, un Letton qui s'appelait Vasil : 350 livres de frais pour la recherche de travail et 40 livres par semaine de loyer (*pour ce trou à rats !*)

et de nourriture, plus le voyage en car jusqu'en Angleterre. Aussi il ne gagnerait rien pendant au moins trois semaines. Puis il y avait les retenues de salaire arbitraires, lui avaient appris les hommes, presque avec une joie maligne à l'idée qu'un autre se retrouve dans le même bateau : amendes pour avoir déféqué dans un sac en plastique à l'intérieur de la camionnette parce qu'il n'y avait jamais d'arrêts pour aller aux toilettes ; pour les retards au travail ; pour avoir bu une canette de bière dans la maison dégoûtante. Cette dernière amende, avaient poursuivi les migrants, dépendait de l'humeur d'Edikas. Parfois il leur achetait de la bière et boire était quand même puni, parfois non.

La semaine suivant son arrivée, Matis avait été conduit vers de gigantesques fermes industrielles qui abritaient des centaines de milliers de poulets dans un seul hangar. Comme il les haïssait, ces poulets : leur odeur, les bruits qu'ils faisaient. Ses rêves étaient emplis de l'affreux piaillement mouillé qui s'élevait de leur gorge comme des bulles dans une paille. Lors d'une courte sieste, il avait rêvé que des véhicules de police faisaient un raid sur la maison pour les libérer, mais au lieu des sirènes et de la lumière bleue des gyrophares, les voitures de patrouille s'étaient mises à glousser telles des volailles terrorisées et le bruit s'était mêlé au vacarme de sa propre terreur.

Bientôt les horaires de travail étaient eux aussi devenus arbitraires. Roulements sans coupure de repos certaines semaines, quand à d'autres moments ils se retrouvaient avec du temps libre à ne savoir qu'en faire, lors duquel les hommes traînaient paresseusement dans la maison. Certains migrants jouaient aux cartes. Fumer était le passe-temps favori.

Matis n'osait plus croiser le regard de Lukas, où se lisait sa propre culpabilité.

Ils venaient de recevoir le SMS leur indiquant le point de rendez-vous habituel au garage BP à quatre heures du matin. Dans la chambre, Edikas s'assurait que les hommes se levaient pour aller travailler.

L'un d'eux, Saulius, avait fait une chute la veille du haut d'une plate-forme dans le hangar à poulets. Il gémissait sur son matelas tandis qu'Edikas leur criait de se dépêcher.

Edikas est venu se pencher au-dessus du blessé.

— Tu as mal où, mon ami ? a-t-il demandé.

Recroquevillé sur le côté, Saulius avait les bras croisés sur sa poitrine endolorie. Il a grogné sans ouvrir les yeux.

Se redressant, Edikas a donné un violent coup de pied dans la poitrine de l'homme.

— Là ? a-t-il ri tandis que Saulius hurlait de douleur, le cou renversé. Si tu ne vas pas travailler, tu seras puni, a-t-il poursuivi en prenant son élan pour porter un deuxième coup, lorsque Lukas s'est interposé.

— Ça va, ça va, a dit celui-ci en tenant la cheville d'Edikas. Il va se lever. Je vais l'aider.

Edikas a libéré sa jambe d'un coup de pied arrière qui a envoyé Lukas valser sur son matelas avec un cri.

— Il a intérêt, a-t-il répondu. Autrement, toi aussi tu seras puni.

Quand la douleur s'est suffisamment calmée pour qu'il puisse bouger, Lukas a rampé jusqu'à Saulius, lui a donné une rasade de vodka et a demandé aux hommes de l'aider. Ils ont trouvé du tissu, dont Lukas s'est servi pour bander la poitrine violacée de Saulius. Tous savaient qu'il avait besoin d'aller à l'hôpital. De telles blessures mettaient des semaines à guérir: Il lui fallait du repos et des soins médicaux : rayons X, pansements, médicaments.

— J'ai des antidouleurs, a dit quelqu'un.

Lukas les lui a fait avaler avec de la vodka. Saulius commençait à aller mieux. Il pouvait désormais changer de position. Au lieu de rester alité à l'hôpital, de recevoir de la morphine en intraveineuse et de boire du thé à la paille, cet homme allait devoir attraper des poulets pendant quatorze heures sans jamais s'asseoir.

— Viens, a dit Lukas. On va te couvrir. J'attraperai des poulets pour toi.

Riche idée, a songé Matis. De tous, Lukas était le plus mauvais à ce boulot.

Lukas a aidé Saulius à descendre l'escalier et à sortir de la maison.

Durant les quelques semaines suivant leur arrivée, la barrière de la langue a agi sur eux telle une cage d'acier. La violence qu'ils subissaient leur avait ôté toute confiance, elle les faisait trembler – un tremblement proche du frisson, une vibration interne qui touchait même leurs cellules. Matis redoutait la moindre interaction avec le monde extérieur. Il n'était jamais sûr de rien, n'osait pas demander quoi que ce soit, comme par exemple où trouver un médecin ou un officier de police, se demandait quand viendrait la raclée suivante. Fumer était son seul réconfort. Il ne faisait confiance à personne. Depuis que la violence était entrée dans sa vie, le sol se dérobait sous ses pieds (pourtant Matis avait connu une enfance difficile). Lorsqu'on vit dans la peur, on cesse de se comporter en être humain pour devenir un mouton. Désormais leur foyer n'était plus synonyme de sécurité, ainsi qu'il l'avait été à Klaipeda.

— Je ne me sens pas bien, a dit Lukas. Je suis tellement fatigué.

— Tiens, prends ça, a répondu Matis.

— Qu'est-ce que c'est ?

— Des vitamines. Tu dois les prendre. La nourriture est infecte et on ne dort pas assez.

Ils avaient peur pour eux-mêmes, pour leur corps. Qu'est-ce qui allait lâcher en premier ? Que se passerait-il s'ils tombaient malades ou se blessaient ?

— Il faut qu'on trouve un moyen de s'enfuir d'ici, a dit Matis.

Sa culpabilité vis-à-vis de Lukas le rongeait.

Dès que Matis est entré dans le foyer pour migrantes, ses sens sont entrés en émoi – l'odeur de lotion corporelle, qui masquait la crasse également présente dans cette maison. Mais les femmes y avaient apporté leur touche. C'est cela qui excitait Matis, de même qu'une pomme ferait saliver un affamé. Une étagère sur laquelle étaient disposées des affaires : un sèche-cheveux, un pot de crème hydratante. Sur l'un des matelas : un coussin décoratif adossé contre le mur, comme une invitation au repos. Une robe au motif floral suspendue à une poignée de porte.

Ces marques même mineures émouvaient Matis. Il éprouvait une sensation identique lorsqu'il rendait visite aux Balsys à Klaipeda. La vision d'un bouquet de fleurs (fût-il en plastique) arrangé par la mère de Lukas dans un vase minuscule sur la table à manger suffisait à raviver son désespoir. Chez lui, il n'y avait pas de touches féminines :

pas de nappe sur la table, de lampes de chevet ni de fleurs. Uniquement la cécité toute masculine pour ce type de détails et combien ils font la différence, la joie qu'ils procurent.

Il en perdait tellement la tête – une odeur féminine, un tissu imprimé – que Lukas disait de lui qu'il était incapable de juger correctement une femme. Matis n'avait d'yeux que pour leur sensibilité, peu lui importait leur personnalité.

Au lycée, Matis adorait que les filles lui coiffent les cheveux. Il aurait voulu qu'elles lui mettent du maquillage, du vernis à ongles, qu'elles l'habillent comme elles, juste afin de pouvoir rester plus longtemps dans leur monde. À sept ans, son père avait découvert qu'il s'était habillé en fille chez l'une de ses camarades d'école. Il avait versé du sel par terre et l'avait forcé à rester agenouillé dix minutes dessus. Les enfants de sept ans ont toujours des croûtes aux genoux.

— À ton tour, a dit une femme d'une cinquantaine d'années au visage dur et aux cheveux peroxydés.

Il s'est assis sur une chaise dans le froid glacial du jardin, entouré par les têtes rasées de ses colocataires. Ils avaient tous des poux, d'où la séance de rasage, et bien que le remède soit inefficace contre les démangeaisons à ses avant-bras, causées par les punaises de lit. La femme a levé sa tondeuse. Elle s'appelait Lina, lui avait-elle appris.

— Tu vas partir un peu en vacances ? a-t-elle demandé du ton enjoué des coiffeurs partout dans le monde.

— Si seulement, a répondu Matis.

— Pareil pour moi. On fait semblant ?

— Oui. Allons dans les Caraïbes.

— Où est-ce qu'on dormira ?

— Au Marriott.

— Ça me convient. Qu'est-ce qu'on fera ?

— Rien d'autre que dormir, manger, dormir encore et manger. Bronzer au soleil.

Il a fermé les yeux, un sourire aux lèvres à l'évocation de ce rêve. Matis en aurait pleuré tellement il souhaitait que ce soit vrai. Trop tard, il pleurait *réellement*.

— Pardon, a-t-il dit en essuyant ses larmes.

— Ne t'en fais pas pour ça, a-t-elle répondu sans s'émouvoir.

C'était la première fois depuis des années qu'une femme le touchait. Sa main posée délicatement sur son épaule, elle lui caressait doucement le crâne entre les tonsures. Une femme assez âgée pour être sa mère.

Ces gestes lui brisaient le cœur.

— Qu'est-ce qu'on t'a promis ? lui a-t-il demandé.

— La même chose qu'à toi. Un emploi, un logement. Un nouveau départ. Et voilà ce que j'ai eu à la place.

Il était conscient de son corps, de la chaleur qu'il émettait. Il aurait voulu que ses cheveux repoussent afin qu'elle les lui coupe à nouveau.

Sa fatigue était comme une maladie. Pas seulement le manque de sommeil (qui était terrible), mais l'épuisement musculaire dû au travail manuel. Avide de se mettre en veille, son corps plongeait dans le sommeil. Dès l'instant où il se couchait, il sombrait dans l'inconscience. Pas de réveils intermittents. Pas de pensées vagabondes ni de sursauts de libido. Plutôt la fermeture immédiate suivie d'une secousse brutale au réveil, trop tôt, alors qu'il s'accrochait encore désespérément au sommeil.

S'il avait été chez lui, a réalisé Matis, il aurait pu dormir jusqu'à midi, en sécurité dans sa propre chambre.

Avant

MATIS

Ils étaient au Royaume-Uni depuis trois semaines et il ne gagnait toujours rien. Edikas lui avait annoncé qu'il lui devait même plusieurs centaines de livres. En voyant l'expression sur la gueule du chien, Matis n'avait pas bronché.

Avec ses côtes cassées, Saulius souffrait tellement qu'on lui avait accordé une journée de repos, puis il avait dû reprendre le travail. Saulius s'était mis à boire énormément, simplement pour atténuer la douleur. Il avait le teint cireux, une pâleur maladive qui lui donnait l'apparence d'un cadavre ambulant. Quelqu'un lui avait proposé du Tramadol, mais il allait falloir payer. Lukas avait donné à Saulius l'argent qu'il avait économisé sur l'achat de dentifrice ou de gel douche. « Pas la peine de me rembourser, mon ami, lui avait dit Lukas. Je ne cherche pas à t'endetter davantage. »

Lukas semblait plus joyeux (de manière relative). Allongé sur son matelas à côté de Matis, il a posé sa main sur son front et dit :

— Je me suis rendu compte que je l'aime. C'est elle et personne d'autre.

— Si tu le dis, a répondu Matis. Est-ce que Janina ressent la même chose pour toi ?

— Figure-toi que oui, a répliqué Lukas avec le sourire le plus large que Matis lui ait jamais vu – ses lèvres anormalement étirées sous l'effort, comme peu habituées à tendre dans cette direction particulière. Je lui ai demandé de m'épouser et elle a accepté. La vie est belle, mon ami. Il faut juste que je trouve le moyen de quitter ce foutu pays.

— J'y réfléchis. Mais si tu aimes Janina à ce point, pourquoi tu te tapes la voisine ?

Matis avait vu Lukas s'apprêter avant d'aller dans la maison voisine – il prenait une douche et mettait ensuite son T-shirt le moins sale. Il empruntait le déodorant de l'un des migrants. Peut-être que ça lui permettait d'oublier pour un temps leur situation, se rassurait Matis. N'empêche, ça ne ressemblait pas à son ami de jouer les don Juan.

— Ça ne compte pas, a dit Lukas, comme si Matis essayait de le prendre de haut.

— Janina ne te demande pas ce que tu fais ici ?

— Elle croit que je suis riche, que je gagne plein d'argent.

— Pas étonnant qu'elle veuille t'épouser alors. Et le mari, celui de la voisine ?

— Elle m'envoie un SMS quand il sort. On a un code. Elle m'écrit : « La veilleuse est encore en panne » et je réponds : « J'arrive. » Comme ça on dirait que c'est pour un travail de plomberie, a dit Lukas comme s'il s'agissait du code le plus malin jamais conçu.

— J'avais bien compris que c'était une affaire de plomberie.

— Janina n'a pas à savoir, elle n'en souffrira pas. Et de toute façon ce n'est pas pour le sexe que je vois Elspeth.

C'est pour le lit propre. Les draps sentent tellement bon. Elle aussi sent bon. La jolie moquette. La salle de bains où elle me laisse me doucher. Chez eux, tout est neuf et propre. Quand j'y suis, je me sens redevenir humain. C'est le genre de maison que je voudrais pour moi. Et pour Janina.

— Tu fais ce que tu veux, moi je m'en fous, a répondu Matis.

Selon les autres migrants, la ville avait été baptisée « Little Lithuania » par les tabloïds anglais. Matis comprenait pourquoi. Ils y avaient établi leur communauté, au sein de laquelle il se sentait en sécurité. Deux boutiques sur Norfolk Street, Pas Zamaiti et Marco Store, vendaient des saucisses et de la bière Grimbergen. Derrière le comptoir : deux plantureuses Lituaniennes aux yeux bleus qui leur souriaient et s'adressaient à eux gentiment. Tous les articles vendus leur étaient familiers. Même l'intérieur des boutiques sentait comme Klaipeda – pour un moment il pouvait se croire chez lui, et rien ne comptait davantage. Et puis ces magasins le rassuraient : cela voulait dire que des gens comme lui avaient réussi à monter une affaire. C'était faisable.

Matis avait le mal du pays. Il était étonné de la violence avec laquelle cela le frappait. Il se surprenait parfois à regarder la lune en songeant que c'était la même qui brillait au-dessus de Klaipeda. Son entourage lui manquait, notamment ses amis, dont la plupart suivaient des études pour être capitaines de navire. Ils en étaient si fiers ! Fiers de diriger un jour l'un des cargos qui entraient et sortaient de Klaipeda, le seul port en eau profonde de la mer Baltique. Pourtant Matis s'était moqué de leur rêve : l'uniforme ridicule, leur excitation au prétendu statut de l'emploi malgré le salaire minable et l'absence de perspectives. L'école de capitainerie ne leur vendait que des chimères. Matis était d'accord avec son ivrogne de père, lorsque celui-ci se prenait à philosopher d'une voix pâteuse : « Quel est le but de cette vie ? On travaille mais on finit tous par mourir. Pourquoi devrait-on travailler pour ces types ? Pourquoi s'échiner juste pour remplir leurs poches ? »

Matis était choqué de découvrir combien son père lui manquait, en particulier son absence d'intérêt pour ce qu'il faisait et l'endroit où il se trouvait. Viktor avait toujours été trop égoïste pour s'intéresser à son fils, sauf quand il s'agissait de veiller à sa masculinité. Ce manque d'attention, qu'enfant il avait pris pour de la négligence, lui semblait désormais bénin en comparaison du traitement que lui faisait subir Edikas. Au moins son père ne le *dirigeait* pas, comme on le ferait avec un âne ou un vieux véhicule. La haine de Matis pour son père était sans commune mesure avec celle qu'il ressentait vis-à-vis d'Edikas. Lui, il pourrait le tuer. Il *devrait* le tuer. C'était peut-être la solution.

Le Tramadol avait complètement changé Saulius, maintenant presque euphorique de connaître des épisodes sans douleur. Cependant, il peinait à soutenir le rythme effréné que l'on attendait d'eux.

Saulius s'est mis à souffrir de constipation – un effet secondaire du médicament selon Talcy Malc, le dealer qui venait au foyer et, tel un pharmacien sinistre, écoutait les symptômes des hommes. Matis n'avait aucune idée de ce que signifiait Talcy ou Malc. Aux côtés de Faisan, il gardait ces mots dans un coin de sa tête – petites pierres précieuses nichées dans une poche de veste – pour un usage futur. Gémissant de douleur, Saulius restait assis sur les toilettes tandis qu'à l'appel d'Edikas, les hommes en bottes de travail descendaient lourdement l'escalier. Saulius était également comateux. Lorsqu'ils faisaient la sieste par terre pendant les pauses, il s'endormait d'un sommeil profond dont Lukas peinait à le réveiller.

Edikas était tout aussi mécontent de Lukas. Non seulement il attrapait trop peu de poulets (la moitié de la quantité moyenne, même quand Matis l'aidait), mais la nature des deux hommes entrait en opposition. Matis avait l'impression que la personnalité même de Lukas était une provocation pour Edikas. Sa gentillesse innée et sa compassion étaient tout ce qu'Edikas méprisait et cherchait à éradiquer parmi ses ouvriers. Il détestait en particulier les efforts constants de Lukas pour veiller sur Saulius. À croire Edikas, ce dernier était seul responsable de ce qui lui était arrivé.

Un soir inhabituel de fête après le travail, la bière coulait à flots. Edikas, de mauvaise humeur, scrutait dans les chambres et surveillait les hommes. Il s'est mis en travers du chemin de Lukas, et son irritation a paru grandir de le voir tout sourire, une canette ouverte à la main. Bien qu'allongé sur son matelas, Matis a vu Edikas coller son visage contre celui de Lukas, suffisamment près pour lui postillonner dessus. Malgré sa fatigue, Matis s'est levé et s'est approché des deux hommes, prêt à défendre son ami. Prêt à donner vie à sa fureur.

— Ta chérie, Janina, disait Edikas, j'ai cru comprendre que c'est une jolie fille. Beau visage.

— Comment tu... ? s'est exclamé Lukas, les yeux écarquillés d'horreur.

— Mes amis ont rendu visite à ta mère à Klaipeda et devine qui était là dans la cuisine ? Janina. Petit veinard. Si j'étais toi, je me concentrerais plutôt pour attraper des poulets au lieu d'aider les autres. Parce que mes amis ont des bouteilles d'acide, et ça serait dommage de gâcher un si joli visage.

— Non, a soufflé Lukas. S'il te plaît, ne fais pas ça. Je ferai ce que tu veux. Tout ce que tu veux.

— Ici, on n'aide pas les gens. On n'aide pas les malades et les paresseux. Arrête de te comporter en mère poule avec Saulius. Et puis travaille plus, et mieux.

— Oui, oui. Je le ferai. Je ferai ce que tu veux, mais ne touche pas à Janina ou à ma mère.

Plus tard, Matis a trouvé Lukas assis par terre dans le couloir, pleurant et tremblant. Matis a senti à son haleine que Lukas avait été malade.

— Je n'ai jamais connu une telle haine, a dit son ami. Comment en est-on arrivé là ?

— Il faut que je nous sorte d'ici, a répondu Matis. C'est moi qui nous ai mis en danger. Je dois nous en sortir.

Non seulement il n'était pas intervenu quand Edikas avait menacé son ami, mais il n'avait aucune idée de la façon dont il allait les libérer.

Avant
ELISE

La plupart de ses amies cherchaient par tous les moyens à arrêter de travailler. Trouver un type avec un boulot convenable et pondre un mioche ou deux semblait une manière comme une autre de prendre congé du travail. Pas pour Elise.

D'accord, le boulot au garage BP était souvent ennuyeux. *Une livre soixante, s'il vous plaît. Vous avez pris de l'essence ?* Malgré tout elle l'aimait. Elle aimait travailler de nuit – cette sensation de décalage que l'on a lorsqu'on est levée avant le soleil, la teinte jaune du ciel juste avant l'aube, la conscience de vivre sur une planète, d'être une espèce unique dans l'univers. Le goût d'une cigarette dans une bouche sèche censée être endormie. Se lever à trois heures du matin était certes affreux, mais une fois habillée et dehors, l'expérience devenait curieuse. Surtout, elle aimait les clients de passage : voyageurs, étrangers, Lituaniens, chauffeurs routiers. C'était intéressant de rencontrer une telle variété de personnes sans bouger de son tabouret. Elle avait appris quelques mots en lituanien afin de les surprendre derrière son guichet en disant dans leur langue : *Ačiū, turite gerą dieną*. Merci, passez une bonne journée.

À ces mots, ils levaient les sourcils puis souriaient ou riaient, avant de dire à leurs amis quelque chose qu'elle ne comprenait pas, et elle leur souriait en retour. Une connexion, même ténue. Est-ce que ça n'était pas le but de la vie ? Et puis ça la rendait séduisante à leurs yeux, et elle aimait être séduite.

Elle avait conscience que ce melting-pot social était tout ce que son père détestait, d'où peut-être son enthousiasme. Ici, sur son lieu de travail, elle avait enfin le droit de se montrer intéressée et curieuse, d'observer sans la haine et le rejet qu'on requérait d'elle dans le foyer familial.

Ce matin-là, le vent soufflait avec violence sur le toit des maisons tandis qu'elle quittait son domicile à trois heures trente pour son roulement. Arbres qui ploient sous les bourrasques, alarmes de voitures qui hurlent, poubelles renversées, une bouteille de lait vide qui roule sur le perron d'une maison. *Un temps de mauvais augure*, a pensé Elise. Ses cheveux volaient sur son visage. Elle a serré sa doudoune contre sa poitrine – son manteau d'hiver le plus chaud, utile même en mai. Comme une couette pour se prémunir de la nuit.

Elle aimait marcher dans des rues désertes, le sentiment de solitude que cela lui procurait. Juste elle et le mauvais temps. La planète pour soi. D'habitude, elle fumait une cigarette afin de se réveiller – une façon de sauter le petit déjeuner dans sa lutte pour mincir – mais il y avait trop de vent.

Lorsqu'elle était installée derrière sa caisse, un chauffage d'appoint posé à ses pieds alourdissait l'atmosphère de la cabine. La porte de la boutique verrouillée en cas de cambriolage. La monnaie qui tinte sur le petit plateau rond disposé sous la vitre de protection et dont le métal était rouillé par endroits. Les « gens de l'Est » (comme son père les appelait) qui achètent cigarettes et chocolat, et leurs fixeurs, de l'essence. La station-service BP était le point de rendez-vous en ville pour les travailleurs agricoles. Les hommes attendaient là que les différents camions viennent les chercher.

Parmi eux, elle en avait repéré un – un jeune homme qu'elle voyait régulièrement à quatre heures du matin. Il lui faisait des sourires, quelquefois un clin d'œil. Il achetait une barre chocolatée Galaxy. Regards appuyés. Et quand elle glissait la monnaie sur le plateau, ses doigts s'attardaient sur les siens. Ils restaient ainsi, à se frôler. Encore un regard appuyé. C'était électrique.

Un jour, lorsque Dwayne était arrivé pour son roulement, Elise était allée prendre sa pause et fumer une cigarette, et le type de l'Est aux doigts électriques lui aussi était là, en train de fumer. Il avait fait mine de lui souffler un baiser et lui avait souri. *Tellement chou.* Et beau, comme un Harry Styles sous-alimenté. Il s'était tapoté la poitrine et avait dit : « Matis. » Puis il avait pointé un doigt sur elle.

— Elise, avait-elle répondu timidement.

C'est tout l'anglais qu'il connaît, avait-elle supposé. Elle n'avait pas besoin de plus pour être excitée. À partir de ce moment, aller travailler avait été comme de se rendre à un rendez-vous amoureux. Choisir sa tenue (mais à quoi bon puisque sa doudoune couvrait ses vêtements ?), se coiffer, se maquiller. Parfois, elle optait pour des lunettes sexy de secrétaire et un chignon haut afin de changer radicalement de look, lui montrer les différentes facettes de sa personnalité.

Et puis les sourires, les frôlements discrets. Les clins d'œil et baisers soufflés. Tout cela croissait comme des bourgeons au printemps. C'était devenu leur langage. Ils se comprenaient. Elle en était persuadée. Mais si elle en était aussi sûre, pourquoi ne cessait-elle ainsi de s'en donner la preuve, de se convaincre de la réalité de leur attirance ?

Elle l'observait, ce membre de boys-band venu de l'Est, avec ses yeux intenses aussi sombres que des courants sous-marins. Elle le regardait battre des pieds à cause du froid, dans ses vêtements trop légers, noyé dans la masse des ouvriers immigrés. Il lui arrivait parfois de rire avec eux. Même s'il n'avait pas l'air en très bonne santé, il n'en était que plus mignon – peut-être qu'il avait besoin d'être sauvé ? Elle attendait ses regards et ses sourires, qui la transperçaient comme une décharge. Bientôt, aller au garage est devenu une obsession.

— Cette semaine je vais reprendre le roulement du matin, a-t-elle dit précipitamment à son manager, au point qu'il l'a dévisagée avec surprise. De toute façon, je n'arrive pas à dormir, s'est-elle justifiée. Autant en profiter pour gagner de l'argent.

Était-ce le manque de sommeil qui lui faisait tourner la tête ? Cette sensation cotonneuse, brumeuse, qui enveloppait son moi concupiscent ? Tout ce qu'elle savait, c'est qu'elle était heureuse de le voir. Enfin sa vie s'éclairait et il en était la cause : tache lumineuse évoluant dans l'obscurité d'une station-service à quatre heures du matin.

Ils ont commencé à se retrouver pour fumer, du moins lorsque Dwayne assurait le service à sa place durant la pause. Une habitude dont ils ne parlaient pas – rien n'était jamais dit à voix haute, évidemment. Juste des regards et des sourires, de l'électricité et du désir charnel. C'était sincère. Pas basé sur de la haine (contrairement aux relations de son père) ni sur du besoin, excepté bien sûr celui de s'accoupler. Pas basé sur la langue.

— Je l'aime, c'est tout, avait-elle confié à Amber, son amie à l'école.

— Tu ne le connais pas, avait répondu celle-ci en enlevant les bigoudis des cheveux d'Elise.

— Qui connaît vraiment l'autre ?

— Les gens se parlent, c'est comme ça qu'ils apprennent à se connaître.

— Peut-être que c'est surfait. Peut-être que c'est plus honnête de voir ce qu'on aime et de le goûter.

— Tu as trop lu *Cinquante nuances de Grey*.

Dans sa chambre, elle se tortillait devant le miroir pour remonter le haut de sa robe bustier. Pas sûr que sa poitrine soit très en sécurité dans ce nouvel achat. Elle s'est aspergée de son nouveau parfum, *L'Eau by Jimmy Choo* – un cadeau de son père, à soixante livres le flacon. Son père aimait la gâter, disait-il. Quand il n'était pas en train de la brutaliser ou de la frapper parce qu'il avait trop bu. Un cadeau, un coup de pied, un cadeau, un coup de pied. C'est ainsi qu'il fonctionnait. Elle avait l'habitude.

Son Harry Styles fluet l'avait invitée à sortir sur Norfolk Street (le Vilnius de Little Lithuania). Il ne lui avait pas dit ce qu'ils allaient faire. Peut-être simplement traîner ensemble. *Et tout le reste.*

Elle espérait lui taper dans l'œil avec sa robe bustier,

ou plutôt avec ce qu'il y avait *dessous*, parce qu'elle en avait marre des Anglais, des Darren et Gary aux cervelles vides. Ils n'avaient aucune *culture*. Elise valait mieux que ça, l'altérité ne la rebutait pas. Au contraire, ça l'attirait : elle aurait aimé goûter leur cuisine et connaître leur culture parce qu'au moins, c'était *différent*. Elle était allée dans leurs magasins et tout y était tellement intéressant, tous les emballages lui paraissaient nouveaux et intrigants. Pas comme d'acheter des Heinz Beans au Co-op. En réalité, c'était sans doute comme d'acheter des *beans* au Co-op, mais ça *semblait* plus exotique. De la même manière que certaines boulangeries françaises font chic en Angleterre, alors qu'en France rien n'est plus banal.

Depuis que leurs pauses cigarette étaient devenues des « rencards », elle s'était mise à espérer que Matis devienne son petit ami. Elle lui apprendrait l'anglais. Malgré tout, son crâne rasé et son visage dur ajouteraient à son sex-appeal. L'impression de s'encanailler. Elle fantasmait sur cela, même si chaque fois qu'elle descendait l'escalier pour quitter la maison, son père, vautré devant son affreuse page Facebook à se nourrir de haine, lui criait : « Ne va pas parler à ces gens de l'Est, OK, Elise ? »

Les gens de l'Est. Son père l'obligeait à « liker » ses publications sur le réseau social : immigrés qui détruisent la culture, perte de l'identité et de la souveraineté britanniques, invasion du Royaume-Uni. « Exactement, Lise, disait-il. Plus il y a de *likes*, plus le monde saura. »

Devant la porte, téléphone à l'oreille :

— Allez, Amber. On va faire la fête avec les Baltes.

Elle savait que son père serait heureux qu'elle sorte avec Wayne, dont le père était un ami. Tous les deux faisaient partie du groupe One Wisbech. Sauf qu'elle ne supportait pas Wayne. Zéro curiosité, zéro appétence pour la vie. Il ne voulait ni voyager ni goûter de nouvelles nourritures. C'était le genre à avoir peur de manger des calamars, encore moins des calamars à l'*ail*. Elle trouvait que c'était un crétin, même s'il avait un bon boulot et que c'était assez rare dans le coin.

Amber et elle ont retrouvé la bande de jeunes Lituaniens dans Norfolk Street, mais la conversation s'est vite tarie. Après avoir fumé une dizaine de cigarettes, il n'y avait plus rien à faire. Quelqu'un a mentionné une fête dans une maison de quartier, le centre Rosmini, aussi ont-ils décidé de s'y rendre.

La boule à facettes suspendue au plafond faisait tournoyer des points de lumière sur les murs, d'un côté puis de l'autre jusqu'à en voir mal au cœur. Spots violets et roses. Dents fluorescentes sous la lumière noire – Elise avait fait blanchir les siennes, c'était à la mode, comme dans les émissions de téléréalité. Ce qu'on se gardait de dire, c'est que le blanchiment fait un mal de chien aux dents quand on mange quoi que ce soit d'un peu trop chaud ou froid. Katy Perry chantait « California Girls ». Elise adorait la perruque violette que portait la chanteuse dans le clip. Elle aurait aimé lui ressembler ; d'ailleurs elle regardait des tutoriels pour se maquiller comme elle.

Elise dansait avec Matis, même s'il se grattait les bras comme un forcené. Louche. *Ca-li-for-nia gurls we're undeniable*. Ils se souriaient. Elise n'en perdait pas moins le nord, elle prenait garde à toujours danser dans son orbite : les bras au-dessus de la tête, elle se trémoussait de manière à faire bouger ses seins dans son bustier. Le tissu de la robe en frottant sa poitrine l'excitait, comme son regard posé sur elle.

Profitant d'un slow ils se sont collés contre un mur pour s'embrasser, les spots lumineux caressant leurs corps de points qui virevoltaient et dansaient. Il sentait la bière, la cigarette et quelque chose de plus âpre en dessous, comme du gravier dans un chantier de construction. Elle l'a pris par la main et l'a conduit dehors. Ils ont marché main dans la main jusqu'à Norfolk Street, sous le porche d'une boutique fermée plongée dans le noir, intime. Elle l'aurait volontiers laissé coucher avec elle, elle s'en fichait, elle voulait tenter le tout pour le tout. Accélérer un peu les choses, voir où ça la mènerait. Loin de son père, espérait-elle. Mais le jeune homme s'est arrêté avant. Ils sont restés assis un instant. Puis elle s'est levée et lui a tendu la main.

Elle l'a conduit jusqu'au magasin, celui des gens de l'Est, dirait son père. Pas Zemaiti. Elle a pointé en direction des rayons et a dit :

— Montre-moi. Qu'est-ce qu'il faut que je goûte ?

Il a froncé les sourcils. Il ne comprenait pas.

— Toi aimes ? a-t-il dit, et de nouveau elle a pensé que ce devaient être les seuls mots qu'il connaissait.

— J'aime, a-t-elle répondu en riant.

Elle voulait qu'il remarque qu'elle savait être jolie, vive, pleine d'entrain. Il lui arrivait parfois de se sentir grosse, avec ses pantalons de survêtement et ses T-shirts, mais pas ce soir. Ce soir elle se sentait voluptueuse.

Il a choisi une bière pour elle, Vilmerkges (« pour filles » a-t-il expliqué), et des snacks. Ils se sont assis sur une marche devant un disquaire pour manger et boire, sans parler parce que… à quoi bon ? Mais en restant chacun dans l'orbite de l'autre.

— Tu aimes être ici ? a-t-elle demandé en pointant le pavé. Pas le trottoir, forcément. Mais ici, l'Angleterre ?

Il a haussé les épaules et fait un geste de balancier avec la main. Comme-ci comme-ça, semblait-il dire.

— Tu veux apprendre l'anglais ? a-t-elle poursuivi en se désignant elle-même. Moi, je t'apprends l'anglais ?

Il a haussé les épaules, l'air gêné cette fois.

Ce qu'elle aurait voulu mimer :

Moi (se pointant elle)

Cœur (mains qui forment un cœur)

Toi (le pointant lui)

Mais elle ne l'a pas fait parce que c'était nunuche. En outre, s'il ne voulait pas de ses leçons d'anglais, il était peu probable qu'il prenne son cœur.

Assis sur leurs marches, ils mangeaient une sorte de fine saucisse sèche, chacun avec une extrémité dans la bouche, grignotant jusqu'à ce que leurs lèvres se touchent. C'était facile d'être avec lui, a pensé Elise. Comme s'ils avaient été ensemble depuis des années. Et quand il riait, il était si mignon – un rire de petit garçon. Ses fossettes et ses yeux noirs, tellement sérieux.

Jusqu'à ce qu'*elle* débarque.

Visage dur, cheveux blond platine. Elle est venue se camper devant eux telle Olivia Newton John avant son relooking dans *Grease*, seulement vingt ans plus vieille.

D'un coup, Matis s'est levé comme un esclave face à son maître en disant : « Lina. » On aurait cru qu'il avait été pris en train de faire quelque chose d'interdit. Qui était-elle, sa mère ? Ils se sont dit quelques mots dans leur langue, celle dont Elise était exclue. Elle ne comprenait pas ce qui se passait, n'arrivait pas à y croire – après tout ce qu'elle l'avait laissé faire sous le porche de cette boutique... Puis Matis a suivi en trottinant la vieille vache, sans même un regard derrière lui.

Après un coup pareil, Elise aurait pu partir avec n'importe qui tant elle était furieuse. Le premier mec qui l'aborderait. Elle s'en foutait, espérait même que ça reviendrait aux oreilles de Matis et qu'il serait dégoûté d'avoir loupé sa chance avec elle. Elle a regardé les façades en brique rouge qui longeaient Norfolk Street. Les lignes jaunes sur la route. C'était plus une allée qu'une rue à proprement parler. Une allée pour nulle part. Soudain elle ne voulait plus partir avec n'importe qui. Elle voulait rentrer chez elle et enlever sa stupide robe, remettre son jogging et son sweat à capuche et s'allonger sur son lit pour faire un câlin à son nounours géant. Pourquoi pas écrire dans son journal intime.

Plus jamais elle ne remettrait les pieds au centre Rosmini.

La déception au ventre, le trajet jusqu'à la maison a paru durer une éternité. La façon dont Matis l'avait éconduite comme une moins que rien, en plus après qu'elle s'était littéralement jetée dans ses bras. Elle ne cessait de se revoir en train de glousser, de le caresser, de se rendre adorable à ses yeux.

Elle est rentrée chez elle en oubliant que ses larmes avaient fait couler son mascara sur ses joues.

Son père était encore attablé dans la cuisine, mais il ne regardait plus sa page « Hainebook ». À présent, il était entouré de sa bande de copains, et Elise a levé les yeux au ciel sitôt passé le seuil, tandis qu'elle suspendait sa veste en jean au portemanteau, souhaitant que sa robe soit moins provocante. Elle a remis sa veste. Nul doute qu'ils parlaient des étrangers et se montaient le bourrichon, comme d'habitude. De la façon dont la Grande-Bretagne, autrefois impériale, s'était égarée.

Quand elle est entrée dans la pièce, ils étaient quatre, debout dans la cuisine à boire des bières. Ils puaient l'alcool. Deux d'entre eux avaient une vingtaine d'années, ils traînaient avec des vieux cons comme son père et son pote Gary Evans, lequel avait appelé son fils Evan Evans. Soi-disant parce que c'était drôle, un clin d'œil au chant des supporters de Manchester United, « Neville Neville ». *Pauvre plouc*, a pensé Elise.

— Putain, y t'est arrivé quoi ma fille ? a dit son père.

— Rien, a-t-elle murmuré.

Elle voulait se faire une tasse de thé pour l'emporter dans sa chambre, comme ça elle pourrait se mettre au chaud avec ses chaussons en forme de lapin.

— Pourquoi t'as pleuré alors ?

— J'ai pas pleuré, a-t-elle répondu en essuyant ses joues, puis en leur tournant le dos afin qu'ils ne voient pas son visage.

— Viens par ici, a dit son père.

Elle s'est approchée et il a tendu son bras pour l'attraper et l'asseoir sur ses genoux.

— Qu'est-ce qui va pas alors ? a-t-il repris en la regardant dans les yeux. Sale soirée ?

— On peut dire ça.

— Qui t'a mise dans cet état, ma puce ?

— Un garçon.

— Quel garçon ?

— Ça fait rien.

— Un peu que ça fait ! Quel garçon ?

— Non, laisse tomber, a-t-elle dit en se débattant pour descendre de ses genoux car la bouilloire sifflait. Quelqu'un veut du thé ?

— On a marqué un putain de point ce soir.

— Ah ouais ? a-t-elle répondu sans se retourner.

— Ouais. Shane Farquharson, *le* Shane Farquharson, a officiellement pris la tête de One Wisbech à la radio.

— Enfin, c'était juste une radio locale, est intervenu prudemment Gary.

— OK, mais ça va faire des vagues. Un putain de tsunami. Il a une influence énorme, il a dit qu'on était en danger d'être envahis, de devenir une mini-Lituanie. C'est sûr, il va y avoir des répercussions après ça, Elise. Un tsunami, j'te dis.

— Beaucoup de relations, ce Farquharson, s'est rengorgé Gary.

— Super, félicitations, a répondu Elise en quittant la pièce avec son thé.

Son père avait toujours idolâtré Shane Farquharson. L'imbécile.

Peut-être est-ce arrivé parce que je suis trop grosse, a-t-elle pensé en regardant les ondulations dans son décolleté et sur son ventre. *Peut-être que si je perdais du poids, mettons cinq ou six kilos, il me verrait en boîte de nuit et hallucinerait. Genre :* Waouh ! c'est qui celle-là ?

Il faut choisir la vie, songeait Elise alors qu'elle était en chemin pour la station-service à trois heures trente du matin, mais sans son entrain des derniers jours. Sa déception envers Matis continuait à peser lourd sur son cœur. Cela avait définitivement pâli son étoile ; enfin, pas tout à fait. Elle avait quand même pris soin de se maquiller ce matin-là, pour le cas où elle le verrait, mais davantage en manière de défense – comme lorsqu'on sait que l'on va croiser un ex.

Il faut essayer de nouvelles choses, prendre des risques, connaître de nouvelles personnes, des cultures différentes, se répétait-elle. La tendance au conservatisme, le mépris de son père pour tout nouvel aliment ou saveur, sa peur des microbes dans les transports publics, qui était en réalité la peur des étrangers – ce type de pensée vous enfermait aussi sûrement qu'une prison. La route se sépare en deux et on a le choix de la direction à prendre : le large ou l'impasse. Voilà ce qu'elle pensait en son for intérieur, cependant d'une voix plus étouffée qu'à l'ordinaire.

Elle comprenait les angoisses de son père. D'une certaine façon, elle les partageait. Il y a quelque temps, elle avait réservé des vacances dans un pays tropical (grâce aux bénéfices tirés de la petite entreprise qu'elle avait créée sur eBay, et accompagnée d'Amber qui avait reçu une prime de licenciement). Avant le départ, elle avait été saisie de panique à l'idée de boire leur eau ou manger leurs crudités et avait pensé aux vols, aux maladies liées aux moustiques… Au point de consulter de manière obsessionnelle les forums de discussion sur TripAdvisor, eux-mêmes de véritables terreaux à angoisses. *Y a-t-il des chiens errants sur la plage ? C'est un hôtel cinq étoiles ?* Mais à son arrivée, ses craintes s'étaient envolées lorsqu'elle avait réalisé qu'il s'agissait uniquement d'êtres humains, gentils pour la plupart, de paysages magnifiques et inédits, de mets savoureux. Rien ne justifiait sa peur, et Elise s'était émerveillée des beautés que ce monde avait à offrir, du nombre qu'il lui restait encore à découvrir. Oui, c'était bon d'être en vie.

Elle n'était pas comme son père. Son horizon était plus vaste que celui de la plupart des personnes de son entourage. Lorsqu'elle rencontrait une déception, elle ne cessait de s'étonner de la rapidité avec laquelle elle se ressaisissait, élaborant presque immédiatement des stratégies pour tenter une nouvelle fois sa chance. Comme si son esprit était trop actif pour se complaire dans l'auto-apitoiement.

Elle n'était certainement pas comme son père. Dean Singlehurst était un peintre d'intérieur qui n'avait jamais supporté la déception, notamment lorsque la mère d'Elise – une femme dont le besoin d'attention avait aspiré tout l'oxygène du foyer – était partie avec un homme. Elise ne comprenait toujours pas qu'il ait été surpris par son geste. Sa mère passait son temps à se jeter sur les hommes. Par naïveté ou stupidité, son père avait pris les flirts de sa mère pour une preuve de son amour pour lui. « Ça la pousse à prendre soin d'elle », disait-il.

Les déceptions de Dean Singlehurst s'étaient accrues lorsque les ouvriers d'Europe de l'Est avaient commencé à faire le même travail que lui pour plusieurs milliers de livres moins cher, peignant de huit heures à dix-huit heures à la lumière d'une ampoule nue en hiver et déjeunant à même le sol d'un Tupperware de raviolis ou de chou plutôt que dans un pub local pour une pause d'une heure et demie. Ils travaillaient les week-ends et jours fériés afin de maintenir les délais. Du bon travail, en plus.

Le père d'Elise considérait que ces boulots lui appartenaient. Jusqu'à ce qu'on cesse de faire appel à lui. Chaque fois qu'il établissait un devis, il tentait de dissuader le client d'employer tel ou tel Polonais ou Roumain en concurrence avec lui. On ne le rappelait jamais. Elise soupçonnait que ses accusations rebutaient les clients. « Faut pas faire confiance à ces types », disait-il, mais leurs tarifs finissaient toujours par l'emporter.

Peut-être Elise tenait-elle de sa mère la liberté de ses émotions. Mais ce serait se faire de cette dernière une image romantique. Sa mère était une narcissique qui percevait les besoins de sa fille comme un désagrément. « Elle a été insupportable », avait-elle pour habitude de se plaindre à son père. Après une énième promesse non tenue, Elise avait fini par couper tout contact avec elle. Éternelle absente des anniversaires ou des réunions parents-professeurs, sa mère avait paru soulagée de cette décision.

C'est comme s'il ne s'était jamais rien passé, pensait Elise avec amertume en regardant par la vitre rayée et sale de sa cabine. Ainsi, leur petite aventure sous le porche de la boutique n'avait pas compté du tout pour lui. Il paraissait épuisé. Regard vide. Bâillements à répétition. N'empêche, il restait beau gosse.

Là tout de suite, elle aurait souhaité que la graisse ne l'enveloppe pas comme un costume sur mesure. Elle la sentait pendre sous son menton et ses bras.

Il a des ennuis, a-t-elle pensé en poussant la monnaie sur le plateau mais sans laisser traîner sa main dessus. *Il a vraiment une sale mine.*

— Est-ce que ça va ? lui a-t-elle demandé, sourcils froncés.

Il a haussé les épaules. Ni oui ni non. Il a bâillé de nouveau et s'est frotté le cou, comme s'il souffrait.

— Tu as besoin d'aide ? a-t-elle insisté, mais il a fait demi-tour et a rejoint le groupe devant les portières de la camionnette.

MATIS

La nuit, tous les hommes se masturbaient dans la chambre.

Leurs dos tournés, agités de tremblements, ne dérangeaient plus Matis. Les bruits de frottement, les râles étouffés. Lui aussi avait ses fantasmes pour l'aider à se soulager. Presque tous impliquaient Oksana.

Oksana était son seul amour, celle qui hantait ses nuits. Elle était plus âgée que lui et pas belle du tout, mais c'était sa réserve et sa froideur qui l'attiraient. Elle savait ce qu'elle aimait et voulait, sans jamais ressentir le besoin de se justifier. En fait, elle possédait la confiance en elle qui faisait tant défaut à Matis.

Elle le tolérait à peine; c'était précisément ce qui excitait Matis. Il devait sans cesse insister pour obtenir un rendez-vous, ou bien la croiser par hasard – ce qu'il faisait en traînant des heures durant dans le centre commercial Akropolis, aux abords de la patinoire située au cœur du complexe. Elle ne le rappelait jamais ni ne lui promettait quoi que ce soit. Le jour de son anniversaire, alors qu'il avait acheté des cadeaux, une carte, et réservé une table au restaurant, elle disait: « Je sors avec mes amis. » Elle arrivait généralement avec plus d'une heure de retard à leurs rendez-vous, et n'ayant pas de téléphone portable (du moins c'est ce qu'elle disait), était impossible à joindre. Jamais dans sa vie Matis n'avait autant désiré une femme, comme si son ultime satisfaction se trouvait juste au coin de la rue. Oksana avait déménagé aux États-Unis sans l'en avertir.

Il n'avait découvert son départ que lorsqu'il avait croisé une de ses amies dans la rue et avait dû dissimuler son choc – il aurait pu s'effondrer là tout de suite sur le sol. C'était pourtant typique d'elle. Or il n'avait pas pu y croire. Son ardeur avait comblé toutes les failles de leur relation, si bien que Matis s'était persuadé qu'ils finiraient par faire leur vie ensemble ; ce n'était qu'une question de temps.

— Est-ce que… est-ce qu'elle a laissé une adresse ? avait-il demandé à l'amie d'Oksana.

— Pas pour toi, avait répondu cette dernière en riant tandis qu'elle s'éloignait.

Oksana lui avait pourtant fait clairement comprendre qu'elle ne l'aimait pas, quoiqu'elle lui ait dit un jour, au lit : « Je pense à notre mariage. »

Elle avait été claire sur le fait que leur relation était uniquement sexuelle – un passe-temps. Elle ne le traitait même pas avec gentillesse. C'est à cela qu'il pensait la nuit sur son matelas puant.

Les femmes qui lui avaient montré de la gentillesse ou de l'amour (il y en avait eu quelques-unes) avaient fait de *lui* un Oksana. Comme il est difficile, songeait-il, d'aimer quelqu'un qui est prêt à vous aimer en retour !

ELISE

Le lendemain matin, quand Dwayne est arrivé pour son roulement, Elise a retrouvé le petit groupe de Lituaniens, dont Matis, dans l'obscurité de la zone fumeurs jonchée de mégots de cigarettes. Il y avait bien un cendrier de fortune – une boîte à courrier qui avait été fixée au mur lorsque l'interdiction de fumer était entrée en vigueur – mais il était depuis longtemps rempli jusqu'à la gueule, si bien que le pavé faisait désormais l'affaire.

— Tu as besoin de mon aide ? a-t-elle demandé à Matis.

— Besoin travail, a répondu celui-ci.

— Quel genre de travail ?

Lukas et lui ont mimé l'action de peindre, puis de frapper à coups de marteau. Peinture. Travaux domestiques.

— D'accord. On pourrait vous créer des tracts publicitaires sur mon ordinateur ?

Ils l'ont regardée, interloqués.

— C'est pas vrai, a-t-elle dit en tapant sur Google Trad sur son téléphone.

Ils ont lu, et approuvé avec enthousiasme.

— Très bien. On fait ça où ? Chez moi c'est impossible. Au centre Rosmini ?

Il s'en est suivi une longue dispute en lituanien entre Lukas et Matis. Elise s'apprêtait à dire : « Écoutez, revenez me voir quand vous vous serez arrangés entre vous », lorsqu'un type grassouillet leur a crié dessus. Ils se sont dépêchés de retourner à la camionnette.

Il faut choisir la vie, pensait Elise tandis qu'une partie d'elle lui reprochait de pardonner aussi rapidement à Matis. *Il faut choisir quelque chose plutôt que rien.*

MATIS

— Comment on va faire pour la voir alors qu'on travaille tout le temps ? a demandé Lukas. Il faut qu'on dorme. En plus, je ne me sens pas bien.

— On peut aller à Rosmini le soir, a répondu Matis. Après le travail.

— Pour se lever ensuite à quatre heures ? Je ne peux pas, a dit Lukas, et Matis a craint qu'il se mette à pleurer. C'est trop.

— Alors j'irai pour nous deux.

— Et si Edikas l'apprend ?

— Comment l'apprendrait-il ?

— Comment a-t-il su pour Janina ? Je ne peux pas prendre ce risque. S'il lui arrive quoi que ce soit…

— OK, OK, arrête de te pleurnicher comme une grand-mère. J'irai pour nous deux. Je n'ai personne à qui ils peuvent faire du mal. Je serais même content qu'Edikas s'en prenne à mon père. S'il vient, tu lui diras que je suis sorti faire une course ou que je suis dans la salle de bains.

Pris d'une quinte de toux, Lukas s'est plié en deux, un mouchoir sur la bouche. S'agrippant la poitrine, il a regardé son mouchoir, noir de morve ou de sang, Matis n'a pas su dire à cause de l'obscurité.

— Mon cœur… a repris Lukas. Je n'ai plus la force de rien faire.

À cet instant, Edikas a surpris leur conversation et leur a crié de revenir au van.

ELISE

Assise à sa coiffeuse, Elise se préparait à retourner au centre Rosmini. Posé sur le lit derrière elle, son ordinateur portable était rangé dans son sac à dos, prêt à leur montrer les tracts qu'elle avait bricolés sous Word. Rien de sophistiqué, juste les informations de base avec leurs numéros de mobile.

Elle a fait une grimace. À quoi bon mettre leur téléphone alors qu'ils parlaient à peine l'anglais ? Il faudrait qu'elle donne le sien, quoique cela ferait d'elle leur agent : négocier pour eux les boulots, fournir des devis, bref prendre des appels pour des travaux de peinture que même son père n'obtenait plus. Elle s'est demandé ce qui se passerait si son père découvrait qu'elle coachait une bande de peintres d'intérieur d'Europe de l'Est. Il faudrait qu'elle reste discrète, et de toute façon, ça ne serait que le temps qu'ils parlent assez bien pour prendre eux-mêmes les appels. Ils allaient devoir se mettre sérieusement à l'anglais.

En dépit des dangers de cette entreprise, Elise pensait qu'ils feraient une super équipe, Matis, Lukas et elle. Son efficacité, sa motivation et son bagout au téléphone, couplés à l'excellence de leur travail. Elle sentait qu'ils étaient du genre à se lever tôt et terminer le boulot rapidement. Vite fait bien fait. Tandis qu'elle accueillerait les clients avec un « Bonjour madame, que puis-je faire pour vous ? Bien sûr, aucun problème. Souhaitez-vous qu'on en profite pour vous installer quelques meubles ? »

Elle comptait imprimer les tracts sur la photocopieuse que le centre mettait à disposition pour les CV.

Chaque fois qu'elle voyait Matis, une chaleur irradiait son corps. Excitation mêlée de soulagement. Son sourire était doux et paternel, sexuel aussi. Oui, elle était attirée par lui, c'était même un euphémisme, mais elle voulait également qu'il la protège. Il dégageait quelque chose de rassurant et d'apaisant, cependant il était l'autre : le mâle, l'étranger qu'elle désirait.

L'idée de devoir choisir l'un des types qui se rassemblaient dans sa cuisine l'horrifiait. Tous des clones.

Malgré son sentiment que tout jouait en leur faveur – leur entreprise commune débordait de potentiel –, elle doutait. Elle sentait une réticence de la part de Matis. Il ne voulait peut-être pas qu'elle prenne ses appels ou qu'elle dirige son travail pour lui. Il ne voulait peut-être pas d'elle du tout.

Lumatis : Rénovation d'intérieur. C'est ainsi qu'elle avait baptisé leur société. Peut-être que *Lumatis Décoration* sonnait mieux ?

En tout cas, c'était mieux que Matkas, qui évoquait une entreprise d'isolation thermique ou un plat industriel à base de pommes de terre.

S'examinant dans le miroir, elle s'est félicitée pour son maquillage (pas trop voyant, ces derniers temps elle misait sur la sobriété), tout en se demandant pourquoi elle se donnait tant de mal. Matis n'allait probablement même pas la regarder. Il était sûrement encore fixé sur cette vieille peau blond platine.

Elle est sortie fumer une cigarette dans le jardin, observant le crépuscule aux teintes violettes, surnaturellement lumineux.

L'air était doux et sentait le printemps. Elle a pris une profonde respiration, et s'est rappelé combien fumer était une habitude néfaste, surtout alors qu'elle venait de se doucher, de mettre de la crème hydratante, de se démêler les cheveux et de se maquiller. Tout ça pour se retrouver entourée d'un nuage de fumée puant qui allait rester accroché à ses cheveux et son manteau. Lui donner mauvaise haleine. Le bon côté de la cigarette, c'est que ça l'aidait à ne pas grossir. Et puis ça tuait le temps, littéralement. Si Elise quittait la maison tout de suite, elle serait en avance au rendez-vous.

Elle allait finir sa clope tranquillement, puis elle marcherait jusqu'au centre Rosmini. La vie était belle : riche et fourmillante de possibilités. Elle avait hâte de se mettre au travail avec Matis. Et puis aussi, un sentiment d'urgence en voyant le panneau « À vendre » suspendu à la clôture du jardin, et les mots de son père : « On va monter les échelons de la société, Lise. Shane a un cottage à vendre sur sa propriété, que je peux louer pour une somme modique. Les temps sont durs, financièrement parlant. Et puis ça sera un honneur d'épauler Shane dans son travail. »

Elle avait acquiescé, dit ce qu'il fallait, comme si elle approuvait cette fragile idée qu'il nourrissait, tout en pensant : *J'irai pas. Pour rien au monde je ne vous suivrais, toi et ta valise pleine d'amertume, chez Shane Farquharson.*

Elise soupçonnait que son père ignorait combien il avait

été malchanceux dans la vie. Si seulement il arrivait à voir le rôle déterminant de la chance, songeait-elle, il se sentirait moins aigri, aurait moins l'impression d'être victime d'un complot.

Il n'avait pas eu de chance au travail. Son père avait une nature sensible, or diriger une entreprise laissait peu de place à la sensibilité. Les clients le considéraient bien souvent avec mépris et le traitaient irrespectueusement. Certains riches, surtout, semblaient croire qu'ils pouvaient se montrer condescendants avec les « subalternes ». Un indicateur précieux : la façon dont on s'adresse à quelqu'un qui travaille pour vous. Dont ils traitaient les serveurs, le personnel de ménage, les ouvriers. Shane Farquharson l'avait parfaitement compris : il venait d'un milieu aisé mais parlait d'égal à égal aux hommes tels que son père. Elle devait admettre que jamais il ne prenait de haut les imbéciles qui le suivaient.

Elise avait conscience d'avoir manqué de chance avec sa mère, mais c'était précisément cela : de la malchance, non un complot contre elle. D'une certaine façon elle voyait cet « incident de parcours » comme un moteur pour son esprit d'entrepreneuse. Elle avait de la motivation à revendre. Elle n'attendait de personne qu'on fasse le travail à sa place. Sa mère elle-même n'avait jamais rien fait pour elle.

Son père était malchanceux en amitié. Aucun de ses amis ne le rassurait jamais ni n'était une source d'inspiration, comme Elise aurait souhaité qu'ils le soient, mais ils le considéraient juste comme l'un des copains de la bande. Ils passaient leur temps en discussions oiseuses à propos de politique, seulement pour conclure par un « Ils ont tout gâché » ou « C'était mieux avant », comme de l'eau sale qui tourbillonne dans un siphon. Les amis de son père étaient des suiveurs, pas des meneurs. Elise y voyait de sa part moins une question d'ego que d'insécurité. Seul, il n'était pas capable de grand-chose. Il avait besoin d'émulation criarde et fanfaronne. Qui sait ce qu'il serait devenu s'il avait reçu une éducation, s'il avait été à l'université ou eu un emploi qui s'accorde à sa sensibilité, des amis qui lui auraient donné leur soutien plutôt que de la bière ? S'il avait eu la chance d'être créatif et de s'épanouir, ou juste de prospérer dans son travail, ce serait un homme entièrement différent, Elise en était persuadée.

Elle a écrasé son mégot sous sa chaussure. Au moins, elle n'avait pas à cacher *ce* vice. Son père n'avait aucun problème avec la cigarette. Mais gare aux ennuis s'il apprenait que sa fille côtoyait des gens de l'Est...

« La nature adore le brassage génétique », lui avait dit Amber au moment où elle avait obtenu un job en intérim dans le département de sciences du College of West Anglia. « C'est pour ça que les bébés métis sont si beaux. Et que la famille royale est semi-crétine. »

C'est précisément sur ce point que son père et ses copains avaient tout faux. À voir leurs têtes, ils étaient plutôt le résultat d'un fardeau génétique, tandis que chaque molécule du corps d'Elise réclamait Matis.

— On peut commencer ? a-t-elle dit alors qu'ils étaient attablés tous les trois au centre Rosmini.

Matis a haussé les épaules.

— Comment tu t'appelles ? a-t-elle demandé en énonçant lentement chaque syllabe.

— *Mano vardas Matis*, a-t-il répondu avec un bâillement.

— Non. Je m'appelle Matis.

— Je m'appelle Lukas, a dit le garçon à côté de lui.

Assis vers l'avant, il était concentré, impatient de répondre. Il avait apporté un crayon et un carnet. Sûrement un élève brillant, même s'il avait une tête de cadavre. On ne pouvait s'empêcher d'aimer Lukas, a pensé Elise en le regardant avec tendresse.

— Très bien, a-t-elle repris. Et comment vas-tu aujourd'hui Lukas ?

Il a fait une grimace.

— Bof bof, a-t-il répondu en agitant sa main de droite à gauche, avant d'être pris d'une quinte de toux.

Matis et Elise ont ri, mais sans méchanceté. C'était uniquement par affection, a-t-elle pensé.

— Besoin travail, a dit Matis.

— Oui, je vous ai fait ça, a-t-elle dit en ouvrant son ordinateur.

Une fois les affichettes imprimées, elle est sortie du centre Rosmini. Lukas et Matis étaient restés là-bas, ils avaient à parler de quelque chose, lui avaient-ils dit. Se disputer plutôt.

L'air était encore doux, le ciel noir. Sous ses pieds, le trottoir luisait. Dans son bonheur, elle aurait pu danser jusque chez elle. Elle a pris conscience qu'elle ne s'était pas sentie heureuse depuis longtemps.

S'ils se mariaient, pensait-elle en marchant sur Queens Road, ils célébreraient ça au Rosmini – le lieu où ils étaient tombés amoureux. Capacité de cent personnes.

Au bout de la rue, elle a entendu un cri : « Hé ! »

Elle s'est retournée, et Matis courait vers elle.

Une fois à ses côtés, et avant même de réaliser quoi que ce soit, elle plaquait sa bouche contre la sienne et dévorait ses lèvres, affamée. Ils se sont faufilés sous le porche d'un magasin.

Son désir pour lui la consumait. Elle l'ignorait encore, mais une étincelle magique, le travail d'une espèce qui peuplait la planète – le travail essentiel de reproduction – cette étincelle avait jailli dans son ventre. Un spermatozoïde lituanien rencontrait un ovule anglais – le meilleur d'eux-mêmes. La nature aime la diversité génétique. Oh ! comme elle la sentait, la magie de cet instant ; seulement, Elise confondait amour et biologie.

Ils se sont laissés glisser au sol pour allumer une cigarette à présent que l'acte était consommé.

— J'aime aller à l'université, a dit Matis.

— Ah oui ? Et tu aimerais étudier quoi ?

Elle a sorti son téléphone, sachant que Google Trad ne serait pas superflu pour la fluidité de la discussion.

— Des études d'ingénieur, ou d'architecture, a-t-il répondu en prononçant le « ch » comme un « k » tandis qu'il lisait sur le téléphone d'Elise. Mais… a-t-il poursuivi en frottant le bout de ses doigts pour indiquer l'argent, ou plutôt le manque d'argent.

Elle se l'est imaginé, séduisant architecte lituanien dans la maison qu'il aurait conçue pour eux deux. Elle se sentait légère, son corps comblé fourmillait.

— Je pourrais t'aider à financer tes études, a-t-elle dit. J'ai des économies, plus qu'on pourrait croire. C'est grâce à la compagnie que j'ai montée, Easy Ebay. C'est parti de mon père, qui voulait vendre du matériel de pêche, mais il ne savait pas comment fonctionnait le site, donc je l'ai fait pour lui, a-t-elle lâché d'une traite sans plus se soucier de Google Trad, et bien qu'elle sache qu'il ne devait comprendre que la moitié de ce qu'elle racontait. Ensuite mon père a dit à ses copains : « Elise va le faire pour vous, c'est une as de l'informatique. » À ce moment-là j'ai commencé à prendre une part sur ce qui était vendu, et maintenant je vends des choses pour à peu près tout le monde à Wisbech. J'ai plus de dix mille livres d'économies... Mais j'y pense ! On pourrait ajouter ce service à Lumatis Rénovation d'intérieur – faites peindre votre maison, débarrassez-vous de vos vieux meubles. Tout le monde refait une nouvelle décoration quand il rénove sa maison, non ?

Ensemble, il n'y avait aucun frein à leur ascension. Leur esprit d'entreprise. Sa motivation à elle, ses compétences à lui.

— Dix mille livres anglaises ? a-t-il répété.

Marrant qu'il ait compris *cette* partie-*là*. Il la regardait, abasourdi, et elle s'est demandé s'il la voyait différemment à présent.

— Pourquoi tu me payes l'université ?

— Parce que je t'aime bien, a-t-elle répondu en souriant.

Il a souri aussi, mais sans lui retourner sa phrase.

La barrière de la langue, encore.

MATIS

Le bourdonnement sinistre d'un frelon piégé à l'intérieur de la maison, aussi désespéré et furieux que les hommes qui l'habitaient.

Matis cherchait Lukas, dans les chambres où les hommes dormaient sur des matelas et dans la cuisine où certains mangeaient, debout. À l'étage, il a entendu des sanglots venant de la salle de bains.

— Lukas ? a-t-il demandé, la tête contre la porte verrouillée.

— Va-t'en, a répondu ce dernier.

— Laisse-moi entrer.

Tu n'es pas le seul à souffrir. Matis aussi avait changé depuis son arrivée en Angleterre. Dès son réveil, il sentait son estomac se nouer en se souvenant d'où il était. Chez lui, lorsqu'il se réveillait (généralement à midi le week-end), c'était avec un sentiment pesant d'ennui. *Encore une journée dans ce trou paumé.* Quelle joie ce serait aujourd'hui, a-t-il songé amèrement, alors que son estomac se contractait chaque jour davantage et que son visage pendait toujours plus d'hébétude. Rien ne le faisait plus rire désormais. Comment pourrait-il trouver quoi que ce soit d'amusant quand il risquait à chaque instant de se prendre des coups de bottes coquées ou de se faire mordre par un chien ? Comment la légèreté et le divertissement pourraient-ils exister alors qu'il était retenu prisonnier sans aucune échappatoire possible ?

Il avait fallu qu'il vienne ici pour réaliser qu'il était casanier. Conservateur, de surcroît. Pourquoi avait-il fait ce saut dans l'inconnu ? C'était Lukas qui avait été prudent et nerveux à l'idée de ce qui les attendait.

— Qu'est-ce qui va pas ? a demandé Matis lorsque la porte de la salle de bains s'est ouverte.

— Qu'est-ce qui va pas ? a dit Lukas en se laissant glisser le long du mur pour s'asseoir genoux relevés sur le carrelage. Comment tu peux me poser une question pareille ? a-t-il poursuivi, les yeux rouges et gonflés.

Matis s'est assis sur un coin de la baignoire. Des bandes de papier toilette, utilisées pour se sécher les mains, jonchaient le sol.

— Je hais ma vie, a dit Lukas. Je voudrais être à la maison. Je voudrais être avec Janina.

— Je sais. On va se sortir d'ici, promis. C'est pas impossible. La fille de la station-service va nous aider à trouver du travail.

Lukas a secoué la tête.

— Edikas m'a dit qu'il sait où ma mère vit. Il est au courant pour Janina. Je ne peux pas risquer qu'il leur arrive quoi que ce soit à cause d'une décision stupide que j'aurais prise.

De retour sur leurs matelas, dans leur chambre.

Saulius paraissait en meilleure forme, plus vif. Lukas changeait le pansement sur sa poitrine.

— Tu es le seul être humain dans cette maison, a-t-il dit à Lukas.

— Repose-toi mon ami. Tu as pris un calmant ?

Saulius a secoué la tête, puis il s'est mis à tousser et à chercher de l'air. On aurait dit qu'il se noyait. Il s'est rejeté en arrière, parfaitement immobile, les yeux ouverts au plafond.

Une âme venait de quitter la pièce. Lukas a hurlé : « Saulius ! Saulius ! Reste avec moi ! »

Des prières ont été marmonnées, des chants catholiques soufflés à voix basse, comme pour apaiser enfin les souffrances de Saulius.

Ses avant-bras et ses mollets grattaient horriblement Matis. Les punaises de lit formaient une ombre sur le cadre de la porte de la chambre. On les déménageait au foyer pour femmes, soi-disant le temps qu'Edikas « règle » le problème des punaises, mais tous savaient que c'était afin de disposer du corps de Saulius.

À la surprise de Matis de faire cohabiter hommes et femmes, Lina, la femme qui lui avait rasé la tête, avait haussé les épaules. « Que pourraient-ils m'enlever ? Ma vertu ? Je m'en fiche de partager la maison. De toute façon, les foyers pour femmes sont un enfer. C'est mieux comme ça. »

La mort de Saulius avait secoué les migrants. Ils pouvaient crever ici et il n'y aurait pas de funérailles, aucun coup de fil pour prévenir leurs familles, pas de rapatriement de leur corps. Ce serait comme s'ils n'avaient jamais existé.

Le seul à pleurer était Lukas.

— Comment a-t-on permis qu'une telle chose arrive ? s'est-il écrié. Nous sommes tous complices, nous avons regardé sans rien faire !

Jour 4
MANON

Alors qu'ils patientent dans la salle des urgences, elle est sur le point de saisir la main de Dimitri, aussi large qu'une assiette, avant de se rappeler que ce n'est pas Mark à côté d'elle. Mark est quatre étages plus haut, dans le service d'oncologie.

Dimitri a refusé toute assistance médicale jusqu'à ce qu'il s'évanouisse. En l'absence d'Edikas, un passeur de migrants, Dominykas, a appelé une ambulance.

Elle passe beaucoup trop de temps à l'hôpital de Hinchingbrooke, en est même venue à aimer le linoléum bleu à striures, les couloirs bondés, les files d'attente pour les médicaments et au self. Les hôpitaux sont des lieux intenses – l'épicentre de l'humanité, inscrit sur les myriades de visages qui y vont et viennent.

— Je vais mourir comme Saulius ? demande Dimitri.

— Non, vous n'allez pas mourir. Les antibiotiques vont vous remettre sur pied, répond Manon. Qui est Saulius ?

— Mort dans maison. Blessé quand il attrape poulets. Lui pas hôpital. Mort.

— Edikas était au courant de la mort de Saulius ? demande Manon en sortant aussitôt son téléphone de sa poche.

Les yeux fermés, Dimitri acquiesce.

— Lui prend corps.

— Voulez-vous m'excuser une seconde ? dit Manon en se levant et quittant le service pour appeler Davy et l'informer de ce qu'elle vient d'apprendre.

— C'est suffisant pour arrêter Edikas, dit-elle au téléphone. Au motif d'empêcher un enterrement légal, sinon d'homicide. Ça nous donne le droit de faire une perquisition dans le foyer. Il faut qu'on mette la main sur les documents relatifs aux salaires et aux téléphones mobiles. Ils doivent être en sa possession.

— Edikas a disparu sans laisser de traces, réplique Davy. Son téléphone ne répond pas. Aucun des migrants ne sait où il est. En fait, ils ne l'ont pas vu depuis hier matin, ce qui est très inhabituel, disent-ils.

— Tu devrais aller lui rendre visite. Avec une scie à métaux, dit Manon. Attends, j'ai un double appel. Je te rappelle bientôt.

Un SMS. De Bryony.

> ALERTE INFO : Le gel pour la peau Witch Doctor fonctionne à merveille pour les boutons sur le cul. Sérieusement, faudrait le rebaptiser Gel du Cul. B.

> Et qu'est-ce qui te fait croire que ça pourrait m'intéresser ? M.

> Mon petit doigt. B.

Lorsque Manon retourne auprès de Dimitri, un médecin qui paraît avoir douze ans est en train de l'ausculter. Il fut un temps où Manon aurait eu le béguin pour le médecin en question. À présent, elle s'identifie davantage à sa mère. Le docteur a bien fait de porter un masque facial pour examiner la jambe blessée et putrescente.

Dimitri ne cache pas son soulagement d'être enfin pris en charge.

— Homme très bon, très gentil, dit Dimitri, son bras tendu relié à une perfusion. Lukas. Pas comme les autres. Beaucoup des hommes qui viennent ici sont pas éduqués. Des durs, comme Edikas. À Klaipeda ils travaillent sur les docks, beaucoup d'alcool. Lukas était différent. Il veut s'enfuir. Je l'entends parler avec Matis. Il dit qu'il veut entrer dans la maison d'Edikas pour trouver son passeport. Il garde de l'argent pour le car – c'est pas cher, peut-être cent livres. Lukas aide Saulius. Il trouve des médicaments pour le mal, il donne son argent à Saulius parce qu'il ne veut pas qu'il souffre. Ça, c'est un homme bon.

DAVY

Davy est à l'extérieur du domicile d'Edikas – une maison mitoyenne d'aspect modeste, assez similaire au foyer pour migrants mais sans les amoncellements de détritus. Il a frappé à la porte plusieurs fois.

Au téléphone, Manon dit :

— Il est probablement reparti en Lituanie. Enfin, c'est ce que je suppose. Il a senti le vent tourner et s'est décidé à prendre le large. Merde. On aurait dû l'arrêter avant.

— Avant, on n'était pas au courant pour Saulius, rétorque Davy.

— Tu as mon autorisation pour entrer.

Nigel le Mou patiente dans la voiture, sûrement à quelques minutes de s'endormir.

Davy raidit les muscles de sa jambe, prend son élan et balance un coup de talon dans la porte. Celle-ci s'ouvre facilement.

Dedans, la maison est impeccablement rangée. Trop même : la télécommande est posée soigneusement sur la table basse du séjour, face à un immense poste de télévision. Ce n'est pas ce qu'on qualifierait d'« intérieur bourgeois », mais c'est douillet et propre – contrairement à la résidence des migrants. Il faut dire qu'Edikas ne partageait les lieux avec personne.

Davy commence par examiner l'étage. Tout porte à croire qu'il a mis les voiles. Pas de brosse à dents sur l'évier, des cintres vides dans l'armoire. Trous et espaces vacants à l'endroit où auraient dû se trouver des affaires. Davy fait cavalier seul (enfin, pas vraiment, puisqu'il faut bien compter Nigel, qui fait la sieste dans la voiture), aussi passe-t-il méthodiquement en revue les biens d'Edikas, notant dans son registre d'enquête ce qu'il choisit de prélever comme preuve.

Il trouve un tiroir rempli de téléphones mobiles qui pourraient contenir des renseignements précieux, en particulier celui ayant appartenu à Lukas Balsys. La géolocalisation sur son numéro, fourni par Ludmilla, n'a rien donné. Normal, si son téléphone était éteint, comme ceux qui se trouvent devant lui.

Sur le palier à l'étage, il lève la tête au plafond et remarque une trappe qui doit conduire au grenier. Davy se met en quête d'une échelle. Regardant par les fenêtres du salon, il note que Nigel a renversé la tête en arrière et fermé les yeux.

Davy trouve une échelle dans un cagibi qui contient également une serpillière et une planche à repasser.

Dans le grenier, il fait chaud et sombre. L'air est lourd de poussière. Cartons remplis de paperasse et de dossiers, dont il lui faudra examiner très attentivement le contenu. Il active la fonction lampe de poche sur son téléphone.

Il découvre dans un coin sous les combles une poubelle en plastique, qu'il ouvre. Elle est pleine d'argent, des liasses maintenues par des élastiques.

— Il y a une tonne de documents là-haut, dit Davy à Nigel par la vitre de la voiture. Tu peux me donner un coup de main pour tout descendre ?

De retour au rez-de-chaussée, il s'approche d'une porte fermée qui ne peut être que celle de la cuisine. Davy pousse le battant, mais celui-ci ne fait que s'ouvrir de quelques centimètres, bloqué par quelque chose. Il jette un œil par l'entrebâillement et voit le chien étendu sur le carrelage, raide comme une planche. À côté se trouve une écuelle à moitié remplie de nourriture pour chiens.

MANON

— Ne va pas alerter SOS Animaux, dit-elle, debout au-dessus du chien mort. Il aurait été piqué de toute façon. Ce truc était la définition même de ce que la loi qualifie de « chien dangereux ».

— Elle a été élevée pour être comme ça, dit Davy. C'était pas de sa faute.

Il a l'air dévasté. Pourquoi ressentir tant de peine pour un chien utilisé pour attaquer des migrants ? songe Manon.

— Inquiétons-nous plutôt du sort d'êtres humains, OK ?

Elle adore les chiens, de la même façon qu'elle adore les bébés. Sauf leurs bouches. Alors que les bouches sans dents des bébés sont douces et vulnérables, la gueule des chiens la repousse. Leurs crocs. La mâchoire protubérante comme celles des loups. La bave et l'odeur. La gueule vous rappelle que les chiens sont des animaux sauvages. Impossible de les embrasser sur la bouche, tandis que les bébés...

Pas du genre à s'embarrasser de sentiments, Edikas a tué son chien avant de partir. Un aveu ? Une plaisanterie – Vous ne m'aurez jamais, na ! Ou bien un doigt d'honneur à l'intention de la police. C'est l'hypothèse pour laquelle penche Manon.

Un homme occupé à faire ses valises dans l'urgence, qui s'est servi de ce qui lui tombait sous la main. Raticide probablement.

Elle sait d'avance quelle sera la réaction de Glenda McFrousse vis-à-vis du chien. Elle y verra la preuve qu'Interpol doit prendre le relais, peu importe les suspects restants. Mais Edikas est un coriace. Il tuerait son chien sans sourciller s'il devait partir en vacances pour le week-end – une prise de mesure radicale. S'il avait eu des poissons rouges, ils les auraient évacués dans les WC.

Mais peut-être est-ce *elle* qui devient monomaniaque ? A-t-elle tort de penser que ce n'est *pas* Edikas qui a commis le meurtre ? Garder l'esprit ouvert est plus difficile qu'on ne le croit, s'aperçoit Manon. Elle est constamment traversée par des jugements subjectifs inconscients. Rester ouverte au fait que Mark puisse ne pas mourir, que Fly puisse survivre au lycée sans tomber dans la délinquance, que leur coupable ne soit pas celui qu'elle croit. Les esprits ouverts cherchent un point fixe, une fin à l'oscillation. Ils brûlent de ne pas être ouverts du tout. L'unique façon d'avoir l'esprit véritablement ouvert est de ne pas s'en préoccuper. Or Manon se préoccupe de tout, tout le temps. C'est pourquoi la base de données Holmes a été créée – un système informatique judiciaire destiné à rassembler et trier les indices afin que l'ouverture d'esprit des officiers ne soit pas incluse dans l'équation. Holmes vous commandait de suivre toutes les pistes. Holmes se fichait des intuitions. Suivre. Éliminer.

Peut-être a-t-elle tort, et Glenda McBain raison.

Lorsque Teddy était plus jeune, Manon fantasmait l'hôpital. Quelque chose qui ne menaçait pas la vie, avec repos obligatoire et visites interdites pendant au moins deux semaines. Tarte aux pommes et crème anglaise industrielles servies au lit, télévision branchée sur Netflix. Haussement d'épaules dépité à Mark qui tenait le siège. *Qu'est-ce que j'y peux ? Ces oignons refusent de guérir.*

Passé un certain âge dans la vie, les hôpitaux deviennent la promesse d'un repos plus permanent. *La tombe est un lieu charmant et très discret. Mais nul, que je sache, n'y vient s'y embrasser.*

— Alors, qu'est-ce qu'ils ont dit ? demande-t-elle à Mark.

— Je peux rentrer à la maison. Ils m'ont fait des analyses de sang, un scanner et une IRM. Les résultats peuvent arriver n'importe quand entre deux jours et deux semaines.

— Mon Dieu.

— Je sais.

— Tu es encore un peu jaune. On te donne quelque chose contre ça ?

— Non. Mais ils essaient de déterminer à quoi c'est dû.

— Et ton ventre ?

— Ça va un peu mieux, juste des nausées.

— À qui je parle pour te sortir d'ici ?

— À personne. Ils m'ont donné mon autorisation de sortie.

Elle le regarde sortir du lit, sa chemise de nuit d'hôpital ouverte dans le dos. Il se tient voûté comme un vieillard, ses cheveux sont aplatis sur son crâne. Il semble fragile et manque de perdre l'équilibre lorsqu'il enfile son pantalon.

— Tu as besoin d'aide ?

— Je n'en suis pas encore à ce stade.

— Je vais te déposer à la maison mais il faut que je passe rapidement au bureau ensuite, ça va aller ?

— Bien sûr.

Elle a à peine le temps de boire une gorgée de son Americano que déjà McBain « veut un mot ».

— Tout va bien ? demande Manon en refermant la porte du bureau de Glenda.

— Comment va le Lituanien ? dit sa supérieure.

— Toujours mort, je le crains.

— Ça se résout ?

— À cet instant, on est très loin d'avoir résolu quoi que ce soit. Ah, et il y a trois suspects maintenant.

— Oh mince.

— Pourquoi ?

— Eh bien, on aimerait que le problème lituanien soit réglé avant les élections à Wisbech. L'affaire génère un nombre de clics impressionnant en ligne. Beaucoup de *fake news* circulent sur la Toile. Shane Farquharson ne parle que de cela.

Et c'est reparti avec le jargon d'Internet. Manon ne comprend pas le frisson actuel pour les infox. Par expérience, elle sait que la presse a imprimé des tas de conneries depuis des temps immémoriaux. Elle, la fille d'un journaliste dont les yeux brillaient à la perspective d'écrire un « papier sensationnel ». Cependant, elle reconnaît qu'il y a un problème avec la « balance » des médias, où l'on demande son avis au moindre fou furieux, prétendument pour équilibrer la pensée rationnelle et les preuves issues d'authentiques experts. Son père donnait toujours ce conseil à ses stagiaires : si un côté dit qu'il pleut et l'autre qu'il fait beau temps, notre rôle n'est pas de citer les deux camps mais de regarder par la fenêtre pour découvrir la vérité par soi-même.

— Régler le problème lituanien ? Sérieusement ? dit Manon.

— Il n'est pas dans notre intérêt de créer davantage de divisions dans cette zone. La situation est suffisamment épineuse à Wisbech en ce moment. L'atmosphère est… fébrile. La police locale est sur les dents.

Manon pense au morceau des Smiths. *Panic in the streets of Wisbech…*

— C'est plutôt à l'opération Faisan de régler le problème lituanien. Nous essayons seulement de découvrir qui a tué Lukas Balsys, si c'est bien ce qui s'est passé.

— Tu crois que ça pourrait être un suicide ? demande Glenda avec espoir.

— Possible. Sauf qu'il y a la note.

— La situation est très tendue, dit McBain, comme si subitement elle était à la tête du MI5. Tu as vu le *Daily Mail* ?

Oh oui, elle a vu le *Daily Mail* et sa une sulfureuse.

McBain avait écrit un article pour le *Fenland Citizen* à propos de la difficulté à faire régner l'ordre sur une « société divisée ». Pour être honnête, elle ne faisait que dépeindre la réalité, mais le *Daily Mail* en avait extrait des citations hors contexte et avait publié la une suivante : « Selon Super Flic, les migrants sèment le trouble dans nos villes. »

Super Flic mon cul, pense Manon.

— C'est toi la super flic, dit-elle à présent.

— Pas vraiment. Je pense que tu l'as compris : tout le monde profiterait de ce que l'on arrête le meurtrier du Lituanien.

— Le message est passé, tu t'es parfaitement chargée de le faire, rétorque Manon. Écoute, tu auras une arrestation quand on aura trouvé qui a commis le meurtre.

— Une date… ?

Manon hausse les épaules. Hors de question qu'elle cède

à ce type de pression. Si McBain craint pour sa réputation, qu'elle se débrouille seule.

Mais de retour à son bureau elle commence à se sentir nerveuse, une tension interne qui plus jeune l'aurait forcée à courir dehors pour fumer une cigarette, lorsqu'elle n'avait pas aussi peur du cancer. Elle se demande si Mark est mort à la maison. C'était si agréable, en ce moment, d'avoir la possibilité de quitter le bureau, surtout lors des changements de saison. L'occasion de prendre une bouffée d'air, de faire une pause. Juste un court instant. En fait, fumer n'était pas si terrible. Les bigots aussi ont des sentiments. La vie est tellement compliquée.

Elle saisit son mobile sur sa table de travail.

— Tu vas bien ? demande-t-elle.

— J'ai connu des jours meilleurs, répond Mark d'un ton las.

— Tu as besoin de quelque chose ? Qu'est-ce que je peux t'apporter ?

— Rien. Même si je crois que j'aurais envie d'un yaourt à la cerise. Mais il me rendrait probablement malade. Comment se passe ta journée ?

— Elle se passe. Je vais essayer de trouver ton yaourt. Tu veux que je rentre ?

— Non, ne t'en fais pas pour moi. Je pense que je vais dormir un peu.

McBain avait raison. L'atmosphère était indéniablement électrique à Wisbech. Rixes dans des pubs qui se finissaient au couteau, avec généralement un Lituanien ou un Letton blessé. Graffitis partout dans les rues. Bandes de skinheads de Britain First qui débarquaient en ville le samedi soir pour chercher les embrouilles. On parlait même d'instaurer une force de police spéciale afin de calmer la situation – boots de l'armée, treillis militaires et tout l'attirail.

L'un des commerces de la ville clamant soutenir One Wisbech refusait d'employer des ressortissants d'Europe de l'Est.

— Est-ce que c'est même légal de refuser un emploi à quelqu'un sous prétexte de sa nationalité ? avait demandé Manon à Davy, qui avait haussé les épaules.

Le propriétaire du commerce s'était fait un max de publicité – il avait eu droit à une interview sur la chaîne d'informations locale de la BBC et à un article dans le *Fenland Citizen*. En bref, exactement ce qu'il recherchait.

Cependant, il avait été incapable de recruter uniquement des travailleurs anglais : horaires trop longs, tâches trop ingrates. Étrangement, la presse n'en avait rien dit, excepté un encart dans le *Guardian*, que Manon avait lu à Mark. Inquiets, tous deux avaient secoué la tête.

— On déménage ? avait-elle proposé. On emmène les gosses loin avant que la Troisième Guerre mondiale éclate ?

— Où ça ?

— Je sais pas, Suède ? Australie ?

— Trop froid et trop chaud. Je suis attaché aux saisons, avait-il répondu. Et puis j'hésite à quitter le NHS en ce moment.

Lorsqu'elle revient dans le présent, elle est confrontée à Davy, qui la regarde anxieusement.

— Est-ce que ça va ? demande-t-il. J'ai appris ce qui arrive à Mark...

Elle aimerait répondre : « Oh, on s'en sortira » avec un geste désinvolte de la main, mais se retrouve plutôt à afficher une expression qui hurle : *Je suis prête à craquer !*

— Ne sois pas gentil avec moi, Davy, lâche-t-elle tout à trac. S'il te plaît… ne sois pas gentil, c'est tout.

Cependant, il se penche vers elle avec toute la bienveillance possible et répond :

— Tu veux qu'on aille boire une tasse de thé quelque part ?

Elle est bien obligée de le suivre dans la cage d'escalier, et avant même d'avoir atteint la dernière marche, elle ne peut s'empêcher de crier (l'écho n'arrange pas le volume sonore) avec plus d'agressivité que prévue :

— Je ne supporte pas l'idée de le perdre, Davy ! Impossible d'y penser. Donc tu vas devoir accepter que je sois sur les nerfs et… prête à craquer.

— Tu veux dire pire que d'habitude, sourit-il avec une grande douceur en lui frottant l'épaule.

— Voilà, pire que d'habitude, répond-elle en fondant en larmes dans ses bras.

— OK d'ac'. Juste… si tu as besoin de moi, je suis là. C'est tout.

— T'es un chouette type, Davy Walker, dit-elle en s'essuyant le nez sur l'épaule de son manteau. Vraiment, un mec bien.

Jour 5
MANON

— On n'a trouvé aucun autre trouble à l'ordre public pour Tucker ? demande Manon à Davy.

— Non. Enfin, il est impliqué dans quelques incidents, comme l'altercation avec l'automobiliste, mais aucune plainte officielle n'a été déposée. Son casier est vierge.

— Hum. C'est Elspeth Tucker qui le fait sortir de ses gonds.

— Un agent de circulation est venu contrôler leur domicile après avoir reçu un appel pour violence domestique.

— On va le convoquer tout de suite. Qui a passé l'appel ?

— La femme de Tucker.

Elle sort sur le parking respirer l'air frais, qui est doux et enveloppé d'une fine brume. Odeur sucrée d'oxygène estival, de pluie et de jeunes pousses. Décidément, il n'y a pas de meilleur pays pour les saisons.

Une heure plus tard, l'agent en question est face à Manon dans un bureau qu'elle a réquisitionné afin de se donner plus d'importance qu'elle n'en a. Elle ne résiste jamais à impressionner les jeunes recrues.

L'homme s'est présenté comme l'officier 329. Manon

le reconnaît. Du temps où elle était sergent-détective, elle avait été invitée à une cérémonie de sortie à Shotley – de jeunes officiers de police fraîchement diplômés.

Voûtés, l'œil humide, les parents de l'officier 329 avaient fondu sur lui en disant avec un fort accent écossais : « C'est un bébé policier ! Un tout petit bébé policier ! » La jeune recrue avait rougi et fait une grimace. Manon avait pensé : *Un jour tu donneras yeux et dents pour cinq minutes de plus avec ces deux idiots. Tu donneras tout ce que tu as, juste pour les revoir à nouveau.* « Un tout petit bébé policier », répétaient-ils à propos de leur plus grande fierté, les larmes aux yeux.

Le fils paraît avoir quinze ans.

— Alors, officier 329, tu as bien un nom ? demande Manon.

— Brian. Brian McCoole, m'dame.

— C'est pas m'dame, c'est Manon.

Elle le voit lancer un œil à travers la baie vitrée du bureau, en direction de l'open-space de la MCU. *Il doit être tout excité d'être ici*, pense Manon. *Ses collègues l'ont sûrement prévenu que la brigade criminelle avait besoin de son témoignage.*

— On a besoin de ton aide pour notre enquête, Brian, dit-elle en voyant ses yeux s'écarquiller comme si c'était le matin de Noël.

Nez piqueté de taches de rousseur, cils orange pâle.

— Oui, m'dame.

— Tu as été appelé à Prospect Place il y a deux semaines environ, pour une dispute domestique, c'est bien ça ?

— Oui.

— Peux-tu me dire ce que tu as trouvé à cette adresse ?

Il consulte le carnet qu'il tient à la main.

— Alors il y avait M. et Mme Tucker. M. Tucker était enfermé dans les WC du rez-de-chaussée, il frappait à la porte et criait qu'on le laisse sortir. Mme Tucker était dans la cuisine en train de s'essuyer le visage avec un mouchoir. Sa lèvre était fendue. Un type étranger bloquait la porte des WC pour empêcher M. Tucker de sortir.

— Cet étranger, tu pourrais le décrire ?

— Il ne parlait pas bien anglais. Cheveux courts, rasés même, yeux bleu-gris, peau plutôt mate. Il a dit qu'il s'appelait Lukas avec un « k ».

— Et qu'as-tu fait ?

— J'ai parlé à M. Tucker derrière la porte des WC. Je lui ai demandé de se calmer. S'il se calmait, je lui ai dit, on le laisserait sortir et on pourrait tous discuter.

— Très bien, dit Manon, et le jeune homme pique un fard. Et ensuite ?

— Il a arrêté de crier et de frapper à la porte. Il s'est mis à pleurer, même à sangloter.

— Est-ce qu'il disait quelque chose ?

— Non, juste *Mon Dieu* et *argh*.

— Et quand il est sorti ?

— Il a passé la porte en courant, a poussé le type immigré et s'est rué dehors, dans la rue. Il n'a regardé personne. Je lui ai couru derrière pour lui parler, parce que j'avais peur qu'il revienne plus tard chez lui et que la dispute reprenne. Je lui criais : « Monsieur ? Monsieur ! » Enfin il s'est arrêté et s'est tourné vers moi. Il était penché vers l'avant, les poings serrés, et il soufflait par les narines comme un taureau. Pour être honnête, m'dame, j'ai cru qu'il allait m'en mettre une.

— Qu'a-t-il dit ?

— Il a dit : « Vous êtes après *moi*. *Moi* ! Mais vous ne faites rien contre *eux*. Ils ont gâché ma vie et vous vous en foutez ! »

— Et puis ?

— J'ai répondu que s'il voulait porter plainte je pouvais prendre sa déposition et examiner la situation avec lui, mais il a dit : « À quoi bon ? De toute façon, vous n'allez *rien* faire, pas vrai ? » et il s'est remis à marcher. Je suis revenu au domicile de Mme Tucker pour prendre sa déposition, mais elle souhaitait en rester là, elle refusait de porter plainte officiellement contre son mari. J'étais inquiet à propos de ses blessures, qui étaient assez vilaines. Elle tremblait de tout son corps. Sûrement à cause du choc. Je lui ai dit de me recontacter si les choses empiraient.

— Vous avez parfaitement géré la situation, Brian. De A à Z. Félicitations, vous avez mérité votre diplôme. Je vais avoir besoin de votre carnet, OK ?

— Selon moi, c'est M. Tucker qui a le mobile le plus fort, dit Manon à la salle.

C'est merveilleux d'être de retour au travail, où personne ne lui réclame de l'eau ou de faire caca – quoique, à voir la mine de Nigel le Mou, il pourrait avoir besoin des deux.

— Mais comme vous le savez, poursuit-elle, on ne commence pas par un mobile, n'est-ce pas ? On commence par des indices. C'est-à-dire la corde qui a servi à pendre notre victime.

Le sentiment de contrôle, de mettre tous ses problèmes de côté pour un moment. Le sentiment d'évoluer seule dans le monde sans pour autant ressentir de solitude. Oui, travailler est merveilleux.

— On a déjà parlé de la corde, lance Kim Delaney.

— Ah oui ? Quand ça ?

— Davy a organisé une réunion, hier, quand tu étais...

À l'hôpital, pense Manon. Elle hoche la tête et tend le bras vers le dossier d'une chaise en dissimulant son choc sous un sourire.

— Oh... très bien. Génial. Et que donne la piste de la corde ?

— Rien du tout, répond Kim. On en trouve dans n'importe quel magasin. Edikas en a fourni aux divers foyers pour qu'ils s'en servent comme corde à linge.

— D'accord, dit Manon. Et la victimologie ?

— Lukas était du type dépressif, intervient Davy. Il était malheureux de sa situation ici, et de manière générale avait une nature pessimiste, même quand il vivait à Klaipeda. Selon tout le monde, un homme lugubre.

— Exactement mon type de mec, dit Manon d'un ton qui lui a valu de se faire des ennemis par le passé. Tu sous-entends suicidaire ? Ou bien juste un banal Droopy ?

— Les autres migrants disent qu'il était toujours un peu déprimé, mais que c'était un trait de caractère chez lui.

Manon acquiesce.

— Mais ça n'élimine pas l'hypothèse du suicide, reprend-elle.

— Il y a quand même une pièce manquante dans le puzzle, hasarde Davy.

— Continue.

— Son meilleur ami Matis. Celui avec qui il est venu de Klaipeda. Impossible de mettre la main sur lui ni sur une migrante, une certaine Lina. On ignore s'ils ont fui ensemble ou non. Absolument personne ne semble savoir où est Matis. Il tient peut-être la clé de la solution.

— L'opération Faisan a des renseignements sur lui ?

— Non.

— Et l'écriture manuscrite ? On a trouvé quelque chose dans le foyer qui pourrait concorder ?

— On n'a pas trouvé la moindre trace d'écriture dans la maison.

— Bon, s'il y a du nouveau, je veux qu'on me tienne immédiatement au courant, conclut-elle en fixant Davy d'un air qui, elle l'espère, dit : *Et ne t'avise pas de faire une réunion en mon absence.* N'importe quoi, c'est clair ?

Manon se met à tuer le temps façon bureau : lecture d'e-mails sans importance, à certains desquels elle se donne même la peine de répondre. Exemple de l'un d'eux, envoyé par Colin Brierley :

> Manon, aurais-tu laissé du fromage dans le frigo ? Si oui, il est impératif que tu t'en débarrasses. Le fromage est un produit malodorant, sa conservation dans un lieu public est contraire aux régulations sanitaires en vigueur dans le Cambridgeshire.

Réponse formulée avec soin :

> Colin, t'as pas mieux à foutre ?

En dépit d'être le snob de service, Colin Brierley avait un problème avec la langue, un domaine sur l'autel duquel Manon était prête à sacrifier sa vie.

— Je ne vais pas faire long feu, disait-il.

— C'est « faire long feu », marmonnait Manon.

— Pardon ?

— On dit « je vais faire long feu » pas « pas faire long feu ».

Plus il commettait de telles erreurs, plus elle sentait son agacement monter. Lorsqu'on lui parlait d'un gadget qu'il avait acheté récemment, il disait : « Je ne vois pas pourquoi on en fait tout un plat. C'est galvanisé. »

— Galvaudé, Colin.

Il lançait ces termes avec nonchalance et un aplomb quasi primesautier.

Un jour, Colin avait annoncé à la cantonade que Broadstairs, où il avait passé le week-end, « ne cassait pas des vitres ». Furieuse, Manon s'était tournée vers lui.

— BRIQUES, Colin ! C'est pourtant pas compliqué ? Casser des briques, pigé ? Arrête de massacrer la langue.

Sans qu'elle s'en rende compte, le jour passe tranquillement. Elle discute avec l'un de ses collègues (elle ne se rappelle même pas qui, ni le sujet de la conversation, probablement la télé ou la météo estivale désastreuse : « Ça y est, j'en ai ma claque du froid »). Elle appelle Mark environ cinq fois pour s'assurer qu'il est encore en vie.

Elle se débat avec la photocopieuse (bourrage papier, pour changer). Marche une heure pour chercher un café au self et passe cinq minutes (OK, quarante-cinq) à feuilleter les pages people du *Daily Mail*. Enfin, elle s'installe à son bureau pour lire les dossiers sur les deux premiers migrants retrouvés pendus sans avoir laissé de note. Soyons clairs, si elle laisse ce travail à Nigel, ils boucleront l'enquête l'année prochaine. En tant que manageuse, devrait-elle virer Nigel de l'équipe ? Manon n'a ni l'énergie ni le cœur de faire une chose pareille. Qu'il reste donc incompétent aux frais de Sa Majesté. Les incompétents aussi ont des crédits à rembourser.

La première victime, une Lettonne du nom de Dzilva, était une alcoolique patentée en relation avec un homme violent. On a retrouvé son corps couvert d'ecchymoses. Une foule d'indices concluaient à un suicide, y compris des images de vidéosurveillance sur lesquelles on la voyait se diriger seule vers son arbre. Même sa mère, restée à Valmiera en Lettonie, avait déclaré : « Elle voulait juste que tout se finisse. Le combat pour survivre. Elle n'en pouvait plus. » Selon le dossier d'enquête, bien sûr.

Dzilva avait étudié à l'université de sciences appliquées de Valmiera. Au Royaume-Uni, elle faisait la plonge jusqu'à deux heures du matin dans un restaurant à l'hygiène plus que douteuse : l'Organisme de contrôle sanitaire lui avait quand même attribué zéro.

De la fac à un évier rempli de Paic. Seigneur, moi aussi à sa place je voudrais en finir avec la vie, songe Manon.

La seconde victime était un Lituanien dans une situation similaire à celle de Lukas – endetté jusqu'au cou, sans aucun moyen d'en sortir. Ayant subi un accident de travail, il n'avait pas eu assez de temps pour se rétablir. Plutôt comme Saulius, en fait. Peut-être la douleur chronique l'avait-elle conduit à mettre un terme à sa vie. Malgré la forte probabilité qu'il se soit suicidé, une note de l'opération Faisan ajoutait : « Des chefs de gang ont utilisé rétrospectivement les deux pendaisons comme un avertissement à l'encontre des migrants. »

La police de Wisbech avait donc eu raison. Des suicides sans lien entre eux ni avec Lukas, retrouvé pendu à Hinchingbrooke.

Manon n'arrive toujours pas à comprendre le choix de la scène de crime. Pourquoi diable faire une heure de route jusqu'au parc de Hinchingbrooke ? Pourquoi choisir un lieu semi-urbain alors que la campagne ne manquait pas ?

Il paraît peu probable que Lukas Balsys ait connu suffisamment la région pour décider de lui-même de venir à cet endroit. Sans compter que si l'on voulait en finir, on se traînerait misérablement jusqu'à l'arbre le plus proche ou jusqu'au toit le plus accessible. Qui s'emmerderait à faire la route pour contempler une dernière fois les paysages sans intérêt du Fenland ?

Au cas où le meurtrier serait M. Tucker, se lancer dans un tel périple ne ferait qu'accroître le risque que sa victime se débatte au cours du trajet. En outre, selon le médecin légiste il n'y avait pas de marques de ligature sur les poignets de Lukas, c'est donc qu'il n'avait pas été attaché. Ses mains portaient des traces de griffures dues aux poulets et il était en état de malnutrition, avec une infection pulmonaire laissée sans soins, toujours selon le légiste Derry Mackeith.

— Des caries extrêmement profondes à plusieurs dents, avait-il annoncé à Manon. Son haleine devait être repoussante. En plus, la douleur est telle qu'elle peut conduire au suicide.

Manon pense à Elspeth Tucker en train de coucher avec lui, sous cette haleine fétide. Tournait-elle la tête sur le côté pour respirer par la bouche ?

Mais cela n'explique pas la note.

Si c'est Jim Tucker qui a fait le coup, et il n'a pas l'air

d'avoir inventé le fil à couper le beurre, il a très bien pu tendre à sa victime un papier et un crayon.

Quant à Edikas, il aurait compris le sens de la phrase et détruit le message en réalisant qu'il l'incriminait. Décidément, aucun soupçon ne pesait sur lui.

Mais alors pourquoi ne pas écrire quelque chose de plus explicite ? Voire carrément nommer quelqu'un ? « Untel ou untel m'a tué. »

Il s'agit peut-être d'un truc culturel, pense Manon.

Elle lève la tête et voit Davy campé devant son bureau.

— Je ne vais pas rouvrir les deux affaires de pendaison, lui dit-elle. Il n'y a aucune preuve d'homicide.

— Heu…

— Quoi ?

— C'est M. Tucker.

— Eh bien ?

— Alors, pour commencer, tu te rappelles que le système de reconnaissance des plaques n'avait trouvé aucune trace de sa Nissan ?

— Ouais.

— Eh bien je suis quand même retourné vérifier, et le système avait mal interprété quatre plaques, que j'ai imprimées. Regarde celle-ci, dit-il en lui montrant un numéro de plaque minéralogique dont la seconde moitié est obscurcie par un flash de lumière.

— Je suppose que la première moitié correspond au numéro de Tucker.

— Effectivement.

— Bon, on va immédiatement le mettre en état d'arrestation. C'est un véritable *Titanic* à mobiles et son véhicule a fait la route jusqu'à Hinchingbrooke.

— Oui. Mais il y a un léger problème, dit Davy. Il est mort. Leur maison a pris feu. Elle s'en est sortie. Lui non. Je crois qu'il vaudrait mieux qu'on aille sur place.

Dans la voiture de Davy, elle envoie un SMS à Fly.

Tu pourrais aller chercher Teddy stp ? J'ai un truc de boulot urgent et Mark est trop malade.

Fly n'est pas toujours très réactif quand il s'agit de répondre. Peut-être devrait-elle l'appeler au lieu d'envoyer un message, mais alors que la pensée traverse son esprit, son téléphone vibre.

Pas de souci.

Alléluia, songe-t-elle. Quel amour, cet enfant.

Merci mon chéri. Je t'aime x

Parallèlement, Manon est en train de dire à Davy :
— Mme Tucker sait certainement s'y prendre. D'abord son amant, puis son mari.
— Je te trouve un peu dure.
Elle envoie un SMS à Mark.

Je ne pourrai pas rentrer tout de suite à cause d'un truc de boulot. Fly se charge de récupérer Teddy. Toi ça va ? T'as besoin de quelque chose ?

Je vais bien. Amuse-toi. Du nouveau ?

— Un fonctionnaire commet un meurtre puis est tenaillé par le remords, dit-elle à Davy.

— On ignore si c'est lui qui conduisait la voiture. On a pu la lui voler.

Prospect Place est zébrée de lumières bleues : trois camions de pompiers et une ambulance. De la fumée s'élève du domicile jadis immaculé des Tucker, à présent carbonisé. L'eau s'en égoutte encore. Les pompiers ont leurs tuyaux d'incendie à la main.

— Il faut qu'on garde la maison sous haute surveillance, dit le chef des sapeurs-pompiers à Manon, au cas où l'incendie repartirait. On est en train de faire évacuer les habitations voisines.

— Où est Mme Tucker ? demande Manon.

L'homme fait un geste vers l'ambulance, dont les portes arrière sont ouvertes.

— Elle a beaucoup de chance de s'en être sortie. On l'a trouvée dans le grenier. Elle s'était évanouie. Lui était en bas, près d'un bidon d'essence. Je dirais qu'il a avalé des médicaments avant de mettre le feu à la maison. La fumée a dû lui faire perdre connaissance rapidement, puis les médicaments, puis les flammes. Mais le légiste vous donnera plus de détails.

— Pourquoi ne pas simplement se tuer ? demande Manon en partie à elle-même.

— Il voulait peut-être emporter sa femme avec lui. Détruire la maison en même temps que lui n'est pas un geste anodin.

— Oui. La maison le tourmentait.

Elle s'approche de l'ambulance, où Elspeth Tucker est étendue sur le brancard, la tête renversée en arrière et les yeux fermés tandis qu'un secouriste lui panse le bras.

— Madame Tucker, dit Manon en grimpant à bord du véhicule.

— On pense qu'elle a été droguée, l'informe le secouriste. Elle a eu énormément de chance que les pompiers arrivent à la sauver. Ils ont été obligés de la porter. On va l'emmener à l'hôpital pour un bilan complet.

— Je peux lui parler d'abord ?

— Vous pouvez essayer, mais je doute qu'elle réponde.

— Madame Tucker ? répète Manon. Elspeth ? Est-ce que vous m'entendez ?

Celle-ci n'ouvre pas les yeux.

Manon se tourne vers le secouriste.

— Elle va s'en sortir, n'est-ce pas ? chuchote-t-elle.

— Je suppose, oui, dit-il en haussant les épaules.

Jour 6
MANON

Elle confie Ted beaucoup trop souvent à la baby-sitter, mais impossible de s'éloigner du bureau. De toute façon, Kristine ne vit qu'à quelques minutes à pied de chez Manon, et puis c'est la personne la plus relax de la terre. Une tentation à laquelle il est trop difficile de résister.

— Salut, Kristine, pourrais-tu prendre Teddy aujourd'hui ?

— Pas de problème. Odette est ici. On est en train de faire des cookies.

Odette est la plus jolie petite fille que Manon ait jamais vue et Teddy en est amoureux. Que demander de plus ?

— Aujourd'hui, c'est cookies avec Odette, Ted, dit-elle comme si elle avait organisé elle-même ce programme alléchant.

— Odette, répète-t-il, songeur, avant que mère et fils ne se disputent au sujet de sa tenue.

— Tu ne peux pas faire de cuisine habillé en Spiderman, dit-elle, comme si elle s'adressait à une personne raisonnable. Il n'y a pas plus inflammable comme tenue.

Peut-être qu'avoir vu de près les dégâts que provoquent les flammes la rend excessivement paranoïaque.

Davy va se rendre à Klaipeda pour établir un profil précis de la victime, elle est donc seule pour diriger l'équipe. Mark regarde des océans de télé à la maison, mais il ne mange toujours pas et son teint est encore jaune. Même si elle aimerait qu'il s'occupe de Ted, c'est trop lui demander dans son état. Il faut une énergie digne de celle d'un athlète olympique pour veiller sur cet enfant toute une journée. En plus d'une patience de Bouddha, que seule Kristine possède.

— À quelle heure est ton vol ? demande-t-elle à Davy.

— Pas avant cet après-midi. Pourquoi es-tu au bureau ?

— Trop à faire. On est sous l'eau avec le décès de Tucker hier, et puisque tu t'en vas à Klaipeda j'ai pensé qu'on avait besoin de moi. Alors, prêt pour ta virée en amoureux avec Bridget ?

— Pff, c'est uniquement professionnel. Il n'y a rien...

— Mais bien sûr. Dis-moi, que penses-tu d'ouvrir une enquête sur la mort de Jim Tucker ? Les pompiers semblent quasiment certains qu'il a mis lui-même le feu à la baraque. Mme Tucker est encore dans les vapes à l'hôpital, probablement à cause d'une dose massive de somnifères.

Ils ont ouvert les téléphones portables trouvés chez Edikas, dont ils ont extrait les cartes SIM et vérifié les numéros, aussi savent-ils à présent lequel appartient à Lukas Balsys.

Colin, le *nerd* de l'équipe, en a téléchargé le contenu pour Manon, qui le lira via Google Trad. Au pire ils feront appel à un interprète.

Davy a pris une chaise et s'est installé avec elle à son bureau.

— Voyons voir les SMS reçus, dit-elle. *Oh mon Dieu !*

Elle a un sursaut d'horreur en voyant le visage ravagé d'une femme – une peau distendue et brûlée, des yeux incapables de rester ouverts, un cou déformé, des bandages qui pendent telle de la cire fondue. Une victime de guerre, ou quelqu'un secouru trop tard d'un immeuble en feu. Des blessures qu'en droit criminel on qualifie de « lésions irréversibles » – comble de l'euphémisme.

Une fois traduit, le message sous la photo dit : « C'est à cause de toi. » Expéditeur : Janina.

— C'est sûrement l'œuvre d'Edikas, hasarde Manon. Tu en penses quoi ?

— Peut-être que Lukas s'est tué à cause de ce qui est arrivé à sa fiancée, suggère Davy.

— Dans ce cas pourquoi aurait-il laissé la note ? Pourquoi ne pas écrire plutôt : « Pardonne-moi Janina » ou « Tout est de ma faute » ? Quand tu seras à Klaipeda, il faudra que tu t'assures que la police lituanienne enquête sur cette affaire. Et puis tu rendras visite à Janina, où qu'elle soit.

— Est-ce que ça ne blanchit pas Edikas, en quelque sorte ? Je veux dire, s'il a bel et bien défiguré sa fiancée à l'acide, pas besoin de tuer Lukas, non ? Ça paraît un peu zélé.

— Edikas pourrait être le genre de type à faire du zèle. Ou peut-être que Lukas a refusé de coopérer, même après ça. Ou alors c'est un avertissement pour le reste des migrants. La peur est contagieuse.

Cet après-midi-là, Manon devait faire une déclaration à la presse à propos du décès de M. Tucker, c'est pourquoi elle était passée en coup de vent chez elle pour enfiler sa robe bleu marine préférée, dans laquelle elle se trouvait à la fois mince et professionnelle. Pourquoi gardait-on de soi une image mentale de ses trente-six ans alors que le temps poursuit cruellement sa course ? Elle s'était maquillée, mal comme d'habitude.

— Tu es chic, avait dit Mark au moment où elle quittait la maison.

Le soir venu, ils s'installent pour regarder les informations locales à la télévision. Manon est horrifiée de se voir en haute définition.

— Qui c'est cette vieille peau au bout de sa vie ? crie-t-elle à Mark.

— C'est pas une vieille peau, c'est ma femme.

Elle avait annoncé aux journalistes que la police ne considérait pas le décès de Jim Tucker comme suspect.

— Comment est-il mort ? avait demandé l'un d'eux.

— Dans un incendie domestique, avait-elle répondu. On ne dispose d'aucune preuve qu'un tiers soit impliqué dans le décès de M. Tucker. Mais l'enquête sur la mort de Lukas Balsys reste ouverte. À ce stade, nous n'écartons aucune piste.

— Oh là là, faut absolument que je perde du poids, dit-elle à présent à Mark en rembobinant l'interview afin de scruter en détail les bourrelets de graisse sous la bretelle de son soutien-gorge au niveau de l'aisselle, visibles du côté est du podium.

— Pas du tout, tu es magnifique. En revanche tu n'as rien dit de concret à la presse.

— C'était précisément le but.

À la télévision, un journaliste est en train de crier :

— Était-il vrai que Mme Tucker avait une liaison avec l'un des migrants ?

— Où êtes-vous allé chercher ça, Tony ? rétorque Manon

au reporter du *Daily Mail* qu'elle connaît de longue date. Je vous prierais tous de bien vouloir respecter la vie privée de Mme Tucker en ces moments difficiles, ajoute-t-elle.

— Votre supérieure a pourtant affirmé que les migrants semaient le trouble à Wisbech, poursuit Tony sans se démonter.

— Non, elle n'a rien dit de tel. Si vous aviez fait correctement votre travail, vous sauriez que cette citation a été extraite hors contexte de son papier original paru dans le *Fenland Citizen*. Pour des questions du même ordre, il faudra en référer directement à elle.

— Oh oh ! Pas sympa pour McBain, ça, dit Mark.

— Je ne vois pas de quoi tu parles. Bon Dieu, regarde ! On dirait que je vais m'effondrer sur le podium !

— Une dernière chose, est en train de dire la Manon télévisée. Nous allons ouvrir une enquête sur le décès d'un autre migrant, Saulius Butiene. Nous avons la preuve que M. Butiene est mort au foyer de Prospect Place et que son corps en a été illicitement sorti. Quiconque dispose de renseignements à ce sujet ou a été témoin d'activités suspectes dans cette zone est prié de contacter au plus vite la police.

— Au moins mes boutons n'ont pas sauté pendant la conférence, dit-elle à Mark.

— Maigre consolation.

Ils restent assis main dans la main sur le canapé.

— Tu as envie de quoi pour le dîner ?

— Je n'arrive même pas à y penser, répond-il avec une grimace.

— Un yaourt à la cerise ?

— Pourquoi pas.

— Je te l'apporte sur un plateau.

Jour 6,
Klaipeda
DAVY

L'hôtel Michaelson ne disposant pas de restaurant, Davy et Bridget marchent jusqu'au square du Théâtre, une place pavée datant du XIXe siècle où ils s'assoient au Forto Dvaras, une brasserie familiale dotée d'une terrasse avec des parasols en tissu blanc, qui propose de la cuisine lituanienne.

Il est surpris par la propreté de Klaipeda (les rues sont nickel) et par son charme européen (son *chic* européen) alors qu'il s'attendait à une ville déprimante d'aspect soviétique ou balte. Il a l'impression d'être en Belgique plutôt qu'en Lituanie. Pourquoi diable Lukas est-il venu à Wisbech alors qu'ici c'est si joli ? Quoique, celui-ci ne devait pas souvent visiter le centre touristique. Il vivait dans une zone moins bien famée, où un interprète lituanien doit les emmener le lendemain. À cette pensée, Davy sent son estomac protester. Après un dîner extrêmement copieux, Bridget et lui retournent à l'hôtel et regagnent (séparément) leurs chambres à vingt-deux heures.

Prendre le petit déjeuner avec Bridget est une nouvelle corvée. Il aurait préféré boire un café seul en attendant que ses organes reprennent une activité normale. Mais l'aspect des raviolis fourrés au fromage frais (une spécialité lituanienne) lui donne envie. À la table voisine, un homme manifestement en voyage d'affaires se met à vouloir leur faire la conversation :

— La première fois que j'ai emménagé en Suisse, on ne trouvait que deux sortes de fromages, annonce-t-il, incrédule, en hochant la tête.

— Alors Davy Walker, dit Bridget, les coudes sur la table.

Ses cheveux ont l'air doux, avec un je-ne-sais-quoi de saut du lit.

La musique est trop forte – du type classico-folklorique qui doit sûrement irriter tout le monde – et Davy se sent vaseux comme après plusieurs nuits d'insomnie. Il s'est réveillé en sursaut à quatre heures du matin, angoissé à la perspective de devoir annoncer à Mme Balsys le décès de son fils (une mère en deuil dans un quartier malfamé, ô joie) ; d'être loin de chez lui et de Juliet. L'air conditionné dans sa chambre l'a desséché plus que celui de l'avion. Il réalise qu'il écoute une reprise au violon d'Harry Belafonte sur un rythme frénétique.

— Alors Bridget, répond-il d'un ton las. Je redoute un peu la visite d'aujourd'hui.

— Moi aussi. Pauvre femme.

— Tu as des enfants ?

— Deux.

Bah mince, pense-t-il. *Carrément entreprenante pour une femme mariée avec deux gosses.*

— Donc tu ne m'en voudras pas de te laisser lui annoncer la nouvelle, poursuit Bridget. J'ai peur de flancher.

— J'ignorais que tu avais une famille.

— Pourquoi le saurais-tu ? Mon mari et moi... ça ne se passe pas bien. J'en dis trop, pardon.

— Pourquoi ? demande-t-il, réellement curieux.

— Ce n'est pas qu'on ne s'entend pas bien ni qu'on ne s'aime plus. C'est juste qu'il n'y a plus d'intimité entre nous.

Davy acquiesce, se demandant si c'est ce qui les attend, Juliet et lui.

Il a commandé non pas les raviolis mais une omelette aux légumes, qui arrive sur une immense assiette et semble préparée avec au moins dix œufs.

— Ouh là ! s'exclame-t-il.

— En fait, on prend l'habitude de ne plus le faire.

— Je vais faire un saut rapide dans ma chambre, dit Davy, sentant ses boyaux grogner et saisissant d'un geste brusque sa clé sur la nappe. Je reviens dans une minute.

Jour 6,
Huntingdon
MANON

— J'ai besoin de moyens pour rechercher le corps de Saulius. Je ne peux pas demander à l'ARPD de fouiller toute la région.

— Non, tu ne peux pas, dit McBain alors que Manon perçoit les calculs financiers horrifiques auxquels son cerveau se livre. Aucun des migrants ne sait où on l'a emmené ?

— Non. Il ne nous reste plus qu'à espérer qu'un promeneur et son chien le trouvent par hasard.

— Pourquoi ne pas géolocaliser le téléphone de Saulius ? Il est peut-être encore dans sa poche.

— Étant donné qu'il est décédé depuis dix jours, le téléphone sera aussi mort que son propriétaire.

— Ça ne coûte rien d'essayer.

Avec réticence, elle pose une demande pour localiser le numéro de Saulius, sans grand espoir. Lorsque l'analyste de données la rappelle avec les résultats, il lui dit :

— Tu avais raison, son téléphone est mort.

— Évidemment, répond-elle en voulant mettre au plus

vite un terme à la conversation car elle a perdu son temps pour rien.

— La bonne nouvelle c'est qu'on a la trace de son dernier emplacement et que ça va t'intéresser.

— Balance.

Le dernier signal GPS émis par le mobile de Saulius le situe dans la zone semi-rurale de North Brink, dans les environs de Wisbech.

Elle emprunte donc la B198 pour se rendre sur place, à la recherche de ce qui pourrait ressembler à un cimetière de fortune. En découvrant un hameau cossu aux propriétés bourgeoises, elle est frappée par la rapidité avec laquelle l'habitat se développe. Rares ici sont les maisons dont la façade n'est pas affublée d'une échelle ou d'un échafaudage, ni le jardin d'une benne à déchets. Elle se décide à faire du porte-à-porte.

— Vous faites des travaux, madame ? Charmant. Pourriez-vous me donner la nationalité de vos ouvriers ? Irlandais ? OK, désolée de vous avoir dérangée.

À l'entrée de l'une des propriétés – une somptueuse demeure géorgienne qui aurait pu servir de décor à l'une de ces adaptations télévisées d'un roman de Jane Austen dont elle se délecte –, elle remarque des sacs de sable.

Elle sonne à la porte.

— Vous venez de faire poser ça ? demande-t-elle au propriétaire, un dénommé Vincent Guthrie, en regardant la terrasse flambant neuve sur laquelle ils se tiennent tous les deux.

— Il y a dix jours. J'en suis très satisfait, répond ce dernier en se balançant d'avant en arrière sur ses talons, les mains dans les poches de son pantalon en velours côtelé.

— Qui a fait les travaux ?

— Un certain Yonas.

— Savez-vous d'où il venait ?

— Lettonie, ou bien Lituanie ? répond M. Guthrie en fronçant les sourcils.

— Merci beaucoup, dit Manon en s'efforçant de faire une sortie digne alors qu'elle voudrait courir à sa voiture.

Ensuite, au téléphone avec McBain :

— Alors, la dernière connexion avec le téléphone de Saulius a été faite à North Brink. Le portable s'est peut-être éteint avant de poursuivre sa route ailleurs, à moins qu'il ait été détruit – et ça ce serait emmerdant –, mais des travaux ont été faits ici au moment même de la disparition du corps de Saulius. Une terrasse posée par des ouvriers lituaniens ou lettons. Bridget, de l'opération Faisan, a dit que Vasil possédait une entreprise d'aménagement extérieur. Je me dis qu'une bonne couche de béton frais pourrait être le lieu idéal où dissimuler un corps.

— Hum, je ne sais pas, Manon, réplique sa supérieure. Ça fait beaucoup de suppositions sans preuve concrète. S'il n'y a rien sous cette terrasse, on va devoir payer pour la faire reconstruire. Déjà qu'on règle la note de bar de Davy à Klaipeda...

— Saulius se trouve peut-être sous cette terrasse.

— Il est peut-être aussi ailleurs.

Jour 7,
Klaipeda
DAVY

La police lituanienne leur a fourni un guide-interprète, Sergei, chargé de les conduire à Rybporte, une cité ouvrière située derrière le port industriel.

Les docks sont bordés d'immenses grues jaunes (deux fois plus hautes que les immeubles environnants) ; l'air résonne de claquements métalliques. Le long du quai se suivent des conteneurs rouges, verts et jaunes.

À quelques mètres de l'arrière du port a été érigée une cité des années 1950 d'architecture soviétique : bâtiments bas couverts d'enduis couleur saumon qui s'effrite, balcons qui menacent de s'écrouler. Cependant y règne une impression de civilité laborieuse. Les voisins discutent entre eux, jardinent ou promènent leur chien.

— C'est plutôt joli, remarque Davy.

Il s'était attendu à un ensemble vétuste criant la misère.

Ils entrent dans un immeuble – cage d'escalier sombre en béton, murs vernis couleur pêche. Ça sent le propre. *C'est* propre. Sur le rebord des fenêtres de palier trônent des vases remplis de fleurs en plastique.

— En Angleterre ça puerait la pisse partout, note à son tour Bridget.

Jűri et Ludmilla Balsys ouvrent la porte. Après des présentations gênées dans le hall, Davy et Bridget sont conduits dans un salon douillet, aussi propre que s'il venait d'être nettoyé de fond en comble – ce qui est le cas. Ludmilla est femme de ménage dans l'école locale. Voilages en dentelle aux fenêtres, immense canapé en tissu chenille marron d'aspect confortable, un grand poste de télévision et un ordinateur portable dans un coin.

— On faisait un Skype avec notre fille en Norvège, explique Ludmilla via l'interprète en voyant Davy lancer un coup d'œil à l'ordinateur.

Ses yeux rouges et son visage tiré indiquent à Davy qu'elle est déjà au courant pour la mort de son fils.

— Elle nous envoie de l'argent. Notre fille. Lukas est parti au Royaume-Uni pour nous envoyer de l'argent aussi … Il voulait nous aider depuis que Jűri est sans emploi, poursuit-elle en se mettant soudain à pleurer.

— Nous enquêtons sur le décès de votre fils, dit Davy. Nous voulons savoir ce qu'il s'est passé.

Il se demande comment le couple perçoit des représentants de l'autorité tels que Bridget et lui. Sergei l'interprète leur a raconté qu'enfant, il avait dit un jour quelque chose de négatif à l'école à propos du régime soviétique et que ses mots étaient remontés aux oreilles du KGB par l'entremise du professeur de menuiserie. On l'avait interrogé. Depuis, Sergei avait appris à se méfier de tout le monde.

Le moins que Davy puisse offrir à Ludmilla, c'est le sentiment que quelqu'un se préoccupe de la tragédie qui la touche, et agit pour découvrir la vérité. Jűri, apprennent-ils, travaillait sur le port, où il déplaçait les conteneurs de pesticides en provenance de Biélorussie. Il pense que les produits chimiques ont affecté sa santé.

La moquette rose porte les marques d'un passage récent de l'aspirateur.

Ludmilla apporte un plateau doré serti d'un napperon, d'un set de thé et de petits gâteaux.

— Nous avons acheté cet appartement il y a quinze ans. Lukas nous a aidés à faire les travaux. Un si gentil garçon. Quand… quand est-ce qu'il va rentrer ?

— On ne peut pas rapatrier son corps tant que l'enquête est en cours, répond Davy.

Il demande ensuite à aller aux WC et profite de l'occasion pour jeter un œil au reste de la maison. La cuisine est impeccable : papier peint en vinyle à motif floral, des meubles de rangement en bois et un petit four à gaz. La décoration est datée, avec une touche d'inspiration communiste. Une petite table pour deux personnes. Sur le mur de la minuscule chambre, le lit double est plus étroit qu'une taille standard. *Comment diable ont-ils vécu ici à quatre ?* se demande Davy.

L'air de mai transporte le bruit pas si désagréable que cela des grues, en plus de l'odeur des lilas en fleur des jardins voisins. Probablement l'atmosphère est-elle plus lugubre en hiver à moins vingt degrés sous la neige.

Davy montre à Ludmilla et Jũri des photos de Lina.

— Nous pensons qu'elle a pris la fuite avec Matis, explique-t-il.

Ils ne l'ont jamais vue.

— Matis n'a jamais bien traité les femmes, fait Ludmilla avec une grimace.

— Comment ça ? s'enquiert Davy, en se demandant si Matis est impliqué dans des violences domestiques en Angleterre.

— Il n'est pas fiable, précise Ludmilla, rapidement traduite par Sergei. Il ne sait pas construire de relations durables. Pourtant Matis est un gentil garçon. C'est la faute de sa mère. Je le connais depuis qu'il est enfant. Je l'aime comme un fils, dit-elle avant d'être prise d'un sanglot. Pas comme Lukas, poursuit-elle. Je l'aime comme un neveu. Matis a eu une vie difficile. Sa mère les a abandonnés et son père boit beaucoup. Comme plein de Lituaniens. C'est la tare nationale.

— Savez-vous où nous pourrions trouver le père de Matis ? demande Davy.

— Au bar, répond Jūri.

Jour 7,
North Brink,
Wisbech
MANON

Le ciel du Fenland est bleu, semé de nuages en trois dimensions qui paraissent avoir éclos au sein de son immensité.

Elle a demandé à l'opération Faisan des renseignements sur Jonas (prononcé Yonas).

— Oui, c'est le contremaître de Vasil pour les travaux de construction de terrasses, lui a-t-on répondu.

Aussi les magistrats lui ont-ils donné l'autorisation par téléphone d'aller voir sous la terrasse de Vince Guthrie.

— Je crains qu'il faille creuser, annonce Manon au propriétaire, qui regarde d'un œil noir une camionnette de police se garer au bout de son allée.

— Vous devrez d'abord me passer sur le corps, réplique ce dernier.

— En fait, nous avons des raisons de croire qu'un autre corps, mort, se trouve sous votre terrasse.

Elle observe les travaux de destruction tandis que son téléphone ne cesse de recevoir des SMS angoissés de McBain disant : « Du nouveau ? » Guthrie, lui, a *déjà* contacté le service juridique de la police pour obtenir un dédommagement. « Tiens-moi au courant dès que tu trouves quelque chose » est la définition même du stress. Si aucun cadavre ne se trouve là-dessous, Manon va devoir payer les pots (la terrasse) cassés. L'attente s'apparente à une agonie. Raffut des marteaux-piqueurs, blouses blanches qui vont et viennent. Chacun œuvre avec lenteur pour ne détruire aucun indice. S'il y en a. Sa responsabilité seule est engagée.

Elle est devenue aussi acariâtre que McBain. « Du nouveau ? » Manon ne cesse-t-elle de lancer aux équipes de l'ARPD.

— Donnez-nous du temps, rétorque l'un d'eux d'un ton sec.

— Faudra pas compter sur M. Guthrie pour vous offrir du thé, répond-elle en voyant celui-ci observer leurs manœuvres depuis sa baie vitrée.

Son expression semble dire : « Mon avocat va vous ficher la misère. » Malgré son envie pressante, Manon n'ose pas lui demander d'utiliser ses WC.

Après ce qui lui paraît une éternité, elle entend l'un des hommes en blouse crier :

— Chef ? Venez voir !

Elle se précipite comme elle peut à travers le gravier pour les rejoindre.

— Putain, merci mon Dieu ! s'exclame-t-elle à la vue de bottes prises dans le béton.

Elle prend une photo qu'elle envoie par SMS à McBain avec ces mots : « La dernière demeure de Saulius », auquel sa supérieure répond par une série d'émojis festifs.

La terrasse de Vince Guthrie a été en partie construite la nuit où Edikas a enlevé le corps de Saulius du foyer à

Prospect Place. Pratique : une couche de béton frais où dissimuler Saulius (et son téléphone, retrouvé dans la poche de son pantalon) en profitant de l'obscurité et d'une zone semi-rurale reculée. Le portable avait dû émettre un dernier signal juste avant d'être enterré.

— Où es-tu ? lui demande Davy au téléphone alors que Manon s'apprête à monter dans sa voiture.

— On exhume Saulius. Sous une terrasse à North Brink.

— Wow. Ça, c'est une nouvelle. Chapeau.

— Merci. Comment ça se passe là-bas ?

— Pas trop mal. C'était très pénible de rencontrer les parents. Ils sont dévastés.

— Tu leur as parlé de la compensation financière ?

— Mince, j'ai oublié. Il faudra que j'y retourne demain.

— Des pistes concernant Matis ?

— On s'apprêtait à aller voir son père.

— Essaie d'obtenir son numéro de mobile. McBain veut qu'on le géolocalise.

— C'est noté. Comment as-tu trouvé Saulius ?

— McBain a suggéré de localiser son téléphone. Le GPS le situait à North Brink, où l'un des résidents a récemment fait faire des travaux par une équipe de Lituaniens. Tu sais quoi Davy ? J'étais mortifiée à l'idée qu'on ne trouve rien.

— Ça n'a pas été le cas, donc c'est super. Vraiment, bravo. Sans toi il serait resté sous cette terrasse pour l'éternité.

— Mouais. Je me demande combien de Lituaniens gisent pour l'éternité sous les terrasses de Vasil…

Au moment de raccrocher, Manon est tentée d'ajouter : « Tu me manques », mais ce serait bizarre. Finalement elle met fin à l'appel en disant :

— Bon, faut que j'y aille. À plus tard.

DAVY

Au coin de l'immeuble des Balsys se trouve un bar avec une petite terrasse en bois délimitée par une corde d'amarrage. À l'intérieur, le thème maritime est repris sur les murs : encore des cordes, un gouvernail et un filet de pêche. Quelle idée de rappeler ces techniques d'antan, songe Davy, alors que le port est si lourdement industrialisé ?

Viktor est assis dans un coin, en survêtement noir à fines bandes vertes le long des bras et des jambes. Il porte une chaîne à maillons en argent autour du cou. Manifestement, il est à moitié ivre. Davy regarde sa montre : onze heures trente.

— Allons lui offrir un verre, dit-il à l'interprète.

Viktor est volubile – c'est peu de le dire –, et même dans une langue qu'il ne parle pas, Davy entend qu'il bafouille. Il disserte à propos de politique, d'art et d'économie. Viktor est un Russe balte.

— En Russie, personne ne souffre de la faim. Alors qu'ici… pérore-t-il tandis que Davy songe : *Vraiment, pas de faim en Russie ?* Les gens se plaignent de la répression, du KGB, mais c'est précisément ce qui fait de la Russie une puissance mondiale !

Puisque Jũri savait où se trouverait Viktor et dans quel état il serait, Davy comprend que les familles de Lukas et Matis sont liées à la communauté de Rybporte. S'ils ne sont pas réellement amis, du moins se tolèrent-ils sous le vacarme des grues du port.

— Je voulais être poète ou musicien, poursuit Viktor. Mais la vie m'a obligé à devenir soudeur. L'argent permet de vivre librement. Avoir de l'argent signifie qu'on n'a pas à s'inquiéter du lendemain.

Viktor se réjouit que Matis soit parti travailler à l'étranger.

— On souhaite à ses enfants une meilleure vie que la sienne, se justifie-t-il. Ici c'est un pays de frères.

Davy fronce les sourcils en direction de l'interprète, qui lui explique qu'un pays de frères renvoie à une société basée sur le népotisme. Pour obtenir un emploi convenable, il faut des amis haut placés.

— La chose la plus importante, bafouille Viktor tandis qu'on lui apporte encore une bière, est d'éviter la guerre. Si tu peux éviter la guerre, tu peux survivre.

Viktor a servi autrefois dans l'armée soviétique, précise l'interprète.

Après avoir quitté Viktor, ils vont à la police lituanienne, où Davy est reçu par un gros officier avachi derrière son bureau tandis que l'interprète traduit la conversation. Ils sont venus demander où en était l'enquête sur les agresseurs de Janina.

— *Ach*, répond le gros homme en se balançant d'avant en arrière sur son siège. C'est très difficile de retrouver ce genre de personnes.

Davy n'a pas besoin de traduction pour comprendre l'attitude désinvolte de l'officier. Le geste de la main, la moue je-m'en-foutiste. Un magazine est posé sur la table, ouvert à la page qu'il lisait.

— Ils se sont enfuis sur des mobylettes. Pas de témoins.

— Nous avons réuni beaucoup de preuves contre Edikas Petrov, suffisamment pour l'inculper en cas d'extradition, dit Davy, se sentant carrément hyperactif comparé à l'officier écrasé sous le poids de sa bedaine.

— Mais où est-il ? s'exclame l'autre avec un geste qui confine à la pantomime. On ne sait pas ! Sa femme et ses enfants aussi ont disparu. Même les voisins ignorent où ils sont.

Davy sent monter en lui une rage impuissante. Il n'a aucune autorité ici. Il n'y a rien qu'il puisse faire pour secouer le gros bonhomme. En sortant, il prend note des murs vernis jaunes, des meubles de rangement vert kaki et des photographies de dignitaires en habit officiel. Ils passent devant une salle d'interrogatoire où, très audiblement, quelqu'un est en train de se faire frapper.

Jour 8,
Klaipeda
DAVY

La musique folklorico-discordante de l'hôtel est oppressante. Davy est surpris qu'elle n'ait pas conduit le personnel de l'établissement au meurtre.

— Tu as vu ça ? dit-il à Bridget qui a osé commander les raviolis au fromage frais pour le petit déjeuner. Les Lituaniens sont les plus gros buveurs au monde.

— On aurait pu croire que la Russie les battrait à plate couture.

Il a fait des recherches sur Internet.

— Ça doit contribuer à leur dépression.

— Les hommes boivent, les femmes font le ménage, lâche Bridget. Comme d'habitude, c'est nous qui écopons du pire.

— Je préfère faire le ménage qu'être un ivrogne.

— Et que dirais-tu d'être une femme de ménage mariée à un ivrogne ?

— Aïe.

— Seigneur, est-ce que ça n'est pas le thème musical de *Papa Schultz* ?

— On a touché le fond, se désole Davy.

— Au fait, combien de fois t'es-tu cogné contre la poutre en bois faussement chic de ta chambre ?

— M'en parle pas. Chaque matin au réveil j'oublie qu'elle est là.

— Pareil, j'ai failli y passer deux fois. Quelque part, il y a un décorateur d'intérieur qui rit diaboliquement.

De retour à la cité Rybporte, ils remarquent un groupe de jeunes qui pêchent des bouteilles en verre dans des poubelles pour en récupérer la consigne. Les immeubles sont bas (vingt-sept appartements par immeuble, dont neuf par étage), ce qui explique l'ambiance conviviale. Les appartements ont été mis en vente pour les particuliers après l'indépendance, dans les années 1990, leur explique Sergei. Les nouveaux propriétaires prennent soin de leur bien, mais il n'y a pas d'argent pour la rénovation des bâtiments – d'où les façades en voie d'effritement et la vétusté des balcons.

— Êtes-vous au courant de ce qui est arrivé à Janina ? demande Davy aux époux Balsys.

— C'est terrible, dit Ludmilla en fondant en larmes. Une si gentille fille. Et belle. Lukas et elle étaient fiancés. Nous ne savons pas pourquoi c'est arrivé.

— Nous avons besoin de lui parler. Où est-elle ?

— Elle vit à l'hôpital. Elle ne peut plus manger ni parler. Les blessures… dit Ludmilla en pointant son propre visage d'un geste las.

Mon Dieu, songe Davy.

Il se prépare mentalement à leur parler de l'indemnisation des victimes d'actes criminels – environ soixante mille livres sterling, une somme considérable dans un tel pays. Il se sent mal de penser que l'argent peut les dédommager de la perte d'un enfant, mais l'argent dédommage bien des choses, du moins c'est la conclusion que Davy a tirée à ce stade de sa vie. Il a autrefois interrogé le directeur des pompes funèbres d'un navire – un homme très occupé, le taux de mortalité sur les bateaux étant largement au-dessus de la moyenne. L'homme lui avait confié répéter le même discours lorsqu'il appelait les proches d'un défunt. *Toutes mes condoléances, Reg est décédé cette nuit dans son sommeil, il n'a pas souffert. Le choc doit être terrible. Vous avez deux options. Nous pouvons faire rapatrier le corps pour la somme de mille neuf cent quatre-vingt-quinze livres.*

Oh oui, oui, nous voulons revoir Reg. Peu importe le prix. Nous voulons lui offrir un bel enterrement.

Il y a également l'option de la sépulture en mer. Cela vous coûtera cent cinquante livres.

Silence.

Voulez-vous que je vous laisse du temps pour réfléchir ?

Eh bien… maintenant que vous le dites, Reg a toujours aimé la mer…

Ludmilla balaie d'un revers de main le sujet de l'argent, mais Jűri écoute attentivement.

Janina est assise sur une chaise face à une large fenêtre. Elle porte un pantalon vert menthe et une blouse comme celles que l'on voit dans les hôpitaux anglais.

— C'est l'heure de son déjeuner, explique une infirmière à Sergei en donnant à Janina un grand verre rempli de bouillie et une paille qu'elle insère dans sa bouche déformée. Doucement, poursuit-elle. (Puis, à l'interprète :) Son œsophage est gravement endommagé. Si elle mange trop vite, elle va être malade.

Davy installe une chaise à côté de Janina, dont le visage est excessivement brillant, comme recouvert d'une couche de vernis.

— Savez-vous que Lukas... commence-t-il.

Elle acquiesce. Soit elle a quelques notions d'anglais, soit elle a reconnu le nom. Elle fait signe à l'infirmière, qui lui tend un carnet et un crayon. Janina se met à écrire furieusement.

« J'aurais préféré que ça soit moi. J'aurais aimé pouvoir m'en sortir aussi facilement », note-t-elle en lituanien, et l'interprète traduit en même temps qu'il lit à voix haute.

— Aviez-vous reçu des menaces avant que ça n'arrive ? demande Davy.

Elle secoue la tête, écrit à nouveau. Sergei lit :

« Ils ont crié : *De la part de ton fiancé*. Mais je n'ai pas de fiancé. Maintenant, je n'aurai plus jamais de fiancé. Ils sont partis sur des mobylettes. Je n'ai même pas vu qui c'était. Des casques. Je croyais que Lukas était un garçon honnête, mais c'était un lâche. »

— Elle a souligné ce dernier mot trois fois, ajoute Sergei.

— Lukas était retenu prisonnier, dit Davy, sentant le besoin de défendre la victime. Il était exploité... forcé de travailler au Royaume-Uni par des chefs de gang. Il lui était impossible de quitter le pays. Nous pensons qu'il a été assassiné. Nous enquêtons pour trouver son ou ses meurtriers.

Janina tourne la tête en direction de la fenêtre, puis se remet à écrire. « Maintenant ça n'a plus d'importance, non ? J'aurais préféré ne jamais l'avoir rencontré. »

Avant de s'en aller, Davy demande à l'infirmière, par l'entremise de Sergei, comment va Janina.

— Elle ne va pas bien du tout. Elle est tellement en colère. C'est presque pire que les blessures. Elle apprend le langage des signes. Je n'ai jamais vu quelqu'un apprendre aussi vite. C'est une fille très intelligente. Je crois que d'une certaine façon ça rend les choses encore plus difficiles.

— Ses blessures vont-elles...

Davy voudrait dire « s'améliorer », mais il se sent idiot de demander.

— Non, répond l'infirmière. Voici à quoi elle ressemblera désormais.

Il reste un peu de temps à Bridget et Davy avant d'embarquer pour leur vol de retour, aussi décident-ils de visiter l'isthme de Courlande, une réserve naturelle située sur la péninsule qui longe la côte de Klaipeda. Sur ce cordon littoral se trouvent un musée maritime (incompréhensible) et un aquarium (plongé dans le noir). Ils se promènent sans entrain dans l'aquarium, où la plupart des animaux sont en plastique et où tout est écrit en lituanien. Ils passent un long moment à contempler le bassin aux tortues géantes, attendant de les voir bouger avant de se rendre compte qu'elles sont en fibre de verre.

Dans la pénombre, Bridget lui prend la main.

— Je ne peux pas, dit Davy.

Il est reconnaissant que l'éclairage soit si mauvais.

Bien qu'il ait souffert du mal du pays au cours de la majeure partie du voyage, il est troublé de retourner auprès de Juliet. Il s'était habitué à vivre à l'hôtel en compagnie de Bridget. Leurs petits déjeuners sur fond de reprises effrénées de musiques de film ; leurs dîners au Forto Dvaras.

Salade de betteraves pour seul accompagnement. La beauté silencieuse du bras de rivière où leur hôtel était situé.

C'est avoir la tête ou non à une relation qui le fatigue. Il ressent la même chose après des périodes de travail intenses – vingt heures non-stop de boulot, puis retour au foyer, le supermarché, Juliet qui le fusille du regard à cause du sac à linge sale plein à craquer.

Ces sentiments signifient-ils que la relation bat de l'aile, ou toutes les relations demandent-elles autant d'implication ?

Après une absence ou des missions longues, Juliet est toujours suspicieuse envers lui, revêche. À raison, s'avère-t-il.

Avant
ELISE

Elise et Matis ont commencé à passer du temps ensemble, à apprendre des mots (lui) et des informations personnelles sur l'un et l'autre (elle). Aucun ne se doutait du miracle qui se formait dans son ventre, bien qu'Elise se sente différente lorsqu'elle marchait dans la rue – son corps vivant, comme électrifié, un fourmillement magique au niveau cellulaire. Elle mettait cela sur le compte de l'amour.

— J'emprunte ça ? lui a-t-il demandé un jour, une main sur son ordinateur portable.

Elle l'a dévisagé, ses pensées se succédant à vive allure, souhaitant comme toujours lui accorder ce qu'il voulait (il avait ce type de visage, elle avait ce type de cœur) ; mais derrière cette impulsion, une méfiance. Allait-elle jamais revoir son appareil, ou lui ?

— Non, désolée, j'en ai besoin pour le travail.

Il a acquiescé, une moue discrète comme seul indice de sa déception.

— Excuse-moi, a-t-il dit en se levant de sa chaise au centre Rosmini.

Elle l'a regardé se diriger vers les toilettes de l'autre côté de la salle et a compris la symbolique de son geste : son refus le conduirait à s'en aller. *Ridicule*, a-t-elle pensé. *Les hommes sont tellement immatures. Ils exigent une liberté totale mais ne la supportent chez personne d'autre.*

À son retour, il était distant mais poli. Cela n'a fait qu'affermir sa position. Hors de question qu'elle cède à son chantage. L'expérience avec sa mère lui avait appris comment réagir à la manipulation.

— J'y vais, a-t-il dit en se renversant sur sa chaise tout en tapotant sur la table.

— D'accord.

— Demain ?

Elle a fait signe que oui, mais d'une façon qui indiquait qu'elle se fichait qu'il soit là ou non, et s'est mise à ranger son ordinateur, son carnet et ses crayons dans son sac à dos orné de têtes de panda brodées de sequins.

Le lendemain il s'est fait plus entreprenant.

— Et ça c'est quoi ? a-t-il demandé d'une voix basse en lui caressant l'épaule.

L'amour ! aurait-elle voulu crier. *Le désir !*

Au lieu de cela, elle a répondu :

— Épaule.

— Ai-polle, a-t-il répété. Et ça ? a-t-il ajouté, sa paume en coupe sur sa joue.

— Joue, a-t-elle dit, enfouissant sa tête dans sa main.

Elle se demandait pourquoi on attachait autant d'importance à la complicité et aux intérêts communs dans une relation amoureuse. Il semblait à Elise que le désir charnel, vouloir sans cesse faire l'amour avec l'autre, était un indicateur de compatibilité aussi fort. *C'est même le facteur le plus important*, songeait-elle. Elle avait vu ses parents se séparer à cause du sexe, lorsque sa mère s'était mise à rechercher avec de plus en plus d'appétit des frissons érotiques inédits. Elise l'avait entendue crier à son père : « Toi et moi, on baise plus jamais, Dean ! » Non, elle ne voulait pas d'une relation comme celle-là.

MATIS

Lorsqu'il se réveillait en sursaut de son sommeil de plomb, c'était généralement à cause de la vibration d'un SMS depuis la poche de son jean, « Rdv au garage BP dans 20 min », ou d'un résident du foyer qui lui secouait l'épaule.

Certainement pas le réveil en douceur dont il rêvait, et qui commençait dans son bas-ventre par un feulement de sa libido, comme s'il avait réellement appartenu au règne animal – un lion endormi et excité, ou un gorille languide et excité, poussé par l'instinct à exprimer son désir primal. Cependant, il ne se réveillait jamais graduellement, pas ces jours-ci, et quand ses paupières s'ouvraient naturellement il n'y avait jamais aucune femelle ni de main baladeuse prête à satisfaire ses besoins. Aussi son désir disparaissait-il peu à peu. Les lions connaissaient-ils ce problème ?

— Elle a de l'argent, a-t-il chuchoté à Lina, étendue sur le matelas à côté du sien.

Il parlait à voix basse, car il savait que Lukas était réveillé dans un coin. Les reproches de son ami formaient un nuage menaçant et bas qui le suivait partout.

— Combien ? a répondu Lina en murmurant elle aussi.

Elle s'est mise sur le côté, les mains jointes sous ses joues.

— Dix mille livres anglaises, a-t-il dit en examinant Lina dans l'espoir qu'elle manifeste son admiration.

— Comment tu vas les obtenir ?

Matis a haussé les épaules.

— Tu peux l'épouser ou tu peux la tuer, a-t-elle poursuivi en souriant. Ou les deux.

Lukas s'est tourné bruyamment sur son matelas.

— Dis-lui de les apporter ici, en liquide.

— Pourquoi elle ferait ça ?

— Trouve une raison. Elle est amoureuse de toi. Sers-toi de ça pour lui faire faire ce que tu veux.

Ils attendaient, assis sur leurs matelas.

Lina est entrée dans la chambre, un sac de chez New Look à la main. Matis ignorait comment elle trouvait de l'argent pour s'acheter des vêtements. Vasil, supposait-il. Lina était mieux traitée que les autres filles.

Les hommes étaient allongés ou adossés aux murs, ils dormaient ou fixaient leur téléphone. Ils dormaient dès qu'une occasion se présentait : dans la camionnette et pendant la pause au travail, à même le sol dans la poussière et la boue. Le sommeil oscillait tel un balancier devant Matis ; parfois il se laissait entraîner, parfois il s'en extirpait avec violence, se consolant à la perspective du sommeil à venir. Lorsqu'il était debout, il rêvait uniquement de se coucher.

Lina a ôté son legging, révélant des fesses parfaitement ovales et entièrement nues car elle portait un string rattaché à un body.

À la stupéfaction de Matis, elle s'est penchée en avant pour quasiment projeter sa croupe au nez des hommes ébahis. Elle a sorti du sac un mini-short blanc qu'elle a enfilé avec lenteur – *le faisait-elle exprès ?* – sur son cul extraordinaire. Les hommes la regardaient, hypnotisés.

Elle avait une taille de guêpe. Des seins énormes. Une cambrure de folie. Comme une mannequin présentant des sous-vêtements, a pensé Matis. Comme une actrice américaine. Le short nappait ses formes, pareil à du lait.

— Quelqu'un a un miroir ? a-t-elle demandé par-dessus son épaule, comme si elle pouvait se voir de dos ainsi.

— Je peux prendre une photo, a proposé un des hommes en levant son téléphone.

Tu m'étonnes que tu peux, a pensé Matis. *Et je sais ce que tu en feras ensuite.*

Lina fixait l'objectif par-dessus son épaule, un genou plié vers l'avant, les fesses cambrées. Elle a lancé un regard à Matis tandis que les hommes mitraillaient la scène. Si elle posait pour tout le monde, a songé Matis, c'est donc qu'elle ne posait pour personne en particulier.

— Tu ne veux pas une photo ? lui a demandé Lina.

Matis a haussé les épaules. Évidemment que oui. Il aurait aimé la contempler alors qu'il était seul quelque part avec du papier toilette à portée de main. Mais justement, il n'était jamais seul. C'était peut-être ce qui le rendait fou : l'absence d'intimité, même dans le sommeil.

Cependant, il n'aimait pas sa façon de faire. Il n'était pas un chien auquel on tend une sucrerie.

Lina lui avait confié un jour : « Tout ça, c'est temporaire. » Elle était persuadée qu'un avenir meilleur l'attendait et que, par conséquent, la maison crasseuse, la salle de bains malpropre, la manière dont Edikas venait la chercher la nuit pour l'emporter chez Vasil, rien de tout cela ne comptait. Matis savait que lui non plus ne comptait pas. Il était juste une diversion sur sa route de la belle vie.

— Lukas, ouvre-moi !

La porte de la salle de bains était à nouveau verrouillée. Matis entendait son ami tousser à l'intérieur. Enfin, la porte s'est ouverte.

D'une pâleur de mort, Lukas tenait un morceau de papier toilette contre sa bouche. Sur le papier, une tache rouge vermeil.

— C'est du sang ? a demandé Matis.

— Oui, je tousse du sang maintenant, a répondu Lukas avec un regard terrifié et accusateur, ce regard qui disait : *Regarde où tu m'as emmené* ; le type de regard qui faisait fuir Matis.

— Je suis sûr que c'est rien. Ça va aller. Il faut juste que tu te reposes.

— Ah oui ? Et quand c'est que je vais pouvoir faire ça ?

ELISE

Il a besoin de vacances, a-t-elle pensé en voyant combien il était pâle, ses yeux voilés et cernés de noir. Une semaine à Tenerife, allongés au soleil à dormir, prendre des repas copieux, dormir encore, emmagasiner de la vitamine D, des œufs au petit déjeuner. *Je pourrais lui offrir ça, nous payer des vacances à tous les deux*. Finis les réveils à quatre heures du matin.

Ils étaient dans la zone fumeurs de la station-service.

— Moi beaucoup problèmes, lui a-t-il dit en la regardant droit dans les yeux.

Il la suppliait, a-t-elle pensé, mais pour quoi ? Pour de l'aide ou pour qu'elle le croie ?

— Quel genre de problèmes ? Je peux t'aider ?

Il a haussé les épaules.

— Les hommes que je travaille. Je faut leur donner beaucoup argent. Ou non ils tuent moi.

— Combien ?

— Des milles.

— *Des milliers ?* a-t-elle répété, les yeux écarquillés. Tu leur dois *vraiment* cet argent ? C'est... c'est vrai ?

— Il dit je paye le car de Lituanie, a-t-il acquiescé, et

maison et nourriture. Ils payent pas moi le travail. Je suis très peur.

— Tu *as* peur, l'a-t-elle repris, fatiguée de devoir sans cesse corriger ce point de grammaire en particulier. *Je suis pas soif, je suis pas peur*. Cela étant, c'était la première fois qu'elle l'entendait autant parler anglais. Elle s'est demandé s'il avait répété son discours, si on l'avait aidé à le préparer.

— Si tu donnes moi argent, je te rends, a-t-il poursuivi.

Mon cul, oui, a-t-elle pensé.

— Écoute, est-ce qu'il ne vaudrait pas mieux que tu ailles à la police ? Je peux t'accompagner.

Il a secoué furieusement la tête.

— Ils tuent moi. Ils pendent moi dans un arbre. Tu amènes argent dans ma maison ? Nous paye eux et puis... a-t-il dit en lui prenant la main, nous deux part. Nouvelle vie.

— Comment on va commencer une nouvelle vie ?

— Moi travaille dur. Toi aussi.

Elle lui a souri. *Tant pis pour les vacances*.

— À quelle heure tu veux que je vienne chez toi ?

— Six ? Six heures trente ?

— Ça ne nous laisse pas beaucoup de temps pour fuir. Je viendrai à l'heure du déjeuner.

Elise avait une application sur son téléphone qui calculait la date exacte de ses règles. Elle n'avait jamais de retard, son cycle menstruel était aussi régulier que les bénéfices de sa petite entreprise Easy Ebay. Elle a regardé l'application, qui lui demandait : « Début du cycle ? », le cœur battant face aux possibilités qui s'offraient à elle. *Calme-toi. Examine les faits*.

Une demi-heure plus tard, elle fixait la seconde ligne bleue d'un test de grossesse Clear Blue. Elle n'était pas sûre de ce qu'elle ressentait. N'avait-elle pas souhaité pimenter un peu sa vie, saisir les opportunités, brusquer les événements ? Eh bien, voilà qui était fait. Et puis elle le voulait, *lui*. Est-ce qu'elle n'avait pas voulu Matis, après tout ?

À présent qu'elle était prise de doutes, la question était de savoir si elle devait saisir *cette* opportunité. Pouvait-elle lui faire confiance ? Plus tôt, lorsqu'il lui avait demandé de l'argent, une partie d'elle s'était écriée : *Pas question. Jamais je ne te donnerai cette somme.* Si l'on était capable d'avoir une telle pensée sur quelqu'un, pouvait-on porter son enfant ? Ou bien la vie était-elle en soi une prise de risque, alors autant suivre le mouvement ? Il n'y avait aucune garantie, avec personne. Elle avait le sentiment que ce que l'on regrettait dans sa vie était ce que l'on ne faisait *pas*, non ce que l'on faisait. Et puis, elle ne pouvait pas être un plus mauvais parent que son père et sa mère l'avaient été.

Son amour pour Matis valait-il dix mille livres ? Peut-être aimait-elle davantage l'argent, après tout le temps qu'il lui avait fallu pour l'amasser.

Non, elle allait lui apporter la somme, a-t-elle décidé. Elle allait saisir l'opportunité – s'enfuir avec lui et commencer une nouvelle vie avec ce petit être dans son ventre. Ça ne pouvait pas être pire que d'être traînée de force dans un bled paumé avec son père.

Ce n'est pas Matis qui lui a ouvert la porte mais un inconnu qui s'est ensuite éloigné sans dire un mot. Elise s'est retrouvée seule à errer dans les couloirs pour le trouver.

L'intérieur de la maison était dans un état lamentable et sentait fort la saleté. Avant qu'elle ait pu mettre la main sur lui, Lukas l'a entraînée dans la salle de bains, dont il a fermé la porte à clé.

— Il faut que tu partes, a-t-il chuchoté. Il va prendre ton argent, lui et Lina.

— Lina ?

— Oui, Matis et Lina…

Elle s'est effondrée contre la porte, le souffle coupé sous le choc.

— Mon Dieu. Oh mon Dieu oh mon Dieu, a-t-elle gémi, incapable de respirer.

— Qu'est-ce qui va pas ? a demandé Lukas en examinant son visage.

Des deux, il avait toujours été le meilleur élève en anglais, et voilà que son visage fouillait maintenant celui d'Elise pour comprendre.

— Attaque de panique, a-t-elle haleté. Attaque de panique ou crise cardiaque. L'un ou l'autre. Je… je ne savais pas… pour Matis et Lina.

— Ah, a dit Lukas avec douceur. Désolé.

— Moins que moi. Je suis enceinte.

— Désolé, a répété Lukas en la prenant dans ses bras. Matis est un imbécile. Tu lui as dit ?

— Ça ne sert plus à rien maintenant, a-t-elle répondu en secouant la tête. Tu lui diras que je suis partie ? Que j'étais obligée. Donne-moi dix minutes pour m'en aller.

C'est alors qu'elle a embrassé Lukas, en se demandant pourquoi elle avait choisi le mauvais Lituanien. Puis elle s'est glissée hors de la salle de bains, dans les escaliers et dehors, à la vitesse de l'éclair.

Chez elle, une fois la porte d'entrée soigneusement refermée, elle s'est assurée que l'argent était encore dans son sac à main, à l'intérieur d'une grosse enveloppe non décachetée. Elle a grimpé les escaliers d'un pas lourd et est entrée dans sa chambre, avec ses couvertures roses et ses coussins en fausse fourrure, son havre de paix qui, aujourd'hui, ne lui était d'aucun réconfort. Car partout où elle irait, ses problèmes la suivraient. Le bébé, omniprésent ; Matis qui la trompait et était avec quelqu'un d'autre ; les routes menant désormais à des impasses. Et puis *elle*, l'éternelle optimiste. À quoi pensait-elle, en fricotant avec une personne si peu digne de confiance ? Un *parasite d'étranger* ?

Les pires récriminations sont celles que l'on s'adresse à soi-même, lorsque, après avoir retourné la situation dans tous les sens, on arrive toujours au même fautif : soi.

Elise se détestait. Elle aurait voulu que sa mère lui dise : « Allez, viens par ici. Ça ne sert à rien de pleurer sur les pots cassés. » Mais sa mère ne lui avait jamais apporté le moindre soutien, aussi aurait-il fallu qu'elle s'offre à elle-même ces mots de consolation.

Seule dans sa chambre, elle a éclaté en sanglots désespérés, jusqu'à en avoir le visage enflé et rouge, jusqu'à l'épuisement. Il lui semblait avoir plus de larmes que d'habitude – était-ce à cause du bébé ? Chaque fois qu'elle pensait à sa grossesse, elle redoublait de pleurs. *Prise au piège*, pensait-elle. Pour toujours. *Je ne connaîtrai jamais aucun succès en ayant un enfant à dix-sept ans.*

Lorsque son père est entré dans sa chambre, son visage inquiet fouillant le sien, elle était trop fatiguée pour mentir ou faire semblant. Elle lui a tout avoué. *Oui, un immigré de l'Est. Oui, enceinte. Je sais, je n'ai que dix-sept ans.*

Ce n'était pas de la lassitude, pas vraiment. Elle savait ce qu'elle faisait en mettant son père sur la piste de Matis. Elle savait, et comme un pilote kamikaze, elle s'en foutait.

Loin de laisser éclater sa colère, son père a soupiré et l'a prise dans ses bras.

— Elise, ma chérie. Ma pauvre petite fille. Ma douce enfant, disait-il en lui embrassant les tempes et en lui caressant les cheveux.

Cette gentillesse inhabituelle n'était pas sans éveiller l'angoisse d'Elise. Elle s'est demandé où cela allait finir, et quand il allait sortir ses boots coquées pour la rouer de coups.

— Tu ne peux pas t'en débarrasser ? À combien en es-tu ?

— Pas beaucoup.

Elle s'était déjà étonnée de ne pas avoir pensé aussitôt à l'avortement. Sa prédisposition naturelle à résoudre les problèmes par l'action l'aurait probablement conduite à chercher sur Google « Clinique d'avortement Wisbech ». Après tout, elle en avait les moyens.

Non. Une partie d'elle se réjouissait de semer la destruction. C'était si simple. Elle boirait la coupe jusqu'à la lie, dirait à son père son nom, son adresse, et que tout le monde aille se faire foutre. *J'emmerde l'ouverture d'esprit. J'emmerde la gentillesse*. On lui avait distribué une mauvaise main, il était temps que la chance tourne. Quand on sait qu'on est foutu, on veut entraîner les autres dans sa chute.

— Bon, où c'est qu'il habite, Elise ? Ton père va régler ça.

— Prospect Place.

— Donne-moi une affiche, je veux une affiche, dit-elle à son père.

— On dirait que tu as changé de discours.

— Ouais, j'ai compris que tu avais raison. Ces gens, c'est des parasites. De la putain de vermine. Faut tous les détruire.

— Brave fille. La pomme ne tombe jamais loin de l'arbre, pas vrai, Elise ?

Elle fume les cigarettes à la chaîne, elle s'en fout du bébé ou de son corps. Elle s'en fout de *lui*, ou de ce qui lui arrivera. Elle est d'humeur à poser des bombes.

Elle a trouvé la compagnie parfaite, celle qui sied à son état mental : cette bande qui se rassemble devant chez son père avec leurs drapeaux portant la croix de Saint-Georges, leurs banderoles à l'effigie de Tommy Robinson[1]. Ce vent de colère est exactement l'oxygène dont elle a besoin.

Voilà qu'ils chantent *Oh, Tommy Tommy. Oh, Tommy Tommy.*

T-shirts barrés d'un « Liberté de parole ». Skinheads de la English Defence League qui interpellent tout un chacun avec des « *mate* ». Shane Farquharson lui-même a pris la tête du cortège avec un mégaphone qui couine. Des enceintes jouent « Never Forget » de Take That.

« Pas raciste, pas fasciste, pas content » affichent les pancartes. « Dehors les réfugiés. On est COMPLETS. »

Ils auraient préféré que les migrants soient musulmans et qu'ils fassent partie d'un gang de proxénètes. C'est l'islam

1. Militant d'extrême droite britannique, cofondateur du mouvement identitaire English Defence League (*NdT*).

qui excite réellement leur fureur. Al Quaida, la pédophilie. « Marre des mosquées », dit l'une des pancartes, sans raison. Mais leur groupe n'a rien de raisonnable.

« Respecté notre pays. Parlé anglais. » Il y a peu, Elise aurait levé les yeux au ciel en lisant ce panneau. À présent, elle marche derrière. Sa propre banderole affiche : « One Wisbech. L'Angleterre aux Anglais. »

Vêtu en *gentleman farmer*, Shane Farquharson marche en première ligne aux côtés de son père. Il exulte, sourit à tout le monde. Tous les deux avancent quasiment bras dessus bras dessous, l'air copains comme cochons – deux bergers qui guident un troupeau de chèvres turbulentes. Bêlantes. Même s'ils ne sont pas si nombreux que cela, ils font du bruit, chantent avec entrain. *Oh, Tommy Tommy...*

Et pourtant, merde, elle est subitement fatiguée. Marcher, hurler, chanter. Tout ça l'épuise. Elle ne parvient pas à rassembler autant de haine que les autres, pas pour si longtemps. C'est peut-être la grossesse qui l'attire inexorablement vers son lit. Elle tient à peine debout. Elle commence à échafauder un stratagème pour filer en douce et rentrer chez elle sans que son père remarque quoi que ce soit.

Ils arrivent à Prospect Place et elle voit son père prendre la direction de la porte du foyer. Quelques migrants en sortent, son père crie : « Lequel d'entre vous est Matis ? »

Non, pense-t-elle, *non, non, non. Qu'est-ce que j'ai fait ?* Tout le monde est remonté à bloc. Est-ce la fatigue qui lui fait soudain prendre conscience d'où elle est ? Maintenant seulement elle perçoit le danger. Elle se met à transpirer, son cœur bat à tout rompre – cognements frénétiques et irréguliers. Elle refuse de voir comment cela va finir, ce qu'elle a déclenché.

Cependant, elle ne fait rien. C'est plus facile comme ça. Tétanisée, elle reste immobile sur le flanc du cortège, comme l'un des plus petits muscles du corps d'une chenille. Elle se faufile dans une rue latérale, incapable d'assister à la confrontation entre son père et Matis. Incapable de voir Matis.

Avant
MATIS

Survenue quatre jours environ après la mort de Lukas, la disparition d'Edikas avait entraîné un changement de rythme dans la vie du foyer, avec l'arrivée d'un passeur plus calme et, d'une certaine façon, plus doux : Dominykas. Les migrants étaient persuadés qu'Edikas s'était enfui à cause de l'enquête de police sur le décès de Lukas. Dominykas leur donnait davantage de monnaie pour leurs menus achats – dentifrice, shampooing, ce type de choses. Sous le règne despotique d'Edikas, ces produits de base avaient manqué. Le chien non plus n'était pas regretté.

Matis s'était débrouillé pour rassembler seize livres cinquante – de quoi acheter un litre de vodka Glen. Assis sur les marches d'une entrée de boutique de Norfolk Street, il s'était enivré dans l'espoir que l'image de Lukas au cours de cette nuit d'horreur le quitterait. Il avait passé la soirée à boire seul avant de rentrer titubant au foyer qu'hommes et femmes partageaient désormais.

— Tu pues l'alcool, lui disait à présent Lina, allongée à son côté sur un matelas. Il faut que tu arrêtes.

— Il faut que je parte d'ici, a répondu Matis. On devrait aller à la police, il y a sûrement un moyen de s'en sortir.

Lina a secoué la tête, un peu trop rapidement selon Matis.

— Trop risqué.

— Tu n'as pas envie de t'en aller ? Ou alors tu as peur que le boss te manque. Qu'est-ce qui se passe chez Vasil ?

— La plupart du temps il ne fait que parler. De sa mère. Son petit frère est mort enfant. Leur maison a pris feu. Après ça, Vasil a perdu sa mère. Elle lui a dit : « Si je reste vivante, c'est uniquement pour toi. » Mais son esprit était parti. Son âme était morte, son regard vide.

Comme toi, a songé Matis. *Maintenant il couche avec des femmes au regard mort et vide comme toi.*

— Tu voudrais que je sois triste pour lui ? a demandé Matis.

— Je m'en fous de ce que tu ressens, a-t-elle répondu avec un haussement d'épaules. Tout l'argent qu'il gagne, c'est pour elle. Pour la ramener à la vie.

— Sauf qu'il ne le gagne pas. Il nous le vole. Et toi dans tout ça, tu es sa psy ?

— Faut croire.

— Si je vais voir les flics, ils démantèleront toute l'organisation de Vasil.

— Non, a dit Lina précipitamment. Ne fais pas ça. Je vais t'aider. On va partir. Je vais trouver de l'argent. Je connais un endroit où on peut aller. Mais tu dois arrêter de boire. Vraiment. C'est le mal lituanien. Ça va te tuer.

— Quand est-ce qu'on va partir ? a-t-il demandé, l'esprit embrumé par l'alcool.

— Demain soir. Débrouille-toi pour trouver une voiture.

Matis a fermé les yeux, immobilisé par la vodka qui

engourdissait ses membres et ses sens. Comment allait-il trouver une foutue bagnole ? Impossible de demander à Lukas, ce qu'il aurait fait d'ordinaire. Lukas aurait poussé un soupir malheureux et secoué la tête, comme si la situation était inextricable. Puis il aurait dit : *Je vais t'aider.* Avec Lukas à son côté, il aurait pu entreprendre n'importe quoi.

À cette pensée, Matis a tendu le bras vers la bouteille à côté de son oreiller mais Lina a devancé son geste. Elle s'est levée et a quitté la chambre avec l'alcool avant qu'il ait pu en boire.

Au loin, il a entendu le bruit d'un liquide qu'on verse dans un évier.

Il a roulé sur le côté. Quelque part, une fenêtre était ouverte. Une voiture est passée en grondant sur la route. Un claquement de talons sur le trottoir, s'estompant à mesure que les pas s'éloignaient.

Elise lui aurait acheté une voiture avec son argent.

Elle aurait fait n'importe quoi pour lui.

Pourquoi n'était-elle jamais venue ?

Le dos de la main appuyé contre le front, il a ouvert un œil. Certains matelas étaient occupés, d'autres non. Les gens allaient et venaient sans cesse dans le foyer. Il ignorait où, n'osait pas demander ce qui leur arrivait. Ce n'est pas comme s'ils étaient retenus prisonniers par des chaînes. Seulement par la langue, les menaces et leurs moyens financiers. Souvent, ils étaient eux-mêmes leurs propres geôliers : problèmes mentaux, travail forcé et alcool, sans se poser la question de savoir pour qui, et pourquoi. Décidément, les chefs de gang n'avaient pas besoin de les enfermer.

— Dominykas n'est pas un problème, a dit Lina comme pour répondre à ses inquiétudes. Il est trop paresseux pour nous arrêter. Il ne remarquera rien.

Elle avait raison. Le gros Dominykas n'était en rien animé de la soif de violence d'Edikas. Contrairement au penchant sadique de l'ex-passeur, Dominikas aspirait seulement à la tranquillité. Une vie pépère.

— On s'enfuira de nuit, il faut que tu trouves une voiture. Je sais où on peut se cacher, a poursuivi Lina.

— Vasil va se rendre compte que tu es partie, a dit Matis.

— Peut-être qu'il m'aidera.

— Quoi ? s'est exclamé Matis, sceptique.

Il se demandait ce que Lina comptait faire à Vasil. Elle était capable de tout. Elle pouvait aussi bien aider Matis à s'enfuir que le tuer. C'était comme si les terminaisons nerveuses de ses sentiments avaient été cautérisées au fer à souder, ou par les choses qu'elle avait vécues en étant l'esclave sexuelle de Vasil. Elle paraissait n'avoir quasiment aucune émotion. Exactement le genre de femme qu'aimait Matis.

Certains migrants surveillaient de près leurs biens, même si aucun ne possédait grand-chose – principalement des téléphones portables (on leur donnait du liquide pour acheter du crédit, car c'était le moyen par lequel on les appelait au travail), de la nourriture et de l'alcool, peut-être un joli T-shirt, une ceinture ou une serviette propre –, et ils prenaient tout ça avec eux lorsqu'ils utilisaient la salle de bains. Ils avaient si peu qu'ils craignaient qu'on le leur vole. Lukas n'était pas comme ça. Il tenait sans cesse un discours philosophique. « S'ils veulent à ce point quelque chose, qu'ils le prennent », disait-il. C'était le genre de personne à faire confiance d'abord, et à poser des questions ensuite. « La plupart des gens sont gentils, avait-il dit à Matis. La plupart ne veulent pas te faire du mal. » Comme il se trompait.

En pensant à son meilleur ami, Matis a eu envie d'une autre gorgée de vodka ; une envie viscérale, comme si ses organes mêmes étaient en manque d'alcool. Seule la vodka pouvait calmer les frissons dont il était pris quand il pensait à Lukas. À son sacrifice.

Comment allait-il se procurer une voiture ?

À moins de la voler, il ne voyait pas comment faire. Les voisins en avaient une. Une Nissan Micra comme neuve à bord de laquelle il était déjà monté. Il pouvait en forcer le démarrage et passer récupérer Lina une fois qu'elle aurait « réglé ses affaires ».

Le vacarme des grues avait bercé son enfance. Dès son plus jeune âge, il s'était endormi et réveillé à leur clameur. Les mouettes. L'odeur salée de la mer.

Les rues désertes de Klaipeda lui manquaient. Son rythme tranquille. Il s'était ennuyé à mourir dans sa ville natale, avait désespéré de l'étroitesse de son horizon, mais à présent il aurait tout donné pour retrouver ce sentiment de sécurité. « J'aime la misère que je connais », lui avait dit Lukas dans le bar à Rybporte.

La bière Švyturys lui manquait. En Angleterre ils buvaient de la vodka car c'était moins cher et plus efficace, mais à Klaipeda il ne buvait que de la Švyturys. Il regrettait le bar local de Rybporte, où il était toujours sûr de rencontrer au moins un ou deux de ses amis. Il regrettait aussi de ne plus savoir comment les choses fonctionnaient – dans quelle direction regarder quand il traversait la rue, les raccourcis par les petites rues, quels bus emprunter, où descendre, distinguer une bonne affaire d'une mauvaise. Voyager ouvrait peut-être l'esprit, mais cela pouvait aussi rétrécir l'existence – on s'en tenait aux quelques rues que l'on connaissait. Ici, il vivait dans une maison sans aucune intimité. C'était peut-être ce qu'il y avait de pire. Il n'y avait que dans la salle de bains, une fois la porte verrouillée, qu'il pouvait donner libre cours à ses émotions et pleurer.

Jamais il ne voudrait vivre en Angleterre, où la mentalité insulaire avait rendu les gens méchants. Ce peuple ignorait tout des temps difficiles – ils n'avaient jamais été envahis par les nazis, ni par le régime soviétique ensuite. Son peuple avait si peu connu la liberté, et bien que Matis ait été trop jeune pour se rappeler la transition au cours des années 1990, son père aimait en revivre l'époque lorsqu'il avait bu. « Personne ne s'intéresse à la démocratie quand on a faim », répétait-il sans cesse.

Jũri, le père de Lukas, se montrait bon avec le père de Matis. La gentillesse était inscrite dans le patrimoine génétique des Balsys. Jũri tolérait Viktor, quand bien même tout le monde savait que c'était un ivrogne. Il l'accompagnait au bar, même s'il ne supportait pas l'alcool aussi bien que Viktor.

— Tu pourrais être plus compréhensif, disait Lukas à Matis. Ma mère est là pour accueillir mon père quand il rentre à la maison. Ton père n'a personne.

— La faute à qui, hein ? rétorquait Matis.

Jour 9
MANON

— Atelier peinture avec Odette aujourd'hui, avait-elle annoncé à Ted, la vivacité de sa foulée indiquant sa joie d'aller retrouver le monde glorieux du travail.

Son humeur s'assombrit lorsque McBain demande à « avoir un mot » avec elle.

— Bonne intuition, l'idée du téléphone, dit sa supérieure avec l'air de ne plus toucher terre.

— C'était une bonne idée, chef, dit Manon avec réticence, voyant que McBain attend qu'on lui jette des fleurs. Il faut dire que j'ai fait du bon boulot ensuite sur le terrain, ne peut-elle s'empêcher d'ajouter.

Sans surprise, McBain balaie cette dernière remarque d'un revers de main.

— Qu'a donné la localisation du téléphone de Matis ? demande-t-elle avec l'espoir de réitérer son premier succès.

Voilà qu'elle veut tout résoudre à l'aide des téléphones, songe Manon. Bien qu'il faille admettre, pense-t-elle avec mauvaise humeur, que les téléphones résolvent beaucoup de choses, la majeure partie de la population étant constamment suivie via le GPS. Sans oublier le rôle de la chance.

— Si le téléphone portable de Matis est parmi ceux trouvés chez Edikas, il y a peu de chances qu'il nous conduise à son propriétaire, dit-elle, tout en ayant conscience de jouer le rôle de la rabat-joie de service.

— Mais ce n'est pas exclu…

— Non, ça n'est pas exclu, concède Manon. On est en train d'analyser les données que Davy nous a envoyées de Klaipeda.

— Oui, coûteuse promenade.

— On pouvait difficilement se passer d'établir un profil de la victime sur place. C'est quand même la base de toute enquête, dit Manon, avant de craindre d'avoir été trop loin dans le côté « je vais t'apprendre la vie ». Comme tu le sais évidemment, ajoute-t-elle. Et puis ça n'était pas exactement une escapade de luxe.

— Peut-être, mais tu n'imagines pas les coupes qu'on me demande de faire, Manon.

— J'imagine parfaitement. Quoi qu'il en soit, je ferais mieux d'aller calmer Vince Guthrie, qui est en train de nous chier une pendule à propos de sa terrasse. (En dépit de sa joie d'avoir trouvé Saulius, elle n'a aucunement le temps de s'occuper d'une nouvelle affaire d'homicide.) Y a quelqu'un que je pourrais charger de l'enquête sur Saulius ? demande-t-elle à McBain.

— J'ai bien peur que non. Plus d'argent. Et puis personne n'est disponible en ce moment. Il va falloir que tu prennes en charge les deux enquêtes, celles de Saulius et Balsys.

— Chère collègue, merci, dit Derry en apportant son rapport d'autopsie à Manon avec une légère révérence, de m'avoir fait livrer un cadavre aussi magnifiquement conservé. Si seulement ils arrivaient tous coulés dans le béton...

— Tout le plaisir est pour moi, répond-elle. Alors ?

— Notre type avait plusieurs côtes fracturées, laissées sans soin médical. Un éclat d'os a provoqué une lésion et il est mort d'une hémorragie interne.

— Est-ce que les fractures ont pu être causées par une personne ?

— Sûrement une chute d'une hauteur significative, ou bien des coups. Difficile d'être plus précis.

— L'hypothèse de la chute correspond à ce que nous a raconté Dimitri. Quelqu'un a cherché à se couvrir en l'enterrant. Donc un homicide involontaire, au moins, en plus d'un enterrement illégal.

— Ça, c'est plus ton domaine que le mien. En tout cas, il a dû souffrir le martyre, une douleur inimaginable à chaque respiration. Sale façon de mourir. On a demandé une analyse toxicologique mais je doute qu'il ait pu faire quoi que ce soit sans Tramadol.

— On est bien certain qu'il était décédé avant d'être plongé dans le béton ?

— C'est ce que je dirais.

— Je veux savoir auprès de qui je dois me plaindre au sujet de cette déplorable affaire, dit à la réception Vince-j'écume-de-rage Guthrie à un officier abasourdi, lequel lui tend des formulaires à remplir.

Conservateur avec des sympathies UKIPistes, Vince Guthrie est conseiller municipal pour la ville de Wisbech. Si la découverte d'un macchabée sous sa terrasse fraîchement démolie l'a mis dans tous ses états, les gros titres du *Fenland Citizen* n'ont pas égayé son humeur.

« Un élu tory fait appel à un chef de gang letton pour construire sa terrasse »

L'article, prévu pour publication le lendemain dans le *Daily Mail*, fournit entre autres détails la valeur totale de la maison (six cent mille livres) et les économies qu'il a faites en recrutant des Lettons. « Devis au rabais » et « Sacrées économies », disent les surtitres.

— Qui n'a jamais rêvé d'avoir un plombier polonais à domicile ? dit à présent Manon dans le bureau de McBain.

— Ce n'est pas une plaisanterie, répond Glenda en arpentant la pièce de long en large. Guthrie veut savoir d'où vient la fuite.

— Pas mon problème.

— Il siège au comité de liaison de la police communautaire, annonce Glenda, comme si cela avait une quelconque importance.

— Et alors ? La presse a pu obtenir l'information de n'importe quel voisin. Ce n'est pas comme si c'était un secret que la police criminelle avait planté sa tente devant chez lui. Un voisin a pu demander à l'un des ouvriers de Vasil de lui faire un devis pour sa propre maison.

Cette réponse paraît rassurer McBain.

— Effectivement, c'est possible. L'information n'est pas forcément venue de nous.

— Voilà.

Tout ce que sa supérieure veut, comprend Manon, c'est être capable de répondre quelque chose à Guthrie quand ils se verront lors d'une quelconque réunion de comité rasoir où l'on discute des heures durant des mesures à prendre contre l'engorgement routier. C'est rare qu'un inspecteur-chef assiste à de tels événements (on envoie généralement un jeune officier zélé de vingt-deux ans, impatient d'aider tout un chacun pour se faire bien voir auprès de la hiérarchie), mais s'il le fallait, McBain serait prête à jouer les standardistes pour « optimiser son profil ».

Il est peu probable de toute façon que le litige fasse revenir Guthrie sur sa politique de durcissement des frontières, et ce malgré son souhait personnel d'une main-d'œuvre moins coûteuse.

— Écoute, dit Manon à McBain. Je ne sais pas comment je vais m'en sortir avec la nouvelle enquête. On va devoir interroger le propriétaire de la ferme où Saulius a fait sa chute, réinterroger tous les migrants sur ce qu'ils savent des circonstances de sa mort et établir le lien avec Vasil. En parallèle, je dois aussi me charger de l'affaire Balsys.

— Nigel n'a pas l'air d'être trop occupé, suggère McBain, et Manon croit percevoir un sourire narquois sur les lèvres de sa supérieure.

Est-ce que tu as déjà travaillé avec Nigel ? aimerait-elle lui crier. *Est-ce que tu as déjà essayé de lui faire faire quoi que ce soit ?*

— Bien sûr, excellente idée. Je vais mettre Nigel sur le coup immédiatement. Un peu de responsabilités ne lui fera pas de mal.

Alors que Nigel et elle remontent le couloir en direction de la salle d'audition numéro deux, Manon note avec agacement qu'il regarde son téléphone portable en riant.

— Mon pote Dave, mythique, lui dit-il, comme si elle désespérait de ne pas savoir quelle boutade son crétin de pote avait sortie.

Elle se fige, pivote sur elle-même et bloque le passage de Nigel.

— Écoute Nigel, c'est une sacrée responsabilité de prendre en charge l'affaire Saulius. Et puis, juste entre toi et moi, tu es à *ça* (elle lève deux doigts à un centimètre d'écart sous son nez) d'être viré de l'équipe. Alors si j'étais toi, j'oublierais mon pote Dave pour me concentrer plutôt sur le dossier.

— OK, bien sûr.

Devant la salle d'audition numéro deux, elle ajoute :

— On va interroger le trafiquant de drogue attitré du foyer, Talcy Malc.

— Talcy Malc, répète Nigel avec le même ricanement suscité par Mythique Dave. Classique.

Putain, c'est pas vrai, pense Manon. *Quel ado !*

L'espoir de voir Nigel se mettre miraculeusement au boulot est en train de se volatiliser. Il aurait dû trouver un emploi auprès d'une boîte d'événementiel où dire « mythique », « classique », ou encore « ça va être le délire » fait partie de la description du poste, en plus de zéro personnalité et d'un amour immodéré pour l'alcool.

Le nom Talcy Malc dérive de deux sources. Malc est le seul diminutif de Malcolm à avoir une « crédibilité de rue ». Lorsque l'envie lui prend de coller la honte à ce type sinistre à la casquette de baseball invariablement vissée à l'envers – et accessoirement indic à temps partiel –, Manon n'a qu'à hurler : « MALCOLM MCGINTY TA MÈRE TE DEMANDE » par la vitre de son véhicule pour le voir détaler comme un lapin. Talcy, quant à lui, provient de la poudre blanche dont Malcolm ne se départit jamais, surtout sous les narines. Talcy Malc a dit un jour à Manon qu'il avait bu quatre Desperados (un shot de tequila plongé dans une pinte de bière), fumé douze joints et sniffé quatre lignes de cocaïne, mais qu'il pouvait « conduire sans problème ». Ce qui avait fait relativiser à Manon son besoin irrépressible de faire une sieste après un demi-verre de chardonnay.

Talcy Malc est vautré sur la table d'audition, les bras posés devant lui, la tête baissée.

— As-tu fourni des opiacés au foyer de migrants de Prospect Place ? demande-t-elle après les formalités d'usage concernant les personnes présentes dans la pièce.

— Pas de commentaires.

— Allons, Malcolm, tu n'es pas en état d'arrestation. Pas la peine de me servir tes salades. D'ailleurs, notre petit arrangement est arrivé à son terme, non ? Parce que si c'est le cas, ton casier présente pas mal de délits que je serai ravie de t'énoncer.

— Ça suffit ces conneries, répond Talcy Malc en secouant rageusement la tête. Mes fournisseurs vont me casser les deux jambes s'ils apprennent que je vous ai parlé.

Lorsqu'il n'est pas avec sa bande, Talcy Malc s'exprime étonnamment bien. Ses parents possèdent une boutique d'antiquités à Hitchin, dans le Hertfordshire. Du temps où elle était inspectrice, Manon se souvient d'un couple âgé vivant dans une zone pavillonnaire tranquille, médusé par le choix de vie de leur fils.

— Eh bien, à moins que tu le fasses, je ne vais rien leur dire.

— Bon d'accord, j'ai vendu des trucs aux migrants. Le type souffrait comme pas possible, je crois qu'il s'était cassé des côtes. Il avait besoin de Tramadol. Je lui en ai vendu, et après il lui en fallait plus.

— Parce qu'il avait développé une addiction ?

— C'est le but, non ? réplique Talcy Malc avec un ton d'orgueil professionnel.

— Le type en question s'appelait Saulius ?

Talcy Malc acquiesce.

— Pour l'enregistrement.

— Oui.

— Tu as fourni d'autres résidents ?

— J'ai pas demandé qui prenait quoi. Ils achetaient plusieurs sortes de médicaments, principalement du Tramadol. Je leur ai proposé des somnifères – généralement les gens sous Tramadol ont besoin de quelque chose pour dormir – mais ils ont dit qu'ils n'avaient pas le droit de dormir. Il fallait qu'ils puissent se lever à quatre heures du matin, alors les somnifères n'étaient pas conseillés. Physiquement, ils étaient dans un sale état. Franchement, certains d'entre eux avaient l'air malades... mais je suis pas toubib.

— Voyons, faut pas se sous-estimer comme ça, dit Manon, tentée un instant de lui parler de ses cors aux pieds. T'es aussi compétent qu'un médecin maintenant. Donc rien pour un certain Lukas ou son ami Matis ?

— Je vous ai dit, répond Talcy en haussant les épaules. Je sais pas qui prenait quoi. Il leur est arrivé d'acheter un peu de kétamine, mais je leur fournissais surtout du Tramadol pour Saulius. De plus en plus fréquemment. C'est bien, ça faisait des sous. Je peux y aller ? Aussi, pour info, hors de question que je témoigne au procès ni rien de tout ça.

— On verra. Tu serais surpris de voir combien une convocation au tribunal aide à se mettre du plomb dans la cervelle.

Elle supporte mal le sentiment de vulnérabilité que crée son amour pour Mark, la façon dont son bonheur à elle dépend de son existence à lui. Toujours cette contingence, le risque qu'elle doive souffrir si quoi que ce soit arrive à l'un d'entre eux. Elle ne peut pas s'y résoudre. Refuse même d'y penser. C'est pourquoi elle a trouvé une fuite dans le travail ; et le travail, refuge ô combien confortable, ne manque pas : l'affaire Balsys, en sourdine depuis la disparition de Matis, et Nigel à la piètre supervision de l'enquête sur Saulius.

Elle envoie un SMS à son incompétent collègue : « As-tu interrogé le propriétaire de la ferme ? Celle où Saulius a fait une chute ? »

Les points de suspension au bas de l'écran indiquent que Nigel est en train de répondre. Ou qu'il pense à le faire.

« Je n'ai pas encore trouvé le nom de l'agriculteur. »

Je rêve.

« Demande à Kim de t'aider », écrit-elle en réponse. Elle attend désespérément le retour de Davy après son voyage à Klaipeda.

Mark et elle sont au service d'oncologie, où ils ont rendez-vous avec le médecin qui doit leur donner les résultats des examens.

Elle a noté une liste de questions à lui poser, qu'elle montre à Mark. On y lit :

« Régime alimentaire – effets
Exercices – manque, effets »
Mark lui prend la liste des mains et écrit : « Asticotage – effets »

— Ah ah ah, raille-t-elle, avant de le regarder, confuse. Oh, pardonne-moi. Pardon. Pardon. Je suis atrocement chiante à vivre, pardonne-moi de toujours d'asticoter.

— Mais non, pas du tout, dit Mark. Tu me rends très heureux.

Pourtant il le dit d'un ton léger, tandis qu'elle se sent en ébullition, prête à exploser. Ils sont différents. C'est pour ça que leur relation fonctionne. Et qu'elle ne fonctionne pas.

— Juste… S'il te plaît, ne pars pas. S'il te plaît, fais en sorte qu'il ne t'arrive rien.

— Je n'ai aucune intention de partir. Et je ne vais nulle part, dit-il en attirant sa tête contre sa poitrine, écartant à la fois la réalité selon laquelle ils n'ont aucun contrôle sur l'avenir et le contact visuel qu'elle cherche avidement.

Il l'accepte avec son habituelle légèreté. Il la supporte, et Manon lui en est reconnaissante. Sa plus belle qualité est la tolérance – sur le plan politique autant que domestique. Il est bon moralement. Il est aimant. Attentionné.

À l'éventualité de le perdre, elle est reprise de l'envie de hurler.

— Il y a une bonne nouvelle, annonce le médecin. Le cancer de Mark n'est pas métastatique. C'est un cancer de stade 1, que l'on peut traiter grâce à une intervention chirurgicale. Il va donc falloir que vous preniez rendez-vous avec votre chirurgien.

— Un rendez-vous avec notre chirurgien, répète-t-elle, hébétée.

L'envie urgente de lire tout ce que contient Internet sur le cancer de stade 1 du pancréas. Tous les sites Web, même les plus fantasques, comme les blogs New Age sur comment se guérir à l'aide de curcuma.

Son visage s'affaisse, incapable de se fixer sur une émotion précise. Ils devraient se réjouir, cependant il n'y a absolument pas matière à se réjouir. Voilà les limbes dans lesquelles ils vont errer pendant longtemps.

— Elle a très envie de me voir mourir, explique Mark au médecin avec un sourire contrit. Elle a l'impression qu'on lui a volé quelque chose. Vous comprenez, elle avait déjà sorti sa mantille de veuve.

— À première vue, ça paraît positif. On n'a trouvé aucune autre tumeur dans le corps, pas de métastases. Je crois que nous l'avons détecté suffisamment tôt.

Le champ de variables qu'offre la vie adulte. Pas d'épiphanies dans de belles églises italiennes. Leurs seules perspectives : écoles d'un niveau pas trop mauvais, mais avec des élèves à problèmes. Scanners positifs, pour le moment. Adolescents qui n'ont pas encore été arrêtés, pas encore. Conjoints qui ne mourront pas… cette année. Elle doit sans cesse s'exhorter au calme. Ce qu'elle regrette le plus : la sûreté de l'enfance – quoique même cela ait été de courte durée à cause de la mort de sa mère. Le sentiment qu'elle avait alors d'être transportée de nuit à l'arrière d'un véhicule, les lumières d'autoroute semblables à des colliers de perles brillantes, inconsciente que le conducteur était faillible. Le confort, la sécurité. Rien de tout cela n'existe dans la vie adulte.

— Je vous conseille fortement de rentrer chez vous et de

bien manger, poursuit le médecin. Beaucoup de fruits et de légumes. Reposez-vous tant que vous pouvez puis revenez pour votre rendez-vous avec le chirurgien. Alors vous subirez l'intervention. Il se peut même que vous vous en sortiez sans chimio ni radiothérapie.

Assis dans le couloir, Mark la tient par la taille. Joue contre joue.

— J'ai cru que j'allais te perdre. L'idée même m'était insupportable, chuchote-t-elle à son oreille.

— Il ne l'a pas totalement exclu, tu sais.

— Et puis, tu sens très mauvais.

— Il n'est jamais trop tard pour apprendre comment faire une toilette complète au lit.

— Et tes fesses dépassent de ta blouse.

— On se calme, jeune fille.

— Ça ne va jamais finir, pas vrai ?

— Être coincée avec moi ? Jamais.

— Non, ce truc de santé. Il y aura toujours la vallée de l'ombre de la mort ou je ne sais quoi. La peur.

Mark repousse une mèche de devant le visage de Manon.

— Quand je marche dans la vallée de l'ombre de la mort, récite-t-il, je ne crains aucun mal, car tu es avec moi ; ta houlette et ton bâton me rassurent.

— Le problème c'est que je n'ai ni houlette ni bâton.

Elle l'emmène chez eux et le met au lit. Alors qu'elle passe la bandoulière de son sac par-dessus sa poitrine, elle dit :

— Bon, je vais faire un saut chez le primeur. Tu vas être enseveli sous des montagnes de fruits et légumes frais cuisinés maison. Je pense brocolis surprise, aubergines surprise, choux de Bruxelles surprise…

— La surprise étant ?

— Que j'ignore comment les préparer.

— Resto à emporter ?

— Rêve toujours, dit-elle en l'embrassant. Pouah, j'apprécierais beaucoup que tu coures prendre une douche, mon cher.

— Davy Walker, une vision à redonner la vue à un aveugle ! dit-elle, folle de joie de le revoir lorsqu'elle arrive au bureau, des sacs remplis de légumes à bout de bras.

Elle oubliera probablement de les rapporter à la maison ce soir et ils pourriront sous son bureau jusqu'à ce que Colin lui envoie un mail.

— Tout va bien ? demande-t-il.

— Ne sois pas gentil avec moi. Tu connais la règle. Bref, aujourd'hui est un jour spécial. Celui où nous rentrons dans le lard à la bande de One Wisbech. Vu l'itinéraire qu'a emprunté leur manifestation, on aurait dû les faire coffrer plus tôt. Disons qu'on s'est fait dépasser par les événements.

— D'accord. Qu'est-ce qu'on fait alors du véhicule de M. Tucker repéré à Hinchingbrooke par le système de reconnaissance des plaques ?

— Eh bien, il est mort, donc difficile de le mettre en garde à vue. Attends une minute, il faut que je dise un mot à Nigel à propos de l'affaire Saulius.

Elle lui demande ce que l'agriculteur a dit concernant les blessures du migrant.

— Il dit qu'il pensait qu'ils avaient été recrutés légalement, répond Nigel.

— OK, est-ce que tu as des papiers qui prouvent que les Lituaniens ont été embauchés sous contrat ?

— Des papiers, répète Nigel comme s'il voulait se tuer.

DAVY

Au cours du trajet en voiture pour aller auditionner Dean Singlehurst, en traversant les champs qui bordent Wisbech, il comprend comment c'est arrivé. Qu'importe ce que l'on plante ici, ça poussera comme le haricot magique de Jack. La terre incroyablement fertile de ce qui fut autrefois un marais est l'une des plus productives d'Angleterre et fournit tout, des brocolis aux fleurs de jardin en passant par la demande moderne – pommes croquantes à dix heures du soir si tel est notre désir –, ce qui a conduit à recruter une main-d'œuvre elle aussi moderne : disponible, jetable à tout moment et bon marché. C'est alors qu'entrent en scène les Lituaniens, les Lettons et les Roumains. Dix mille rien qu'à Wisbech. Seules des personnes n'ayant pas d'attaches peuvent supporter ce genre de travail – contrats « zéro heure », roulements consécutifs sans pause certaines semaines, rien la suivante. Des SMS indiquant le point de rendez-vous à la station-service BP à quatre heures du matin.

Dans cette situation, impossible d'obtenir un crédit immobilier ou d'emmener les enfants à l'école. En outre, les conditions de travail sont atroces : pas de gants, aucune sécurité, horaires à la limite de l'illégalité. Il faut être foutrement désespéré pour accepter ces emplois.

Comment supportent-ils une telle incertitude au jour le jour? se demande Davy. Lui-même a atteint un stade dans sa vie où il rêve de stabilité, avec une famille, un foyer décent, peut-être un chien, une galerie à sa voiture, des vacances à bord des Brittany Ferries. Ce qu'il veut c'est un port tranquille, surtout après sa terrible incartade à Klaipeda, la façon dont il a joué avec le feu extraconjugal.

Comment diable les migrants acceptent-ils de se coucher la nuit sans savoir de quoi le lendemain sera fait, s'ils seront payés ou s'il y aura du travail ?

Manon a allumé Fen Radio pour écouter les infos. Une femme portant un hijab s'est fait cracher dessus à Ely. Des migrants ont été expulsés d'un supermarché Tesco à Wisbech sans pouvoir acheter d'alcool, sous les applaudissements des clients. Un homme d'affaires de la région se présente aux élections locales comme candidat UKIP. L'homme d'affaires en question déclare que le NHS est saturé à cause de l'immigration.

— Saturé d'employés issus de l'immigration, plutôt, bougonne Manon en éteignant la radio.

— Alors, l'impression que la manifestation One Wisbech a laissée, dit Davy en lui lançant un regard en coin, c'est que Dean Singlehurst était remonté comme un coucou lorsque le cortège est arrivé devant le foyer. Shane Farquharson aussi était présent.

— Comment savait-il où les migrants vivaient ?

— Personne n'a su répondre, en tout cas il semblait savoir où il allait et qui il venait chercher.

— A-t-il emmené Lukas quelque part ?

— Sur cette question, la bande de One Wisbech devient très floue. Ils prétendent n'avoir rien vu, ou n'avoir pas été en tête du cortège, ou qu'il faisait trop sombre pour voir avec qui Dean Singlehurst est monté en voiture.

— Ha ! Il est donc monté dans une voiture. Laquelle ? C'est quoi la plaque ?

— On n'a pas trouvé le numéro, mais on peut demander directement à Dean.

— Des images de vidéosurveillance autour du foyer ?

— Aucune, répond Davy en secouant la tête. Autre chose, les services sociaux ont déjà été en contact avec la famille Singlehurst. Un souci avec la fille quand elle était plus jeune. Elle avait été inscrite dans le registre des enfants « à risque ». C'est son école qui les avait alertés pour des ecchymoses suspectes.

Manon acquiesce.

— Et Edikas ? On a trouvé des véhicules lui appartenant ? Que disent ses relevés téléphoniques ?

— C'est en cours.

— Glenda me met la pression.

— D'accord.

— Je sais que tu travailles comme un âne, Davy. Vraiment. Je le sais.

— T'inquiète. C'est juste que… en ce moment avec Juliet, c'est un peu tendu.

— Trouille pré-mariage ?

— Non. À cause du boulot. C'est toujours compliqué quand je travaille beaucoup. Elle est très possessive, très méfiante.

— À raison, lorsque Bridget entre dans l'équation.

— J'ai rien fait.

— Mais tu y as pensé.

— Oui, et je m'en veux énormément. Mais la schizophrénie du boulot... Un coup je suis à la maison tout le temps à faire les courses et tondre la pelouse, et la semaine d'après je rentre à deux heures du matin pour embaucher à six heures le lendemain.

— M'en parle pas. « Engage-toi dans la force, divorce dans la foulée », comme on dit. Seulement pour ça il faut déjà se marier. Ne t'en fais pas, ça va bien se passer. Vous allez vous habituer. Ce sont les premières années qui sont les plus dures, d'après ce que j'ai entendu.

— Génial.

— Pourquoi ne parles-tu pas à Juliet de la charge de travail et de la pression ? Parce que c'est pas près de changer.

— Je ne suis pas très doué pour parler. J'ai tendance à attendre que ça passe.

— Eh bien, ça ne va pas fonctionner, avec le mariage. Comment vous vous êtes quittés, Bridget et toi ?

— Gênés. Tu savais qu'elle avait deux enfants *et* un mari ?

— Aïe. Cela dit, je respecte la façon dont elle te rentre dedans. Perso, j'ai la libido dans les chaussettes.

— Ouh là. Trop d'infos.

— Pardon. Au fait, j'ai acheté un nouveau peignoir.

— Passionnant.

— Il est tout pelucheux et chicos, comme si j'étais dans un spa de luxe ou, pour être plus réaliste, dans une pub pour une cabine de douche. Le problème, c'est qu'il fait glisser l'eau sur moi de façon un peu visqueuse. Du coup je me suis rendu compte que je préférais les bonnes vieilles serviettes rêches aux serviettes neuves et duveteuses.

— Il y a une chute à cette histoire ?

— Étonnamment, oui. Mark est ma vieille serviette.

— Ah. C'est tout ce que tu as à m'offrir comme conseil conjugal ?

— Ce n'est pas tout, mais c'est ma meilleure pépite liée au linge de maison. Les serviettes neuves et duveteuses paraissent plus attrayantes, mais en réalité elles ne sont pas aussi pratiques que les vieilles serviettes toutes rêches.

— OK. S'en tenir aux vieilles serviettes de bain. J'ai compris.

Ils laissent planer un silence. Puis Davy reprend la parole :

— Ces manifestants de One Wisbech, ils scandaient des slogans sur la pureté, le besoin de purger le voisinage des étrangers. « La vermine, dehors. »

— Ça ressemble à de l'incitation à la haine raciale.

— Effectivement, ça y ressemble. Mais Dean Singlehurst était acclamé par la foule, elle-même très excitée. Un témoin a dit qu'être avec des personnes de même conviction les avait enhardis. Elle a ajouté : « J'ai été soulagée de voir que je n'étais pas la seule à penser ces choses et qu'elles pouvaient être dites à voix haute. Parce que quand même, qui décide ce qui peut être dit et ce qui ne peut pas l'être ? »

— Mon Dieu. Le monde est devenu fou. Complètement barjo.

Après un long silence, durant lequel Manon regarde le paysage verdoyant du Fenland, elle poursuit :

— N'empêche, c'est sympa d'être en voiture avec toi, d'aller rendre visite à des racistes. J'adore mon boulot. C'est les week-ends que je ne supporte pas. On aurait dû emmener Colin avec nous. On s'en serait servi pour infiltrer le camp adverse.

— Ils le démasqueraient tout de suite. Colin est réac en surface seulement. Au fond de lui, c'est un type bien.

— Ça, c'est de la conduite, Davy. Tout en douceur, civile. Magnifique.

— Merci beaucoup, répond-il en lui souriant avec un coup d'œil de côté.

Elle s'incline contre l'appui-tête et ferme les yeux. L'air lui souffle au visage par la vitre ouverte.

— Ah ! Le bon air de la campagne, poursuit-elle. Moi qui ne quitte quasiment jamais Hinchingbrooke, grâce à cette affaire je me déplace souvent. Tellement que j'ai la tête qui tourne.

— Ce doit être un grand jour pour toi, alors.

— Je ne te le fais pas dire. Je n'ai même pas à rentrer pour aller chercher Ted à l'école. Tu vois comme je suis – prête à passer mon temps avec des xénophobes simplement pour avoir la journée pour moi. Vraiment, belle conduite. Je t'ai déjà parlé de l'École de bonne conduite de Manon Bradshaw ?

— Non, je n'ai pas eu cette chance.

Exact, pense-t-elle. *C'est à Harriet que j'en ai parlé.* Harriet qui en ce moment même récupère après sa mastectomie. Manon n'est pas encore allée lui rendre visite, malgré ses nombreuses résolutions.

Un mois plus tôt, elle avait confié à Harriet son projet d'École de bonne conduite alors qu'elles poussaient leurs plateaux au self. C'était avant qu'on lui diagnostique un cancer. *Était-ce bien à ce moment-là ?* songe-t-elle à présent, blêmissant à l'idée de son propre égoïsme.

— On dépense des millions à combattre le crime, pas vrai ? avait dit Manon à Harriet. Il y a des brigades criminelles partout au Royaume-Uni. Et pourtant, la façon dont les gens conduisent dans ce pays est choquante. Les panneaux de stop ne sont pas respectés, tout le monde téléphone en conduisant, se maquille, envoie des SMS. C'est précisément ça qui fait des victimes. C'est ça qui terrifie les parents, avait-elle ajouté en s'incluant tout particulièrement dans cette dernière catégorie. Les parents raisonnables, j'entends. Ce sont les chauffards, pas les pédophiles ou les gangs. Les *voitures*.

Parfois, lorsque Manon tient la main minuscule de Teddy devant un passage piéton et que les voitures foncent sans s'arrêter, elle n'imagine pas qu'elle puisse jamais le laisser traverser seul dans sa vie. Récemment, une voiture avait freiné et ils avaient traversé la route, puis le conducteur avait baissé sa vitre et crié : « Surtout ne me remerciez pas ! »

Manon avait été tellement en colère qu'elle avait pris Ted dans ses bras et couru après le véhicule, qui avait ralenti près du trottoir, probablement par curiosité ou s'attendant à des excuses. Le type avait baissé sa vitre électrique. Sans poser son fils par terre, elle avait sorti son insigne de police et l'avait brandi sous le nez du conducteur en disant :

— Que venez-vous de dire, monsieur ?

— Simplement qu'un merci aurait été poli.

— Merci pour quoi au juste ? avait-elle répliqué.

— De vous avoir laissés traverser.

— *Laissés* ? Savez-vous que la loi vous *oblige* à vous arrêter à un passage piéton ? En aucun cas ce n'est vous qui décidez. La question n'est pas que vous vous sentiez ou non d'humeur généreuse.

— Je ne savais pas que vous étiez flic.

— Que je sois flic ou pas n'a rien à voir, avait-elle dit. Je vais noter le numéro de votre plaque d'immatriculation, monsieur, et vous recevrez une convocation pour un rappel des règles de conduite, puisque vous semblez manifestement avoir oublié votre Code de la route. Bonne journée, monsieur, et la prochaine fois pensez-y à deux fois avant de hurler après les piétons, c'est compris ? Allez viens, Ted.

— Le monsieur il est vilain ? avait demandé son fils.

— Oui, très vilain, Ted.

Harriet, Manon le voyait bien, n'avait pas le moins du monde envie d'écouter sa diatribe sécuritaire, mais elle avait poursuivi :

— En nettoyant les routes, on nettoie la vie. C'est un fait, crois-moi.

Harriet s'était dirigée avec lassitude vers une table, à laquelle elle s'était assise avec Manon.

— Et comment tu comptes nettoyer nos routes, Gengis ?

— Voici les différentes sanctions qu'appliquera mon service : véhicules sans silencieux : on coupe l'oreille du conducteur. Pareil s'il est au téléphone. SMS, on lui coupe la main. Se maquiller dans le rétroviseur, les sourcils…

— Tu es bien magnanime, avait interrompu Harriet.

— Faire la course, perte des testicules. Faire la course sans silencieux dans des bolides…

— Oh, j'attends ça avec impatience.

— Perte des testicules *et* du pénis.

— Et si c'est une femme ?

— Ce n'est jamais une femme.

— En gros, tu suis le Code pénal saoudien.

— Je pense juste qu'on a été conciliants trop longtemps. On est terrifiés par les meurtriers et les pédophiles, or ce sont les chauffards qui tuent le plus de gens. Nos routes sont devenues des zones de non-droit.

— Ton projet va faire un carton. Tu coches toutes les cases en matière de violation des droits de l'homme.

— Merci.

— Vraiment, tu devrais en parler à Glenda McBain. Elle pourrait le partager sur Twitter.

— Ah, j'oubliais : klaxonner abusivement.

— C'est un délit ?

— Oui. Tu n'es supposée utiliser ton klaxon que pour prévenir autrui d'un danger imminent. Mais les gens klaxonnent uniquement pour dire « Grouille-toi ! » ou pour saluer quelqu'un dans la rue. C'est l'anarchie.

— La punition ?

— Un coup de poing dans la figure.

À présent, elle n'a ni le temps ni l'envie de renseigner Davy sur son École de bonne conduite. Et puis il désapprouverait. Davy est le genre d'homme à éviter la violence à tout prix, c'est un romantique et non un bagarreur, à l'inverse de beaucoup de flics. Manon préfère l'étoffe dont est fait Davy.

— J'ai visionné les caméras de surveillance autour de la scène de crime à la recherche de quelqu'un qui ressemblerait de près ou de loin à Jim Tucker, dit Davy.

— Alors ?

— On distingue bien une silhouette, très floue je dois admettre, mais il n'est pas impossible que ce soit lui.

— Peut-être qu'ils l'ont tué à deux, M. et Mme Tucker ? Il force son épouse à assister à la scène, en guise de punition.

— J'y crois pas trop, pas toi ? Il me semblait plus... pathétique que cerveau criminel.

— Je vois ce que tu veux dire.

Dans le silence qui suit, Manon repense au rapport d'autopsie de Lukas, qui vient confirmer ce qu'ils savaient déjà. Cause du décès : pendaison, asphyxie et congestion veineuse. La ligature a coupé l'arrivée d'air et les veines jugulaires. Il a sûrement dû mourir dans les trois à cinq minutes suivant la pendaison, selon Derry, le médecin légiste à qui, Manon le sait, il arrive de se tromper. Mais Derry a appris de ses erreurs passées, il est devenu moins péremptoire. Un légiste qui a gagné en humilité, ça n'est jamais une mauvaise chose.

— Les mains de Lukas n'ont pas été attachées, reprend Manon. On n'a trouvé aucune marque de liens sur ses poignets. Pourquoi ne s'est-il pas débattu ? Pourquoi n'a-t-il pas tenté de desserrer la corde autour de son cou ou de se hisser à elle ?

— Il a peut-être perdu connaissance immédiatement, suggère Davy. À moins qu'il ait été trop faible pour lutter. Il était en mauvaise santé, n'est-ce pas ?

— Il allait même très mal. Il souffrait d'une infection pulmonaire chronique, laissée sans soins, évidemment. De malnutrition également. L'examen toxicologique a révélé des traces de kétamine. Je pense qu'ici il nous faut remercier Talcy Malc. Il est donc possible qu'il ait été dans les vapes au moment du crime, mais ça ne le rendait que plus difficilement transportable. Les cas d'homicide par pendaison sont extrêmement rares. Pas d'échafaudage ni de liens aux poignets, pas d'échelle ou d'assistance quelconque pour le monter dans l'arbre. Il y a quelque chose qui cloche là-dedans.

— Nous vivons à l'ère de la stupidité, Davy Walker, dit-elle alors qu'ils atteignent une banlieue en périphérie de Wisbech. L'ignorance est de nouveau à la mode. Tout ce qu'elle requiert aujourd'hui est une réaction à chaud et un fil Twitter. Tout ce que l'on requiert de toi c'est que tu te sentes « dans ton bon droit », poursuit-elle en esquissant des guillemets dans les airs. Et c'est parti, tu peux exprimer n'importe quelle opinion irréfléchie aussi fort que tu veux. Seulement, tu n'as pas intérêt à le faire à côté de quelqu'un qui sait réellement de quoi il parle.

— Tu vises Dean Singlehurst, ou Glenda McBain ? demande Davy.

— Les deux. Le problème des gens incompétents c'est qu'ils ne manquent pas de confiance en eux. C'est l'effet Dunning-Kruger, je viens de lire un article à ce propos. Les personnes vraiment stupides sont justement trop stupides pour se rendre compte qu'elles le sont. Elles ne savent pas ce qu'elles ne savent pas. Et quand tu n'es jamais assailli par le doute, que tu es incapable de distinguer ton cul de ton coude…

— Je suis *constamment* assailli par le doute.

— Exactement. Ça, c'est parce que tu es bon et non pas un crétin, dit Manon tandis que Davy est pris d'une toux violente à ces mots, comme s'il s'étouffait avec quelque chose. C'est bon, tu as fini ? lui demande-t-elle alors qu'il boit une gorgée d'eau d'une bouteille en plastique posée entre leurs deux sièges. Mais quand tu es stupide, reprend-elle, tu n'as aucune conscience de tout ce que tu ignores, c'est pourquoi tu peux agir avec une confiance aveugle.

— Je comprends, dit-il d'une voix rauque. Du moins, je crois que je comprends.

— Oui, mais tu t'inquiètes de ne pas comprendre.

— Toujours. C'est comme cette bande de One Wisbech. Je crois qu'ils ont raison sur un point. Les migrants apportent *réellement* de l'insécurité en ville. *C'est vrai* qu'ils boivent trop et se bagarrent. Ce ne sont pas des tendres.

— Ils font aussi tous les boulots merdiques que les locaux refusent de faire, justement parce qu'ils ne sont pas tendres. Les politiques n'arrêtent pas de nous vanter « la famille qui travaille dur », mais personne ne travaille plus dur qu'un migrant. Attraper des poulets à quatre heures du matin sans tenue de protection pour moins que le salaire minimum ? Il faut être sacrément coriace pour endurer une telle chose. Si les migrants ne sont pas là pour récolter les brocolis, personne ne le fera. Et de toute façon, tu ne me feras pas croire que les Anglais sont des saintes nitouches qui ne boivent jamais une goutte d'alcool.

— Pas faux. Tu vois comme je suis ? Dès l'instant où tu m'opposes un contre-argument, je ne sais plus quoi répondre.

— C'est parce que tu sais que tu ne sais pas ce que tu ne sais pas.

— Euh… vraiment ?

— Mais oui ! As-tu entendu parler du braqueur au jus de citron ?

— Non. Encore quelque chose que je ne sais pas.

— Eh bien, c'est un type qui braquait des banques avec une absolue confiance en lui, sans rien d'autre que du jus de citron sur la figure parce qu'il était convaincu que ça le rendait invisible aux caméras de surveillance. Il savait qu'on utilisait du jus de citron pour faire de l'encre invisible, et quand il s'en badigeonnait le visage, ça lui piquait les yeux et l'empêchait de voir, ce qui soi-disant confirmait sa théorie. Aveuglé par la confiance, il entrait dans les banques en regardant droit vers les caméras. Bien entendu, il était arrêté immédiatement. Mais il est emblématique de l'idiocratie qui règne à notre époque. Au lieu de s'appuyer sur leurs connaissances, les gens prônent l'instinct, comme si c'était plus précieux que de s'informer. Alors qu'en général l'instinct n'est pas autre chose que des préjugés.

— Ça y est, fini ?

— Je m'échauffe à peine, mon ami. Mais on est arrivés à destination. Entrons d'un pas léger dans la Demeure du Sectarisme.

— Eh bien, la Demeure du Sectarisme se trouve au 62, Tennyson Road, dit Davy en lisant sur son carnet. Par là-bas. Comment va-t-on s'y prendre avec lui ?

— Qu'est-ce que j'en sais moi ? On va y aller à l'instinct, répond-elle en s'extrayant avec peine du véhicule.

La Demeure du Sectarisme aurait besoin d'un « petit coup de neuf », pour employer le jargon immobilier.

Dean Singlehurst est assis à la table de la cuisine. Sa fille Elise, une adolescente à l'air boudeur, est debout derrière lui, dos au mur. Typiquement le genre de fille que Fly *adorerait* – voluptueuse comme seules les femmes jeunes et toniques peuvent l'être.

— Monsieur Singlehurst, pouvez-vous me parler de la nuit de la manifestation de One Wisbech, que selon mes sources vous avez organisée et qui s'est déroulée le 14 mai ?

— Bah, on voulait faire entendre nos voix. Personne nous écoute jamais, nous le peuple. On se fait envahir. Ces immigrés d'Europe de l'Est, ils débarquent chez nous et transforment de jolies maisons en taudis. Ils se saoulent dans les parcs et en pleine rue. Ils sont dangereux, provoquent des bagarres. Et puis ils nous prennent nos emplois. Y a plus de boulot pour les Anglais de souche. Et pourtant que fait le gouvernement ? Il les fait venir ! Entrez, c'est gratos ! Bénéficiez de la Sécurité sociale et d'allocations, mettez vos gosses à l'école pour rien, c'est nous qui raquons ! Faut que ça cesse. Je suis pas un raciste. Y a pas un os raciste dans tout mon corps. C'est Shane Farquharson qui l'a dit. Il a dit à la radio qu'on était pas des racistes, on fait que réclamer ce qui nous appartient.

— S'il l'a dit... marmonne Manon. Quel itinéraire avez-vous emprunté cette nuit-là ? poursuit-elle en lançant un regard en biais à Davy pour s'assurer qu'il prend des notes, ce qu'évidemment il est en train de faire.

— On est partis du centre-ville, devant la mairie, puis Norfolk Street...

— C'est un peu provocateur, non, d'avoir emprunté Norfolk Street ?

— Ici, c'est un pays libre. C'est *notre* pays. Si on veut marcher dans une rue anglaise dans une ville anglaise, personne ne peut nous l'interdire. Shane Far...

— Oublions un instant Shane Farquharson. Ensuite vous avez pris West Street et Victoria Road jusqu'à

Prospect Place, où habitait Lukas Balsys. Connaissiez-vous M. Balsys ?

— Non.

— Alors pourquoi vous être dirigé là-bas ? Prospect Place aboutit à une impasse…

— Ça, vous pouvez le dire, coupe Dean avec un ricanement.

— N'est-ce pas étrange de mener le cortège dans un cul-de-sac ?

— Y se trouve que c'est là qu'on a fini, réplique Dean en haussant les épaules.

— Des témoins affirment que vous avez frappé à la porte de M. Balsys et que vous vous êtes disputés.

— Quels témoins ?

— Répondez simplement à la question, monsieur Singlehurst.

— Ils mentent. Je me suis disputé avec personne. Qui a dit ça de toute façon ?

— Avez-vous fait monter M. Balsys à bord d'un véhicule cette nuit-là ?

— Non.

— Pouvez-vous nous expliquer la publication sur votre page Facebook One Wisbech ? Je cite : « L'heure est venue de débarrasser notre ville de la vermine sans foi ni loi. » Dites-nous donc ce que vous entendiez par cette déclaration ?

— Eh ben d'abord, c'est un fait. Ils sont une vermine, faut s'en débarrasser. Deuxio, je sais pas qui a publié ça, ça a pu être un de nos sympathisants. On en a un tas, surtout depuis que Shane… Plein de gens pensent comme nous. Ils sont soulagés qu'on dise tout haut ce qu'ils pensent depuis longtemps. Ça s'appelle la liberté de parole. Ras-le-bol du politiquement correct.

— Avez-vous parlé à Lukas Balsys la nuit de la manifestation de One Wisbech ?

— Est-ce que j'en sais quelque chose ? Je sais même pas qui c'est.

— Avez-vous parlé à l'un ou l'autre des migrants qui habitent à Prospect Place ?

— Ouais. Quelques-uns sont sortis pour voir d'où venait le bruit et ce qu'on faisait là.

— Le ton est-il monté entre les deux groupes ?

— C'est pas comme si on se comprenait, hein ? Ils sont sortis à la porte, on est restés à l'entrée de l'allée. On s'est un peu reluqués, puis on a poursuivi notre route.

— Cependant, vous avez dû rebrousser chemin, étant donné que Prospect Place est une impasse. C'est un peu gênant, non, de défiler dans un cul-de-sac puis de devoir faire demi-tour pour le remonter en sens inverse ? Plutôt symbolique, vous ne trouvez pas ?

— Pas du tout. On a dit ce qu'on avait à dire aux immigrés et à ceux qui vivent dans le voisinage, et croyez-moi, ils ne sont pas heureux. Leurs voisins, les Tucker, sont les plus à plaindre.

— C'est ce qu'ils vous ont dit ? dit-elle en se demandant si Jim Tucker et Dean Singlehurst auraient pu être de mèche.

— Tout le monde le sait. Et de toute façon, c'était une manifestation pacifique. On est retournés par le même chemin qu'on avait emprunté. Du boulot bien fait.

— Excusez-moi, simplement pour vérifier : connaissiez-vous Jerome – Jim – Tucker ?

— Je connais tout le monde et tout le monde me connaît.

Ça fait un bail que je vis ici. Tout le monde était au courant du cauchemar que lui faisaient vivre les gens de l'Est à côté. Sa maison avait perdu toute sa valeur. Pour être honnête, je suis pas surpris qu'il se soit tué.

Manon examine l'adolescente debout derrière son père. Pendant tout l'entretien, une tempête silencieuse a agité le visage de la jeune fille. D'après ce que Manon en voit, des torrents d'émotion contenue. Mais il se peut aussi qu'elle ait tort. Ces torrents sont précisément ce qu'elle adore chez les adolescents.

— Elise, avez-vous participé à la marche ? demande Manon.

La jeune fille secoue la tête en mordillant une peau à la base de l'ongle de son pouce.

— Où étiez-vous ? Ici ?

Elle acquiesce.

— À quelle heure votre père est-il rentré ?

— Je dormais, dit-elle en haussant les épaules. Donc aucune idée.

— Laissez-la en dehors de ça, coupe Dean. Elle ne sait rien.

Davy tousse. Manon lui cède la parole.

— Quelques-uns des manifestants de One Wisbech affirment que vous n'avez pas rebroussé chemin avec eux, mais que vous êtes monté à bord d'un véhicule, dit Davy. À qui appartenait-il ?

— Qui a dit ça ?

— S'il vous plaît, monsieur Singlehurst, pouvez-vous me dire à qui appartenait le véhicule à bord duquel vous êtes monté, et quel était son numéro de plaque ? répète Davy.

— M'en souviens pas.

— Vous ne vous en souvenez pas ? intervient Manon. C'était il y a dix jours. Où êtes-vous allé avec la voiture ? Avec qui étiez-vous ?

— Ça fait deux questions. À laquelle je dois répondre ?

— N'importe laquelle.

Secouant la tête, Dean se lève et va se poster devant la porte vitrée pour regarder dans le jardin.

— C'est du harcèlement, dit-il.

— Non, ce sont des questions directes destinées à vous éliminer de l'enquête. Si vous y répondez, nous saurons que vous n'avez pas eu d'implication dans le meurtre.

— Ouais, ouais, c'est du harcèlement. J'aime pas votre ton. Vous essayez de me coller ça sur le dos parce que vous n'aimez pas mon mouvement ou les valeurs qu'on défend.

— Sur quelles preuves vous appuyez-vous pour affirmer une chose pareille ?

— C'est qui votre supérieur ? Je veux porter plainte.

Elise quitte soudainement la pièce. Manon entend ses pas dans l'escalier.

DAVY

Une fois dehors, ils prennent une profonde inspiration.

— Voilà qui ne s'est pas trop mal passé, dit Davy.

— Je crois qu'on a assez d'éléments pour l'arrêter. Je ne dis pas que c'est forcément lui, mais des témoins l'ont vu au domicile de Lukas Balsys la nuit de son décès.

— Un des témoins en question est mort, remarque Davy.

— Peu importe, on a sa déclaration, et puis il reste Mme Tucker. Elle est encore vivante. On a des preuves qu'il s'est disputé avec les migrants devant le foyer où Lukas habitait. Dean était en colère, remonté à bloc par la présence de Farquharson, la marche l'avait excité, il se sentait l'homme de la situation, le boss. Une bande volatile.

Davy danse d'un pied sur l'autre, les mains dans les poches, en évitant de croiser son regard.

— Qu'est-ce qu'il y a, Davy ? demande-t-elle.

— Je sais pas.

— Allez, balance.

— C'est toi qui décides, tu es la chef. Mais je n'aime pas ça. Sans la voiture, impossible de le situer à Hinchingbrooke la nuit où Lukas a été tué. On marche sur de la glace.

— Eh bien, dit-elle, et Davy la voit rougir. Je suppose

que l'officier chargé des détentions provisoires sera d'accord avec moi sur le fait que c'est suffisant pour l'arrêter. *Ensuite* nous pourrons nous mettre à la recherche du véhicule dans lequel il est monté, véhicule que nous pourrons analyser afin de trouver des traces de la corde bleue, à la suite de quoi Bob…

Il la connaît. Elle s'accroche désespérément au protocole policier. Mais elle n'est pas dogmatique au point de s'obstiner à faire fausse route.

Jour 10
MANON

— On a reçu une plainte. Dean Singlehurst t'accuse de harcèlement.

Glenda est resplendissante, Manon doit l'admettre, quoique depuis sa lecture de l'essai de Naomi Wolf *Quand la beauté fait mal*, elle a tendance à y voir une marque d'oppression. *Ne te refuse pas ta troisième* pork pie *à cause du patriarcat, ma chérie. Fais tiennes les poignées d'amour de l'émancipation.* Elle est fascinée par cet ouvrage, qui explique comment la minceur et la jeunesse, en se muant en dictature, empêchent les femmes libres d'accéder au bonheur et à l'épanouissement. Elle sait combien cette thèse est vraie, puisqu'elle-même est accro aux fils Instagram dévolus aux tenues vestimentaires de présentatrices télé anorexiques. « Le look du jour, de Jigsaw à Very.co.uk ».

Esclaves consentantes, on s'abandonne à l'idolâtrie d'actrices affamées au lieu de se rêver, disons, en directrice générale corpulente ou en scientifique à la tignasse grise échevelée pour qui la thérapie génétique n'a aucun secret mais sachant également profiter de la vie. Manon aimerait vieillir comme l'une de ces femmes avec une réelle personnalité et des lunettes fantaisistes – des femmes de pouvoir qui ne cèdent pas aux sirènes de l'apparence. Des femmes qui sont sûres de ce qu'elles savent quand elles le savent ET qui peuvent aussi profiter au maximum à Noël, se resservir du pudding et boire en ayant des conversations animées.

— D'accord, répond Manon.

— Alors ? Est-ce que c'est vrai ?

— Je voulais effectivement l'arrêter. Pas sûre que ce soit qualifiable de « harcèlement ». J'ai des preuves. C'est notre principal suspect.

— Eh bien je te conseille de ne pas le faire tout de suite. La police locale va scruter nos moindres mouvements.

Bien sûr que c'est ce que tu me conseilles, pense Manon. *Foutue trouillarde.*

— OK, tu as sûrement raison. Il a juste probablement tué Lukas Balsys, mais on va le laisser filer, pas vrai ? Avec un peu de chance, il va déménager et on sera incapable de le localiser. Ah, et avant qu'on puisse dire *ouf* le propriétaire du foyer va reprendre son bien et les migrants disparaîtront dans la nature, si bien qu'on sera également sans témoins. Mais oui, foutons la paix à Singlehurst.

Elle est tellement en colère qu'elle décide d'improviser une réunion. Il n'y a peut-être rien qu'elle puisse faire contre Dean Singlehurst, mais elle peut s'en prendre aux membres de son groupe.

— OK, tout le monde. On va interroger chaque personne ayant participé à la marche de One Wisbech. Pression, pression, pression. On va secouer les barreaux de la cage. Je veux qu'ils sentent le bras de la justice leur écraser la tête de tout son poids. Je veux que vous me malmeniez tout ça, quitte à les insulter un peu. Bon, je n'ai pas dit cette dernière phrase, d'accord ?

Elle perçoit qu'on commence à la regarder curieusement. Visiblement mal à l'aise, certains s'agitent sur leurs sièges. Sans s'en préoccuper, elle poursuit :

— Vous allez commencer par Gary Evans et son fils au nom ridicule, Evan Evans. Je veux qu'on fouille dans leur passé. Un ticket de parking impayé ? Vous le leur mettez sous le nez. Une activité suspecte dont on ne pourrait se foutre plus ? Vous la leur fourrez sous les yeux en prétendant qu'on prend ça très au sérieux, qu'on surveille à la loupe leurs vies personnelles, achats de cigarettes de contrebande, visites à des putes miteuses, ventes de pièces détachées de bagnoles. Pression, pression, pression. Et si l'un d'entre eux porte plainte ?

Davy a les yeux écarquillés en direction du bureau de Glenda, tellement qu'on les croirait prêts à sortir de leurs orbites. Manon l'ignore.

— Si l'un d'entre eux porte plainte, c'est que vous avez fait votre boulot correctement. On cherche précisément à ce qu'ils se sentent acculés. Ne cédez pas !

Un court instant, elle savoure le contraste saisissant entre elle et McBain, avant de se tourner et de voir ladite supérieure, bras croisés, campée au seuil de son bureau à écouter d'une oreille attentive son discours. Le regard noir.

Dans le cas où une plainte serait effectivement déposée, Manon doute que la différence soit si saisissante que cela. Facile d'être bravache quand la plainte est dirigée contre soi pour son boulot. Elle *sait* qu'elle n'a pas dérogé au protocole avec Dean Singlehurst. Cette plainte, elle en assume l'entière responsabilité. Mais lorsqu'il s'agit d'un de ses subordonnés, lorsqu'on n'était soi-même pas présent au moment des faits et que malgré tout on est inspectrice-chef, donc responsable, la situation se complique.

Son assurance commence à lui échapper. Elle est sur le point d'ajouter une ou deux recommandations (« pas d'usage de la force physique, cela va de soi »), mais l'assemblée s'est dispersée. D'ailleurs, il n'y a rien de pire qu'un message contradictoire de la part du chef.

— Tu t'en sors avec la paperasse ? demande-t-elle à Nigel en s'arrêtant devant son bureau.

— L'agriculteur a dit qu'il pensait que les ouvriers avaient été embauchés en toute légalité, répond-il avec un air qui laisse entendre : *Et ça me convient parfaitement.*

— Tu m'étonnes que c'est ce qu'il t'a dit, rétorque Manon.

— Euh, oui, dit Nigel sans paraître comprendre.

Est-ce que ça ne lui a jamais traversé l'esprit que les gens mentent tout le temps ?

Elle décide de formuler sa pensée en mots.

— Nigel, tu n'as jamais pensé que les gens nous mentent ? Tout le temps. Tu lui as dit qu'il risquait d'être inculpé pour homicide involontaire ? Voilà qui devrait le mettre au pas.

Nigel la fixe comme si elle venait de le gifler. Elle a peut-être été trop brusque. Ce n'est pas inhabituel chez elle. Et puis quoi ? Il faut qu'il l'entende. Si elle était un homme, on dirait d'elle qu'elle ne mâche pas ses mots et qu'elle a de l'autorité.

Elle ne croit pas que la piste de la corde ne mène nulle part. Elle appelle Kim Delaney à son bureau.

— Tu peux me donner la date et l'heure auxquelles on a acheté de la corde dans les environs de Wisbech ?

— Pas de problème. C'est dans mon dossier.

— Tu as demandé les images de vidéosurveillance ?

— Oui.

— Quelqu'un les a visionnées ?

— Pas vraiment. Davy a demandé à Nigel de le faire mais comme il a été mis sur l'affaire Saulius il n'a pas encore eu le temps.

— Bon, tu vas aussi m'apporter les bandes.

— Tu vas le faire toi-même ? C'est pas pour ça qu'on te paye.

— Il faut bien que quelqu'un s'y colle, Kim...

— Davy t'a parlé du vomi ?

— Pardon ?

— On a trouvé du vomi à quelques dizaines de mètres de la scène de crime.

— Non, il ne m'en a pas parlé. Tu veux bien me l'envoyer ?

Davy arrive devant son bureau.

— C'est quoi cette histoire de vomi et pourquoi n'as-tu pas jugé bon de m'en parler ?

— Désolé, ce n'était pas volontaire. Ça m'est juste sorti de la tête.

— Ouais, eh bien je veux que tu me dises tout ce qu'il y a à savoir sur le vomi.

— Bien sûr, le vomi. Alors il était situé à quelques mètres de la scène de crime, près du sentier. On est en train d'en faire une analyse ADN. Il se pourrait que ce soit Lukas, que ça ait été causé par la peur de ce qui était sur le point de lui arriver.

— Ou la réaction de quelqu'un qu'on oblige à assister

à un meurtre, dit Manon. Par exemple Elspeth Tucker. C'est ce qui arrive quand on aime quelqu'un et qu'on doit être témoin de ses souffrances. À moins que les Tucker l'aient tué à deux, histoire de mettre du piment dans leur couple.

— Ou bien, dit Davy, quelqu'un n'ayant rien à voir avec l'affaire était bourré, est passé par là un peu plus tôt et a vomi, juste comme ça. C'est peut-être même un animal qui a fait ça.

— Ou ça, d'accord. Et, Davy ? La prochaine fois tu voudras bien me garder dans la boucle ? Merci.

Pas question qu'elle ferme les yeux sur *ce* vomi-*là*. Oh que non. Même si... Serait-elle en train de virer parano ?

— Je suis désolé. Vraiment, c'était pas volontaire, répond-il, mais il a l'air si blessé qu'elle se sent coupable d'avoir abordé le sujet.

Elle voudrait ajouter : *C'est bon, laisse tomber, je me faisais des films.*

Elle ne le fait pas.

Elle aime assez la touffeur de la salle vidéo hermétiquement close, surtout lorsqu'elle a apporté de la nourriture – cette fois ce sont des lasagnes de cantine, tellement grasses qu'elles glissent contre le bord du récipient en polystyrène.

La difficulté, songe-t-elle en bâillant et insérant son cinquième DVD dans le lecteur, est juste de rester concentrée alors que le film est à mourir d'ennui. Si une virée à Homebase peut déclencher des angoisses existentielles, les images granuleuses en noir et blanc de Homebase sont suffisantes pour plonger quiconque dans des abîmes d'inconscience.

Concentre-toi. Jusqu'à présent, les clients qui achètent de la corde ressemblent davantage à des papas rondouillards qu'à des cerveaux criminels. Elle recherche à l'écran un de leurs suspects connus.

Il se peut aussi qu'Edikas ait acheté la corde sans être pour autant impliqué dans le meurtre. Manon pose son menton dans la paume de sa main et appuie sur le bouton « marche », seulement pour voir une nouvelle fois les gigantesques allées d'un magasin de bricolage. Ce n'est pas toujours Homebase. Parfois, c'est un frisson d'excitation qui surgit à la découverte de la surface d'un Wickes ou d'un Travis Perkins.

— Manon ?

La voix de Nigel la tire d'un sommeil profond. Comme quoi elle aussi peut le battre à son jeu.

Marque de pli sur la joue, bave au poignet. Où a-t-elle sombré ? Ces jours-ci elle dort d'un sommeil sans rêves, sans indices. À vingt ans, Manon rêvait avec la rage d'un démon – histoires complexes comparables à une fresque de Dali pour l'angoisse. Désormais, c'est comme si l'on retirait la bonde d'un évier. À son réveil, tout lui fait mal. Ses pieds, ses genoux. Comme si ses os étaient une chaîne rouillée. Elle a dépensé une fortune en appareils orthopédiques. Il en existe toute une industrie, qui fait son beurre sur les douleurs et maux des femmes d'un certain âge : concepteurs de prothèses et d'orthèses, orthopédistes passant leurs journées à écouter les plaintes de patientes atteintes de fasciite plantaire. Tisanes bio dans des boîtes Art déco. Profs de yoga. Fabricants de tenues de sport aux prix exorbitants.

— Oui, excuse-moi, je réfléchissais les yeux fermés. Qu'est-ce qu'il y a ?

— C'est bon si je quitte le bureau un peu plus tôt ? Les jumeaux…

— C'est bon, vas-y, répond-elle, peu intéressée par ce que sera son excuse du jour.

Ton absence d'éthique professionnelle nous passe au-dessus de la tête, Nigel est tout ce à quoi elle peut penser. Peut-être devrait-elle se charger elle-même de l'affaire Saulius. Y travailler de nuit.

Elle sort le DVD et le repose sur la pile des disques à visionner. Elle va devoir se le refarcir, celui-là.

ELISE

Elise est allongée en position fœtale sur le sol de la cuisine, les bras comme des boucliers contre son ventre tandis que son père la bourre de coups de pied. Il porte ses boots coquées. L'officier de police l'a mis en rage et elle est son punching-ball le plus proche.

Bien entendu ce n'est pas la première fois qu'il la bat. Il l'a déjà frappée par le passé, après quelques canettes de Tennents.

— On va te débarrasser de cette vermine de l'Est, hein ? Tu sais que c'est pas possible, Elise. Jamais mon sang ne se mélangera au leur.

Comme toujours avec son père, la fureur se mêle à des larmes d'auto-apitoiement. « Pardonne-moi. » Un coup de pied. « Pardonne-moi, Elise. » Un coup de pied. Ses immondes excuses ont déjà mené à des extravagances telles que le parfum Jimmy Choo. Comme si c'était suffisant.

— Papa arrête, s'il te plaît...

Elle est obligée de raidir son corps pour se protéger des coups, aussi parler lui est difficile. Elle rampe hors de portée de l'arc de son pied et va se recroqueviller contre un meuble de cuisine.

— Arrête. Écoute-moi. Arrête de me frapper et écoute. Je vais m'en débarrasser comme il faut. Pas comme ça, d'accord ? Comme ça tu vas me tuer.

Il fige son geste, se penche en avant et pousse un gémissement :

— Aaah. Je ne veux pas être comme ça. Tu as poussé trop loin, ma fille. Tu as pris ce en quoi je croyais, tu l'as pris et tu l'as jeté dans la boue. Comment peux-tu penser une chose pareille de moi ? Et comment je saurai que tu l'as fait et que tu ne m'as pas menti ?

— Parce que je n'en veux pas non plus. Je ne veux pas faire un enfant toute seule à dix-sept ans, tu comprends ? Je ne suis pas stupide. Laisse-moi m'en occuper, d'accord ?

Elle se relève péniblement, en se maintenant à un coin de la table pour garder l'équilibre.

— Est-ce que… dit-elle. Que le père ne reviendra pas ? Tu en es certain ?

Elle n'est pas sûre de pouvoir supporter la réponse.

Elle s'était enfuie de la manifestation au cours de la dispute devant le foyer, se faufilant dans une rue adjacente pour rentrer chez elle lorsqu'elle avait été certaine que les copains de son père ne regardaient pas. Ils étaient trop occupés à insulter les migrants pour noter quoi que ce soit.

— On s'est chargés de lui. Tu n'as plus à t'inquiéter, ma fille.

Dans sa chambre, elle s'allonge sur son lit afin de laisser le temps à son corps de se calmer et de récupérer. Elle ne croit pas qu'il y ait eu de dégâts. Pas de douleurs abdominales en continu, pas de saignements – pour le moment. Cette fois elle a réussi à le protéger. Ses bras sont couverts d'ecchymoses. Elle s'endort, rêvant qu'elle rénove une maison très loin avec Matis tandis que son ventre s'arrondit.

Un coup à la porte de sa chambre, et son père est penché au-dessus d'elle.

— Bonne nouvelle, annonce-t-il. J'ai un copain qui peut le faire. Se débarrasser du bébé, je veux dire. Comme ça, ça reste entre nous. Il peut venir à la maison, faire ça ici, ce qui sera plus confortable pour toi qu'une quelconque clinique, n'est-ce pas ? Personne n'en saura rien. Je peux pas me permettre que mes partisans l'apprennent.

— Pourquoi faut-il que ça reste entre nous ? demande-t-elle, encore dans les brumes du sommeil.

— J'ai ma réputation. Tu imagines si on apprend que le leader de One Wisbech a un petit-fils d'Europe de l'Est ? Ça ferait le tour d'Internet en quelques secondes. Mon pote peut s'en charger.

— Mais les cliniques gardent ça pour elles. Et de toute façon, comment les gens sauraient qui est le père ?

— Les choses finissent toujours par se savoir. Les gens parlent, les rumeurs circulent. C'est mieux si on s'en débarrasse en privé.

— Je ne risque rien ?

— Évidemment que non. C'est un type bien. Gary Evans le connaît. Il a un stand de poissons sur le port. Sa fille s'est mise dans le pétrin et il s'est occupé de tout, tout seul. Un type solide apparemment.

Elle est terrifiée, pas seulement pour le bébé mais pour elle-même. Elle sait que son père sera prêt à tout lui faire subir, quel qu'en soit le prix.

— S'il te plaît, laisse-moi aller dans une clinique. Autrement c'est très dangereux.

— Je te fais pas confiance, Elise, c'est ça le problème. Je ne crois pas que tu le feras. T'es comme ta mère. Elle non plus je pouvais pas lui faire confiance. Tu m'as déjà trahi, à sortir avec lui derrière mon dos.

— Je vais le faire, je te le promets. Je t'en supplie, ne laisse pas ton ami me toucher. S'il te plaît.

Lorsqu'il referme la porte de sa chambre, elle entend une clé tourner dans la serrure. Sa chambre se situe au sommet de la maison, juste sous les combles, et donne sur l'arrière. Aucune chance pour elle d'appeler à l'aide ou de descendre par la fenêtre.

MATIS

Lina et lui font deux heures et demie de route à bord du véhicule de M. Tucker.

Il a pris le volant car Lina est restée éveillée une bonne partie de la nuit avec Vasil. À faire Dieu sait quoi avec lui.

Au final c'est Dimitri qui a trafiqué la voiture pour la faire démarrer. Il s'avère que Dimitri est un homme doux et gentil. Pas le géant de deux mètres à la mine patibulaire qu'ils imaginaient tous.

— Tout le monde me regarde et pense d'office que je suis violent, avait-il confié à Matis au moment du départ. Alors qu'en fait, je déteste la violence.

Dimitri les avait prévenus qu'une fois partis ils ne pourraient plus s'arrêter – s'ils coupaient le moteur, pour le faire repartir il faudrait trafiquer les fils dans une station-service et cela, avait-il dit, éveillerait les soupçons. Matis avait eu un besoin urgent d'aller aux toilettes, aussi Lina avait-elle consenti à ce qu'ils s'arrêtent, mais elle était restée dans la voiture avec le moteur allumé. Il avait couru se soulager derrière un arbre, gardant un œil sur la Nissan tandis qu'il s'essuyait les mains contre son jean de peur qu'elle parte sans lui.

Frinton-on-Sea semble être une vaste et agréable station balnéaire, si seulement il pouvait la voir à travers le rideau de pluie.

La brume.

Les embruns.

Les gouttes qui tombent des toits et explosent sur le pare-brise.

La ville a disparu sous un épais brouillard gris que les essuie-glaces de la voiture de M. Tucker ne parviennent pas à dissiper.

Sur le front de mer, face à la plage et à sa vaste étendue de sable, se trouve un café aux vitres embuées. C'est là que l'on attend Lina. À leur arrivée un Lituanien taciturne leur montre l'énorme friteuse. Ils rangent leurs affaires dans l'appartement au-dessus du snack.

Ils se mettent à cuisiner des œufs et du bacon, des frites et des *beans*, quelquefois des omelettes. Ils ne s'arrêtent jamais. Toute la journée, tous les jours. Nettoyer. Laver les plans de travail. Ils ne changent pas l'huile de friture. De six heures du matin à neuf heures le soir. Une promenade de campagne, comparé au boulot à l'élevage de poulets.

Les égratignures à ses mains commencent à cicatriser. Il prend un peu de poids. Des nuits de sommeil complètes après un dîner d'omelette et de frites, dans un lit relativement propre, avec un sommier.

Des douches chaudes. Du temps pour chier. Pas de poux, pas de punaises de lit. La vie, en somme.

— Comment as-tu trouvé cet endroit ? lui demande-t-il un jour.

Dos à lui, elle est occupée à quelque chose sur le comptoir, peut-être à envelopper un morceau de fromage dans de la cellophane. Elle hausse les épaules.

— Je connaissais quelqu'un qui avait besoin de quelque chose.

— Besoin de quoi ?

Mais elle est déjà dans l'escalier qui mène à l'appartement. Ce n'est pas le genre de personne à livrer des confidences.

Malgré tout, le corps de Matis continue de trembler. Il ne cesse de transpirer. De vomir et d'avoir la colique. Lina dit que c'est sûrement les effets du manque dû à l'alcool et que ça passera. Lui sait que c'est une réaction physiologique à ce qui est arrivé à Lukas. Si seulement il pouvait se remettre à boire, les symptômes disparaîtraient. Les images de cette nuit-là viennent le hanter dès qu'il ferme les yeux. Lina lui demande ce qui s'est passé mais il ne peut lui répondre.

Leurs clients sont tous des vieux. Pas le vieux type gentil papy, mais le vieux méchant et acariâtre. Selon Matis, il existe deux catégories de personnes âgées : l'une s'émerveille des jeunes (le vieux Grigoriev), l'autre les envie (son père). L'une aime le progrès, l'autre cherche à le retenir car elle ne pourra en profiter elle-même.

Les vieillards de Frinton s'asseyent à des tables en formica en attendant qu'on leur serve leurs œufs et leurs frites. Les fenêtres sont constamment embuées, si bien que l'écume sur les vagues est invisible. Mais tout ce qu'il y a dehors, Matis le sait, c'est l'infini magma gris de nuages qui relie la terre au ciel. Il ne peut ôter de son esprit le ciel bleu azur et lumineux qui s'étend au-dessus de l'isthme de Courlande dans la mer Baltique.

Les vieux clients discutent des déchets qui jonchent la plage, des shorts qui devraient être bannis du club de golf, de la campagne visant à interdire à Network Railing d'installer une barrière automatique au passage à niveau, comme s'il s'agissait de leur propre barrière contre la modernité. (Habituée à l'anglais, l'oreille de Matis s'est énormément améliorée en compréhension, bien qu'il ait dû faire une recherche Google pour traduire « passage à niveau ».) Ils n'aiment pas les immigrés, mais se gardent bien de le dire à voix haute. Plus fort, ils affirment ne pas être des racistes. « Y a pas un os raciste dans tout mon corps » est une des phrases qui revient le plus souvent dans les conversations.

Il fait froid à Frinton-on-Sea. Pas le froid de Lituanie, sec même s'il peut atteindre les moins vingt degrés. Le ciel du Nord lui manque terriblement. Le froid de Frinton est humide, balayé par les brumes et les embruns. Jamais les ombres ne s'étirent. Impossible de rien sécher dans l'air gorgé d'eau de Frinton.

— Tu crois qu'on pourra s'installer ici ? demande-t-il à Lina un jour en examinant les murs graisseux couleur crème et songeant à les repeindre d'un beau bleu pâle, avec du mobilier en bois clair.

Il pense à son bébé. Cet endroit sera-t-il un jour son foyer ?

— Il vaut mieux ne pas prendre racine, répond Lina.

ELISE

Il n'a pas juste verrouillé la porte de sa chambre.

Il lui a pris son téléphone portable.

Elle ignore quand le poissonnier avorteur clandestin à ses heures doit venir. Lorsqu'elle sera forcée de subir ses aiguilles à tricoter crasseuses, ses grosses mains aux relents de cabillaud. Elle a tellement faim qu'elle manque de défaillir. Son estomac gronde. Il est encore trop tôt pour sentir le bébé bouger mais elle pense à lui, il est réel, et elle se demande combien de temps il pourra survivre sans être alimenté grâce à son sang. Son corps puisera-t-il de la nourriture dans ses réserves ? Elle est suffisamment dodue pour ça. Quoi qu'il arrive, elle aura besoin de boire de l'eau et de fournir du sucre à son sang.

Et si son père ne revenait jamais ?

Elle passe un moment à arpenter la pièce, cherchant par tous les moyens à en sortir, par exemple en observant la vue depuis la fenêtre de sa chambre – le ciel au-dessus des arbres dans le jardin. À secouer la porte ; elle tient bon. Elle voudrait contacter la policière. Cette femme aux cheveux décoiffés qui était un peu plus tôt dans leur cuisine et qui a senti que quelque chose clochait, avec son père. La flic semblait être le genre de personne à prendre en main la situation, à la sortir de ce merdier. Marion ou quelque chose comme ça. Bradshaw, se rappelle-t-elle. Mais sans téléphone et enfermée dans sa chambre, comment Elise pourrait-elle joindre quiconque ?

Après des heures à se triturer le cerveau, elle s'allonge sur son lit et s'endort, jusqu'à ce que la faim et la soif la réveillent plus angoissée que jamais.

MATIS

Qu'as-tu appris depuis ton arrivée au Royaume-Uni ?

C'est l'une des questions qu'on lui a posées lors du cours d'anglais dispensé par le British Council qu'il a commencé à suivre à la MJC de Frinton.

Matis a appris qu'il n'était pas le bienvenu ici.

Il a appris qu'il ne voudra plus jamais rien dans sa vie, car son ambition, son désir incontrôlable de changement a semé les graines de sa destruction. S'il n'avait pas convaincu Lukas de venir en Angleterre, celui-ci serait vivant, en couple malheureux avec Janina à Klaipeda. Ils boiraient des bières ensemble dans le bar de Rybporte, en attendant que prenne fin le long hiver lituanien.

Matis donnerait tout pour voir son ami malheureux mais en vie à Klaipeda.

Il hait la pulsion qui fait de lui qui il est.

Il a toujours désiré l'alternative – le nouveau pays, la seconde chance, une vie différente – au lieu de chérir celle qu'il vivait déjà. La bonne vie, en l'occurrence. Cette pulsion directrice, son sentiment de haine ont dévoré son être. Non, impossible d'aimer la chose même qui le constitue en majeure partie.

Le monde semble confirmer cette haine. Lina et lui le voient à la télévision, à laquelle ils ont désormais accès : migrants chassés de partout qui traversent l'Europe, décrits comme une « marée humaine » ; que l'on retrouve morts, noyés, sur les plages d'îles grecques ou s'accrochant à des bateaux qui sombrent dans la Méditerranée ; rêvant avec désespoir à un foyer que personne ne veut leur donner. Bateaux remplis d'enfants auxquels nul port n'ouvre ses portes. Enfants et nourrissons arrachés à leurs parents en Amérique. Des personnes en quête d'une vie meilleure et méprisées justement pour cela alors qu'on admire les natifs qui voyagent. Comment qualifier une chose pareille ?

Lorsqu'ils se montrent accueillants envers les migrants, les gouvernements tombent. C'est pourquoi ils leur ont créé un « environnement hostile ». Même les petits Anglais à l'école apprennent à faire la différence entre un « réfugié » et un « migrant économique », afin de mieux cibler qui détester. C'est Dimitri qui lui a dit cela. Matis ignore comment il sait ces choses.

Il pense à la statue d'une femme sur la place du Théâtre à Klaipeda, Anne de Tharau. Elle était placée dos au balcon de l'immeuble principal, richement orné. Selon la rumeur, lorsque Hitler s'était adressé à la foule depuis ce balcon il avait été outré que la jeune femme lui tourne le dos. Aussi la statue avait-elle disparu pendant la Seconde Guerre mondiale. Au cours de leur histoire, les Lituaniens ont été habitués à ce type de démonstration puérile de la part d'un dictateur. Rien de nouveau à cela. Anne avait été réinstallée à son emplacement initial en 1990, au début de la transition.

Matis pense que les Anglais ne connaissent pas véritablement la peur de la guerre ni les dangers de l'extrémisme.

Comme s'ils ne les avaient jamais vécus, ou qu'ils refusaient de s'en souvenir. Isolés sur leurs îles battues par les vagues, les mêmes qui vont et viennent à l'extérieur du café de Frinton-on-Sea. Eux qui tolèrent à peine une voix plus haute que l'autre dans leur séjour, que diraient-ils de devoir quitter leur pays sans autre chose que les vêtements qu'ils portent sur le dos pour aller dans des contrées dont ils ne parlent pas la langue, sans foyer où s'établir ni possession aucune ? Les Anglais pourraient-ils supporter un tel sacrifice ? Seraient-ils capables d'endurer de telles souffrances pour le bien de leurs enfants ?

Il imagine Elise venant le chercher à bord d'une voiture de fille (rose à n'en pas douter) encombrée de ses affaires. Il a fait des choix stupides dans sa vie. La laisser derrière lui en fait partie.

Un jour où Lina est chargée du service de nuit au snack, il trouve au fond d'un petit meuble une bouteille de cognac, probablement utilisée pour la cuisine.

Il la boit. Puis il fouille l'appartement à la recherche d'argent et va à la supérette.

Et soudain Lina est en train de lui donner des coups de pied violents dans les côtes, au-dessus de la hanche. Comme Edikas le faisait à Saulius dans ses côtes cassées. Il se dit que Lina et Edikas sont sans doute faits de la même étoffe.

Matis s'est endormi par terre, dos contre le mur.

— Qu'est-ce que tu fous ? dit-elle avec une moue dégoûtée. Tu dois me dire ce qui se passe. Tu es un poids mort. Je ne peux pas te porter. Je ne *veux pas* te porter.

Il se met à pleurer, des sanglots bruyants d'ivrogne pathétique.

— Putain mais c'est quoi ton problème ? s'énerve-t-elle.

Il ne peut pas lui dire. Il met son visage mouillé entre ses mains. Il a envie de vomir, mais alors elle serait encore plus en colère à cause de la moquette.

— Tu dois me dire quelle maladie te ronge, Matis. Qu'est-ce qui t'est arrivé ? Tu as fait quelque chose de mal ?

Il acquiesce.

— Quelque chose de très mal, dit-il.

MANON

Elle a l'impression de passer son temps dans le bureau de McBain.

— Décidément tu es un aimant à plaintes, dit cette dernière.

— Pardon ?

— Nigel t'accuse de harcèlement moral.

— Moi ? Je le harcèle moralement ?

— Oui. J'ai vu tes techniques de management, Manon, et le moins qu'on puisse dire c'est que ça n'est pas très orthodoxe. Le brief que tu as fait à l'équipe pour qu'ils mettent la pression au mouvement One Wisbech ? C'était… Eh bien, si l'on me demande mon avis, tu as franchi la limite de l'acceptable.

Mais on ne t'a rien demandé ! voudrait-elle hurler, sauf qu'elle ne veut pas qu'on croie qu'elle est hystérique ou qu'elle a un problème d'agressivité. Cependant, elle comprend le sous-texte : McBain va la punir pour *ce* dérapage-*là*.

— Écoute, dit Manon. On sait tous ici que Nigel est un officier de police lamentable. Pire même.

— Alors pourquoi lui as-tu confié l'affaire Saulius ?

— Ce n'est pas vraiment moi qui la lui ai confiée, non ?

répond-elle en se souvenant que c'est McBain elle-même qui a suggéré son nom.

— Je te demande pardon ? dit McBain d'un ton sans appel qui suggère : *Je ne vois pas de quoi tu parles.*

— Je... je ne sais pas...

— As-tu fait appel au système d'évaluation afin de contrôler ses performances ?

— Tu veux dire entre l'enquête pour homicide de Lukas Balsys et le meurtre de Saulius ? Sur mon temps libre, pendant que je règle le problème lituanien ?

— Si ses performances ne sont pas optimales, poursuit McBain d'une voix de robot, en tant que manager c'est ton boulot d'y remédier. Les RH t'auraient fourni un plan d'action pour le développement des objectifs professionnels.

— Un plan d'action... bougonne Manon. À ce rythme, dit-elle en essayant de contrôler le chevrotement de sa voix, je vais devoir quitter la police et tu pourras promouvoir Nigel au grade d'inspecteur, on verra comment tu t'en sors.

— Tu m'as l'air d'être un peu dépassée, peut-être qu'un congé te ferait du bien...

— C'est une mise à pied ?

— Ne nous emballons pas. Je dis juste que tu aurais besoin de quelques jours de repos. Davy peut prendre ta place pendant ce temps.

Sur le parking, elle a l'impression de faire un infarctus, mais c'est plus vraisemblablement une attaque de panique. Un officier plus gradé, donc un inspecteur-chef, auditionnera l'équipe à propos de la plainte de Nigel pour harcèlement moral. Elle doute que ses collègues se mouillent pour la défendre. Sa cote de popularité semble être en berne ces derniers temps.

Les mains sur les genoux, Manon se plie en deux pour respirer profondément. Elle tente de chasser la pulsion de tout envoyer valser. Si elle écrivait sa lettre de démission, peut-être se sentirait-elle mieux.

La police ne veut pas d'elle comme elle est, voilà la vérité. La police voudrait une version d'elle plus lisse, aux angles rabotés. Malgré sa dévotion pour son travail, elle n'est pas sûre de pouvoir le supporter davantage. Elle entend la voix de Mark lui dire : « Plus que dix ans avant la retraite. » Mais ces dix ans paraissent une éternité sous la houlette de McBain. A-t-elle vraiment sa place dans cette bureaucratie pesante, grevée par les menaces de plainte, où tout est « développement des performances » et « plan d'action » ? Qu'est-ce que ces foutaises ont à voir avec l'arrestation d'un coupable ?

Faut-il qu'elle remplisse une fiche d'évaluation des risques chaque fois qu'elle saute par-dessus une haie en pleine course-poursuite ? Ça fait un bail qu'elle n'a pas couru à la poursuite d'autre chose qu'un curry. Le temps où elle bondissait par-dessus des haies est loin derrière elle. Elle a des courbatures rien que d'y penser. Et de toutes les manières, elle mourrait asphyxiée par ses seins si elle s'aventurait à courir.

Quelle autre alternative, après tout, que celle d'inspectrice dans une brigade criminelle étant donné que le loyer ne se paiera pas tout seul et qu'elle a loupé sa chance d'épouser un oligarque ? Consultante en sécurité auprès d'une gigantesque corporation ? Traqueuse de fraudes aux allocations ?

Qu'adviendra-t-il alors de toutes ses potentialités gâchées, après sa mort ? Manon l'artiste maquilleuse. Manon la danseuse professionnelle. Manon la femme d'affaires impitoyable. Manon la gourou. Bon, peut-être pas celle-là.

Suis sur le point de donner ma dem'. Je peux passer ? M

Bien sûr. Ici aussi y a de l'eau dans le gaz. B

Suivi d'un autre SMS de Bryony :

Peter et moi on va divorcer

Mais oui. Il t'a encore acheté de l'antigel pour ton anniversaire ?

Je suis sérieuse

J'arrive

La respiration coupée, Bryony se met à haleter.

— Oh, Bri, ça va aller, dit Manon après que son amie a fermé la porte d'entrée. Écoute-moi, ça va bien se passer. Raconte-moi tout.

— Hier soir… hier soir il m'a dit qu'il n'était pas heureux depuis longtemps, répond Bryony en fondant soudain en larmes.

Manon la prend dans ses bras, souhaitant à cet instant étriper Peter.

— Merde, comme si c'était une raison de quitter quelqu'un.

Elle est à la fois choquée et pas surprise du tout, car selon son expérience, ce type de situation arrive tout le temps et à tout le monde. D'ailleurs, elle ne cesse de s'étonner que Mark ne l'ait pas encore quittée.

— Oh là là, qu'est-ce que les parents vont dire à l'école ? se lamente Bri.

— Ils vont dire que c'est un connard et ils vont te plaindre. Et ça sera tout, crois-moi.

— Les ragots.

— Eh bien qu'ils aillent se faire foutre. Les gens aiment les ragots, et alors ?

— Je lui ai demandé s'il voyait quelqu'un.

— Et ? demande Manon trop rapidement, car c'est toujours sa première intuition, généralement fondée.

— Il a répondu non, mais sa façon de le dire… c'était bizarre.

Tel un sage docteur confirmant la gravité de son diagnostic, Manon acquiesce et dit :

— Il faut toujours se fier au langage. Les hommes parlent toujours bizarrement lors d'une rupture. Dans ces moments, on dirait que leur langue maternelle est l'allemand.

— C'est exactement ça, comme s'il venait tout juste d'apprendre l'anglais. Il n'arrêtait pas de répéter la même phrase : « Je ne suis pas un homme parfait. »

— Ravie qu'il reconnaisse son imperfection.

À la pensée qu'il y a peut-être une autre femme, Bri étouffe un nouveau sanglot.

— Oh mon Dieu, il est tombé amoureux de quelqu'un d'autre, dit-elle en regardant Manon comme si elle était en chute libre et qu'elle avait besoin qu'on la rattrape en vol.

— Attends, tu y vas un peu fort. C'est sûrement juste une aventure.

— C'est pareil.

— Absolument pas.

— Je n'ai jamais pensé que ça pourrait arriver. Je croyais qu'on serait toujours ensemble.

Manon pose une tasse de thé et une boîte de mouchoirs devant Bri, qui s'est laissée tomber sur une chaise à la table de la cuisine.

— Tu as des biscuits ? On a besoin de biscuits, c'est une évidence, dit Manon.

— J'essaie de ne pas en acheter. Je suis le programme Weight Watchers. Mais j'ai des œufs durs et des carottes.

Assise à ses côtés, Manon reprend :

— Je parie que tu n'as pas dormi de la nuit, pas vrai ma pauvre chérie ?

Bri hoche la tête.

— Tu crois que c'est fini pour de bon ? poursuit Manon. Je ne dis pas que ce qui t'arrive est bien, mais c'est peut-être un accident de parcours et pas la fin ?

— C'est pas vraiment moi qui décide, hein ? C'est lui qui est parti, répond Bryony en regardant Manon droit dans les yeux tandis que ses paupières se remplissent de larmes, et Manon se rappelle combien elle aime son amie. Les enfants ne s'en remettront jamais, ajoute-t-elle.

— C'est faux. Écoute, ma mère est morte. Ça, c'est quelque chose dont on ne se remet jamais. Toi tu es vivante et tu es là pour eux. C'est juste une bosse sur la route.

Manon doit combattre l'envie irrépressible de faire du mal à Peter, qu'elle supporte depuis dix ans.

— Oh non ! s'écrie subitement Bryony avec une longue plainte. C'est l'anniversaire de Bobby samedi. Comment je vais gérer ça ? Je ne peux pas annuler sans dire à tout le monde…

— Mark et moi on va s'en occuper. Tu pourras te mettre dans un coin et fumer à la chaîne en faisant de l'œil aux papas. On adore ça, les bonbons, les glaces, les bobos.

Bryony la dévisage d'un air suspicieux.

— Tu ne seras pas malpolie avec les enfants, tu me promets ?

— Enfin ! Bien sûr que non. En ce moment je ne suis qu'instinct maternel.

Bien qu'on soit en mai, le jardin de Bri, où est supposée se dérouler la fête d'anniversaire, est balayé par un vent froid – le genre de journée d'été anglaise typique qui nécessite de porter un épais manteau et une écharpe.

— Quelques degrés supplémentaires ne nous auraient pas fait de mal, se plaint Manon en examinant le ciel à travers la vitre au moment où Mark s'engage sur Brampton Road.

La bonne nouvelle est qu'il se sent suffisamment bien pour participer, même si un goûter d'enfants devrait le renvoyer prestement au lit. Teddy est attaché à l'arrière sur son siège bébé, dissimulé derrière le cadeau de Bobby (pour lequel Manon a dépensé une somme indécente) posé sur ses minuscules genoux. Dire que Teddy couve ledit cadeau est un euphémisme. Il ne le quitte pas des yeux et a même demandé à « aider » à l'emballer. À présent, il le serre si fort entre ses mains que le papier cadeau se déchire aux coins.

Les arbres qui bordent Brampton Road sont malmenés par le vent. Cerfeuil sauvage en fleur et lierre grimpant ornent les haies des jardins et les façades des maisons. Une luxuriance de verts lumineux et éclatants.

Manon a tenté de soudoyer Fly pour qu'il les accompagne, son fils ayant un don naturel avec les enfants.

— Il faut que j'étudie, a-t-il répondu.

— Vingt livres.

— Maman, sérieusement. (Ces derniers temps, il l'appelle presque toujours « maman » – *ô joie.*) J'ai des exams.

— OK. Quarante.

— Tout va bien se passer, a-t-il dit en souriant patiemment, comme un parent à son enfant.

C'est fréquent entre eux. Bien souvent il est obligé de la rassurer.

Sous le ciel couleur porridge, à la fête de Bobby les enfants courent partout de manière chaotique, nains ivres qui jouent aux statues, à danser et se laisser tomber dans l'herbe, à sauter à pieds joints et plonger les uns sur les autres, à ramper et errer ici et là.

Manon est en train de faire une distribution de sandwichs lorsqu'un petit garçon au visage très sérieux lui demande avec un froncement de sourcils ce qu'ils contiennent.

— Fromage et concombre, thon et maïs, ou jambon, répond Manon.

— J'aime bien le concombre, mais pas le fromage, fait-il sur le ton de la conversation, tout en se tenant le zizi.

— Eh bien tu peux manger ce qu'il y a, ou tu peux mourir de faim.

Mark et elle organisent un concours de hula-hoop. Ils distribuent les cerceaux jusqu'à ce qu'il n'en reste qu'un – rose fluo – que le dernier petit garçon refuse.

— J'en veux pas un rose, dit-il. Je veux un vert.

— Il n'y a plus de vert, réplique Manon. Juste celui-ci.

— Je veux seulement un vert, insiste-t-il en la fixant avec une telle intensité que Manon est frappée par l'idée que si les femmes pouvaient user d'un tel niveau d'intransigeance, leurs négociations de salaire se passeraient beaucoup mieux.

Elle s'agenouille à hauteur de l'enfant.

— Le truc, dit-elle en lançant un regard circulaire et voyant Mark qui l'observe nerveusement, c'est qu'ici c'est une fête où on s'amuse tous ensemble. Pas une fête de petits égoïstes.

Mark la saisit par le coude en lui faisant les gros yeux.

— On se calme, dit-il.

— Qu'est-ce qu'il y a ?

— Il a *sept* ans, rétorque Mark avec un signe de tête vers l'enfant.

— Il n'est jamais trop tôt pour apprendre les bonnes manières.

Bryony est en train de fumer et pleurer, cachée derrière un arbre à l'angle le plus éloigné du jardin. Manon va la voir et lui frotte l'épaule.

— Ça ne te dérange pas si je te rejoins dans le coin des malheureux ?

— J'ai gâché leur vie, sanglote Bri.

— Tu te surestimes. D'abord, tout est de la faute de Peter, ne l'oublions pas. Et puis, je crois que la seule chose que tu aies gâchée, c'est la fête d'anniversaire de Bobby, même si je me charge déjà de le faire pour toi. En plus, soyons honnêtes, Bobby s'en fout éperdument, la seule chose qui l'intéresse, ce sont les cadeaux.

— Raconte-moi encore une fois comment ta vie est pire que la mienne.

— Tu parles du fait que ma mère est morte quand j'avais quatorze ans ?

Bri acquiesce.

— Pour tout te dire, c'était pas si mal. Au moins je n'avais pas à lui envoyer de SMS. J'aurais été obligée de tout écrire en capitales...

— Avec ma mère, c'était des SMS cochons.

— Mais oui ! J'avais oublié que c'était une prédatrice. Je parie qu'elle manque beaucoup aux messieurs de la maison de retraite.

— Je crois que c'est pour ça que tu es mon amie.

— Tu es mon amie parce que je te rappelle ta mère sexuellement incontinente ?

— Un peu.

— Merci, tu éclaires ma journée.

Prenant une cigarette à Bri, Manon l'allume en s'assurant d'abord que Teddy ne la voit pas.

— Je doute que les agressions sexuelles intempestives manquent aux messieurs en question, reprend Bri. Chaque semaine j'étais obligée de m'excuser pour elle.

— Moi qui croyais qu'ils aimaient ça.

— Elle jouait trop sur l'effet de surprise, dit Bri en secouant la tête et recrachant un nuage de fumée. Personne n'aime ça.

— Ça ne me déplairait pas qu'on m'agresse sexuellement. Personne ne m'a fait de rentre-dedans depuis des années.

Bri a les larmes aux yeux et Manon réalise qu'elle s'est aventurée sans le vouloir sur la route qui mène à Peter.

— Ne plaisante pas là-dessus, dit Bri. Si tu ne satisfais pas Mark, il pourrait lui aussi aller voir ailleurs.

Manon aimerait répondre : « Il est trop fatigué pour ça et de toute façon la seule chose qui l'excite ce sont les plats indiens à emporter. » Mais comment en être sûre ? Et puis ça n'est ni le moment ni l'endroit, quoique aucun de ces facteurs ne l'aient jamais arrêtée.

— Écoute, dit-elle plutôt. Tu ne pourras pas t'en sortir si tu rejettes toute la faute sur toi. Tu crois vraiment que les choses seraient différentes si tu l'avais accueilli nue tous les soirs avec un bon petit plat fait maison ?

— Elles seraient différentes en mieux.

— Soit. Mais à soixante-cinq ans ? Tu es réellement censée te lubrifier l'anus et acheter des strings en dentelle à soixante-cinq ans ? Parce que franchement, ce que je vois à l'avenir c'est beaucoup de gants de jardinage et de tisanes à la verveine, et ce n'est pas une perspective très sexy.

— Je ne sais pas. Je veux juste qu'il revienne. Si seulement ça n'était pas arrivé.

— Est-ce que tu veux que j'aille lui parler ? suggère Manon.

Bri hausse les épaules, ce que Manon interprète comme une réponse positive.

— Au moins tu n'es pas sur le point de te faire virer.

Une fois tout le monde parti, Bobby, sa petite sœur Dora et Teddy sont parqués devant la télé à regarder *Shrek* tandis que Manon, Bri et Mark passent l'aspirateur sur les dernières miettes de chips et les bonbons à demi mâchés en sifflant une bouteille de mousseux. Manon observe Mark qui, même s'il a l'air de tenir le coup, ne boulotte pas les restes du goûter comme Bri et elle.

— Dieu merci c'est fini, lance Bri.

— Trinquons à ça, dit Manon en essayant vainement de faire tinter son verre en plastique contre celui de Bri. Tu veux bien monter le chauffage ? Je suis gelée d'être restée dans le jardin toute la journée. Dire qu'on est en *mai*. Honte à ce pays. Bon, est-ce qu'on peut discuter de mon avenir professionnel, maintenant ?

— Tu devrais te reconvertir en masseuse-thérapeute, dit Bri.

— Beurk, tous ces corps dégoûtants. Au moins les morts ne peuvent pas te toucher.

— L'histoire avec Nigel va se tasser progressivement, dit Mark. Il faut juste que tu apprennes à ronger ton frein.

Elle est tentée d'écrire un SMS à Nigel pour lui dire de fourrer sa plainte où elle pense. Ou juste ces mots : « Va te faire enculer. » Cependant, elle doute que ça passe auprès d'un juge.

Est-ce qu'elle devrait faire porter le chapeau à Davy ? Après tout, c'est le rôle des sergents-détectives de manager l'équipe. Ce n'était pas à *elle* de lancer la « procédure de gestion de la performance » (*quelle horreur !*).

Elle voudrait appeler Davy et revoir avec lui les différentes pistes pour les affaires Balsys et Saulius. Or la seule façon pour elle de ne pas penser à sa possible exclusion du bureau est de s'en déconnecter, aussi a-t-elle décidé de sauver le mariage de Bri – une ambition démesurée quand on examine son propre couple.

Le bureau de Peter est situé dans l'un de ces immeubles gris qui paraissent avoir été érigés en cinq secondes chrono.

Dedans, le plafond est composé de panneaux lumineux carrés et l'espace est compartimenté en box, comme si les employés étaient parqués dans des clapiers. Moquette grise à perte de vue et plantes d'intérieur empotées dans de la terre couleur cendre. L'absence de lumière naturelle donne une teinte sépia à l'ensemble.

Le panneau sur la porte de Peter indique « Directeur régional des ventes », comme s'il fallait en tirer une quelconque gloire. Alors que cette pensée lui traverse l'esprit, elle revoit Mark lui dire : « Qu'est-ce que tu peux être snob parfois ! » après qu'ils eurent été invités à dîner chez des parents de l'école de Fly et qu'elle s'était vantée pendant tout le repas d'être flic, se comportant comme si elle était la seule personne intéressante de la pièce. Elle avait ensuite passé la nuit à se détester et à se demander si tout le monde la détestait aussi. Au matin, en voyant son visage ravagé par l'insomnie, Mark l'avait prise dans ses bras et lui avait dit : « Allez, péter plus haut que son cul n'est pas le pire des crimes. »

Dans un même geste elle toque à la porte et l'ouvre, et la vision qui l'accueille parle d'elle-même.

Peter est en train de rajuster sa cravate en riant. À sa gauche, une femme minuscule d'à peu près vingt-cinq ans en jupe crayon glousse aussi. Voici donc avec qui il a une aventure.

— Salut ! tonne Manon en tendant la main à la jeune fille. Je suis une amie de la FEMME de Peter, Bryony, qui se trouve aussi être la mère de leurs deux adorables mais très remuants enfants !

La fille, qui se présente comme étant Shena, sort de la pièce. Lorsque la porte se referme, Manon, le poing sur la table, jette un regard noir à Peter, assis et manifestement terrifié.

— Alors comme ça tu te tapes Shanaya.

— Pardon ?

— Tu as quitté la femme qui te supporte depuis dix ans pour une gamine de vingt-cinq piges. Seigneur, je croyais que tu valais mieux que ça.

— C'est compliqué.

— Non ça ne l'est pas. C'est même le contraire de compliqué. Si tu savais ce qu'est la complication, tu ne déserterais pas ton foyer pour te sauver comme un lâche.

— Écoute, Shena et moi, on ne voulait pas...

— Oh oui ! Tu as combattu de toutes tes forces, pas vrai ? Tu savais que c'était mal mais votre « connexion » était trop forte, trop puissante, hein ?

— Euh... oui, c'est ça.

— T'es vraiment qu'un misérable... lance-t-elle sans trouver d'insulte suffisamment forte pour ce crapaud humain. Je vais te dire, moi, ce qui t'attend. Tu vas te mettre en couple avec Shanaya, dit-elle en arpentant le bureau tout en prédisant l'avenir de Peter. Bien entendu, vous allez vous faire quelques week-ends érotiques par-ci par-là, et dans la salle de réfectoire d'un Holiday Inn Express tu penseras : « Waouh c'est la belle vie », en avalant ton petit déjeuner sans avoir à te débattre pour mettre leurs chaussures à des mioches. Mais dans quelques années, elle aussi voudra des enfants et tu vas devoir te retaper la même histoire, sauf que cette fois tu auras cinquante ans. Et tu seras tellement crevé, tu n'imagines même pas. Tes enfants plus âgés, tes enfants *d'origine*, ne te parleront plus parce que tu auras détruit leur enfance, mais *bon Dieu* qu'est-ce qu'ils coûtent cher. Tu auras à payer pour deux ménages – et ne t'inquiète pas, je serai là pour encourager Bri à te faire raquer un maximum – et tu seras plus épuisé et plus pauvre que tu ne l'aurais jamais cru possible, car foutue Shena et bébé Chardonnay exigeront tout ce qui s'achète de mieux. Et tes amis *d'origine*, ceux que tu avais avec Bryony, commenceront à pouvoir se payer de vraies vacances, de celles qui comprennent des vols long-courriers et des sorties rafting. Mais pas toi. Oh non. Toi tu seras obligé de traîner avec la bande de gamines les plus ennuyeuses du monde, à les écouter piailler sur comment sevrer bébé. *Voilà* ton avenir. Et Shanaya, qui avant te réveillait chaque matin avec une pipe, ne fera que parler de l'éventuelle intolérance au lactose de Chardonnay.

Blanc comme un linge, Peter fixe Manon sans rien dire.

— C'est la revanche de la seconde épouse, poursuit cette dernière. À ce stade, tu ne rêveras que d'une chose, c'est te caler devant la télé avec une femme grassouillette qui ne cherchera pas à baiser toutes les nuits, mais non, tu seras obligé de réserver d'épuisants week-ends romantiques pour faire l'amour « intensément », dit Manon en esquissant de larges guillemets avec une légère révérence (inutilement douloureux, mais du meilleur effet). Parce que Shanaya exige une attention de chaque instant. Et puis elle finira par te larguer parce que tu auras de la brioche au lieu d'une Porsche et que tu auras perdu de ton sex-appeal d'antan à cause de ta fatigue, de ta pauvreté et de tes problèmes de prostate. Ou bien, tu peux inverser ta destinée.

Au cours de son plaidoyer, Peter s'est peu à peu transformé en loque humaine. La dernière phrase de Manon lui fait soudain redresser la tête.

— Tu peux retourner auprès de ta délicieuse épouse – car elle est véritablement délicieuse et étrangement elle veut encore de toi… les goûts et les couleurs, comme on dit –, et vous pourriez vieillir ensemble. C'est vrai, elle n'a plus son souffle d'autrefois et les week-ends torrides au Holiday Inn tendent à se faire rares, mais elle est douce, rigolote, et elle t'aime.

— Je ne sais pas comment me sortir de cette situation, lâche Peter avec un bruit de sanglot en se cachant le visage dans les mains. Je n'aurais jamais cru que ça prendrait cette tournure. J'ai commis une erreur, et oui ça m'a plu, mais quand je pense aux enfants et à la rupture je suis pris de nausées. C'est comme si une bombe avait explosé. J'ai cru que je pourrais avoir les deux pour un temps, la famille et la maîtresse, et oui je me suis senti vivant… Je ne m'étais pas senti vivant depuis si longtemps. Mais Shena a insisté pour que je parle à Bri. Je n'ai jamais fait autant de mal à quelqu'un, dit-il en fondant en larmes pour de bon.

— On va déjeuner ? propose Manon.

À ces mots, il lève sur elle des yeux pleins d'espoir. Elle examine le pathétique Peter, en se demandant si elle réussira à décrocher le gros lot pour sa meilleure amie.

— Mais seulement si c'est toi qui invites et si je peux te dire combien t'es un salaud, ajoute-t-elle.

— Marché conclu. Je n'ai pu parler à personne de cette histoire.

— Pour être franc, dit-il au cours d'un déjeuner qui consiste en un misérable bout de laitue posé sur une assiette trop large, je ne sais pas comment me tirer de là sans détruire ma carrière.

— Change de boîte. Trouve un nouvel emploi.

— Ça n'est pas si facile.

— Si, ça l'est. Tu es directeur des ventes, pas physicien nucléaire. Va travailler ailleurs. Tu ne peux pas rester près de Shanaya si tu retournes avec Bri, ça ne marchera jamais.

— Elle s'appelle Shena.

— M'en fous. Peter, il faut que tu acceptes d'avoir brisé

le cœur d'une personne extrêmement gentille. Par conséquent, tu vas devoir le payer très longtemps.

— Je ne sais pas si j'y arriverai. Est-ce qu'on ne va pas être tous les deux malheureux ?

— Oui, pendant un temps, répond Manon en haussant les épaules. Écoute, il y a peu de gens que j'aime vraiment. Presque personne en fait. Bri n'est pas comme moi. Dans cinq ans, vous serez plus soudés que jamais.

— Cinq ans ? s'écrie-t-il, les yeux exorbités.

— Oh là là, quelle chochotte ! Il va falloir que tu commences à penser sur le long terme.

Elle l'observe et se rend compte qu'il est influençable. Quoique, à le voir se laisser porter au gré du vent, elle doute qu'il mérite qu'on le reprenne. Pourquoi se fait-elle subitement l'avocate du mariage alors qu'une grande partie d'elle voudrait s'enfuir avec un amant ? Oui, elle aimerait ressentir un frisson, n'importe lequel, au lieu de se sentir juste fatiguée, lourde et comme si elle avait encore une fois trop mangé.

Soudain, quelque part dans son cerveau, une inquiétude : *Est-ce que c'était le jour des parents aujourd'hui à la crèche ?*

— Je peux te demander quelque chose ? dit Peter.

— Je t'écoute.

— Est-ce que tu es heureuse ? Avec Mark ?

— Bien sûr que non ! hurle-t-elle. Mais ce n'est pas une raison pour partir. Le bonheur n'est pas un dû, Peter. Ce n'est pas un droit divin. De toute façon, il paraît que le bonheur suit la forme d'un U, et je ne suis même pas au fond du U. Avant ça, j'attends que mon père soit atteint de démence et que je sois incapable de m'occuper de lui.

Mais après, tout va s'arranger, du moins c'est ce qu'on m'a dit. À partir de soixante-dix ans, quand je serai sur ma croisière de luxe, ça sera l'euphorie.

Elle a dit à Davy qu'elle préférait les vieilles serviettes rêches, mais la vérité est plus complexe. Peut-être qu'elle aussi perçoit comme un dû de vivre au maximum et de se sentir « vivante », comme Peter lorsqu'il se tapait Shena. Acheter à Mark des yaourts à la cerise n'est pas le frisson qu'elle escomptait.

Depuis trois jours, elle est l'infirmière la plus patiente du monde, mais s'occuper seule de Teddy (certes avec la contribution de Fly, de la télévision et de Kristine) tout en élaborant des repas sains et équilibrés que Mark repousse avec une moue de dégoût n'est pas une mince affaire. Quand il la regarde, son expression semble chargée de reproches, comme s'il lui fallait mieux faire et plus vite. La vérité est que les gens malades sont irritants. Ils n'aident pas beaucoup aux tâches ménagères. Manon doit batailler avec ses craintes de le voir mourir, reconnaître que sans lui elle ne serait pas heureuse et que non, l'écroulement de son bonheur n'est pas la faute de Mark. Ce qui est plus facile en revanche, plus efficace, est de s'endurcir, *elle*.

Certaines périodes de la vie sont déprimantes – la sensation que les choses prennent fin (vigueur, fertilité, excitation, plaisir) et que rien de nouveau ni de rafraîchissant ne poindra jamais plus à l'horizon. Il est facile de blâmer le mariage, mais à quoi bon ?

Oui, elle a changé : plus de tristesse, moins de colère. Cependant, elle aimerait lui dire : « Puisque tu te sens un peu mieux, pourquoi ne pas t'occuper du jardin ? »

Mark s'était amusé lors de la fête de fin d'année à la

crèche. Des rangées d'enfants de quatre ans affublés de mortiers artisanaux en carton sur les bords desquels dépassait la colle. Une bagarre avait éclaté au dernier rang, là où se trouvait le gamin qui aimait mordre ses camarades. Teddy et l'un de ses amis s'étaient éclipsés de la scène pour aller jouer avec des trains. Les parents riaient aux larmes à la vue des bouts de chou qui n'avaient pas la moindre idée de ce que l'on attendait d'eux mais qui s'y soumettaient dans l'espoir d'un goûter. Elle adorait l'esprit de la crèche, bienveillant et légèrement chaotique ; le personnel éducatif conscient que les petits grandiraient et élargiraient leurs capacités d'attention microscopiques. Elle adorait même les parents de l'école, constamment fatigués, à l'exception des quelques inévitables obsessionnels des flash-cards et des activités périscolaires.

— Vous pensez qu'ils font assez de progrès ? avait demandé un parent particulièrement névrosé.

« Si tu savais comme je m'en fous », avait-elle voulu répondre, mais elle s'était contentée de hausser les épaules en pensant : *La vie est trop courte pour avoir cette conversation et pour coller des flash-cards sous le nez de ton gosse à la maison.*

Elle avait tenu la main molle de Mark et s'était souvenue d'une standardiste au cabinet de dentiste qui, lui ayant confié en être à son troisième mariage, avait ajouté : « Grosse erreur. J'aurais dû rester avec le premier. Vous savez, aucun mariage n'a rien amélioré. En fait, c'était chaque fois la même chose. » Peut-être était-ce finalement une chance qu'autrefois, l'un des deux époux mourait après environ onze ans de mariage.

Est-elle folle d'envier Bri et Peter et leur éventuelle

séparation ? Pourtant, ils ont l'opportunité de faire du neuf avec quelque chose de vieux et d'usé, tandis que Mark et elle doivent chacun soulever un coin du tapis, afin d'y mieux dissimuler leurs problèmes de couple.

Le mariage n'est pas une sinécure, c'est le grand « marche et serre les dents » de la vie. Qu'ils ne soient pas *véritablement* mariés est hors sujet. Impossible pour elle d'ignorer le mal qu'elle ferait à Teddy s'ils se séparaient. Il y a peu de temps, elle avait été absorbée par une affaire particulièrement complexe au boulot, qui la tracassait même à la maison. Angoissée et soucieuse, elle avait été incapable d'égayer son humeur. Une fois l'affaire classée, elle s'était remise à jouer avec Teddy et à lui faire des plaisanteries très bêtes et un peu grossières (blagues pipi-caca), et il avait rejeté la tête en arrière en riant avec une joie qu'elle ne lui avait pas vue depuis des semaines. Alors seulement elle avait compris que pour son fils, les émotions de sa mère guidaient sa vie. Il avait besoin qu'elle aille bien. Si elle allait bien, lui aussi.

Son bonheur à la voir revenue à son état normal l'avait profondément choquée, parce que durant tout ce temps elle s'était imaginé qu'il ne remarquait rien et avait cru qu'elle parvenait à dissimuler les tourments qui l'agitaient. *Quelle idiote !* Comment ne pas subir une immense pression s'il ressentait chaque nuage de son monde interne ? Elle ne pouvait pas toujours aller bien. Qui le pourrait ? Le mieux qu'elle puisse faire était de prendre conscience de l'effet qu'elle avait sur lui. Le mieux était qu'elle accepte que ses actions aient des conséquences.

DAVY

Quand Manon lui ouvre la porte de chez elle, Davy, derrière qui se tient Juliet, lève trois sacs en papier brun encore tièdes, à la base maculée de taches de graisse.

— Hourra ! s'écrie Manon. Apporte les sacs à l'intérieur. Fly ! Tu peux mettre la table ? Le dîner est là.

Davy a un mouvement de recul en voyant la mine de Manon. Ses yeux sont injectés de sang et ses sourcils froncés. Elle a l'air vraiment vieille.

— Teddy est au lit ? demande-t-il, car il aime le petit garçon – un enfant charismatique.

— Je crains que oui. Alors, qu'est-ce que tu as dit à McBoulet ? demande Manon en sortant des sacs les barquettes en aluminium qu'elle dispose sur la table.

— Dean Singlehurst affirme qu'on l'a harcelé – principalement toi. On s'en serait pris à lui parce qu'on n'aime pas les partisans de l'UKIP.

— Tu as répondu quoi ?

— J'ai dit que c'était faux. Qu'on les aimait même beaucoup.

— Bien joué.

— Elle n'a que moyennement apprécié.

Davy remarque que Manon ne s'intéresse pas à la nourriture, alors que d'habitude elle se battrait jusqu'à la mort pour dévorer la dernière miette de papadum.

— Tu n'aimes pas ce qu'on a commandé ?

— Au contraire, c'est divin, répond Manon. Tout ce qui n'a pas besoin d'être cuisiné est divin.

— Comment va Mark ? demande Davy en sauçant le dahl avec son pain.

— Ça va. Il est en train de se reposer. Il n'a pas énormément d'appétit en ce moment.

— Tiens, je t'ai apporté ça, dit-il en se penchant sur le côté pour remonter une pile de DVD. Des images de vidéosurveillance de magasins de bricolage.

— Des heures de fun en perspective, merci, répond-elle en les posant sur le plan de travail derrière elle. Alors Juliet, comment se passent les préparatifs de mariage ?

Présence taciturne à la table, Fly est tout ouïe. Davy suspecte que c'est parce qu'être inclus dans une conversation entre adultes est nouveau pour lui. D'habitude, il est relégué avec Teddy devant des dessins animés.

— J'ai trouvé un lieu de réception fabuleux, répond Juliet en picorant des bouts de poulet tikka. Tu connais Longstowe Hall ? La salle de bal Rose Ball peut accueillir cent cinquante personnes.

Un morceau de piment paraît s'être coincé dans la gorge de Davy. Il boit une grosse gorgée d'eau.

— Vous connaissez *vraiment* cent cinquante personnes ? s'exclame Manon. Avec un tel nombre, je serais obligée d'inviter des inconnus dans la rue.

— Ils vont monter une pergola sur le terrain, poursuit Juliet. Pour danser sur un groupe live, même s'il faut payer un extra. Tout aura lieu au même endroit, comme ça les invités n'auront pas à aller d'un lieu à l'autre. Ça évitera les trajets en voiture entre la cérémonie et la réception.

Juliet leur décrit par le menu les divers petits fours du buffet, rubans de chaises, placements de table et autres ornements dont Davy ignorait jusque-là l'existence. Puis Juliet l'examine d'un air rêveur et dit :

— Il veut que ce soit le jour le plus merveilleux de ma vie, fait-elle en renversant la tête et Davy l'embrasse sur les lèvres.

Mark apparaît en robe de chambre au seuil de la porte.

— Il reste à manger ? demande-t-il.

— Il y a des pois chiches surprise dans le frigo pour toi, dit Manon en se levant tout en prenant une chaise pour que Mark se joigne à eux.

— Mince, dit-il en souriant à Davy et Juliet. Moi qui pensais pouvoir y échapper.

— C'est quoi des pois chiches surprise ? demande Davy.

— Crois-moi, tu ne veux pas savoir, répond Mark.

— Tu m'aides à débarrasser, sergent-détective Walker ? lance Manon d'un ton sec.

— Elle adore me donner des ordres, explique Davy.

MANON

Au-dessus du lave-vaisselle, sur lequel ils sont penchés, Manon chuchote :

— C'est un mariage de luxe que tu nous fais là. Comment tu vas payer tout ça ?

— En faisant des heures sup. Ou bien le gigolo, répond-il, mais son front s'est couvert de sueur.

Manon se redresse, une main sur le dos.

— Tu as mal ? s'inquiète Davy.

— Écoute, Davy, s'il y a une chose que la maladie de Mark m'a apprise, c'est que la vie est trop courte pour se raconter des conneries. Si tu ne tires pas au clair la situation, vous allez couler tous les deux.

— Impossible, siffle-t-il. Juliet a déjà réservé ce foutu Downton Abbey pour le mariage.

— Alors non seulement elle va devoir le dé-réserver, mais pour votre lune de miel vous irez en camping à Clacton et il faudra bien s'en accommoder parce que le mariage est un jeu de dupes, Davy. Mets-toi ça dans le crâne. Tu vas devoir prendre ton courage à deux mains et affronter Mme Mariée-à-tout-prix.

Il semble sur le point de pleurer et Manon regrette la dureté de ses mots.

— Mec, tu es le sel de la terre. Le meilleur d'entre nous. Vraiment, Davy. Et maintenant, va offrir un Mon Chéri à ta fiancée avant de lui briser son rêve.

Ils se regardent droit dans les yeux au-dessus du bac à vaisselle sale.

— La note qu'on a retrouvée sur la victime, reprend Manon. Je n'arrête pas d'y penser.

— Comment trouves-tu encore le temps de penser à cette affaire ?

— Je n'en trouve pas vraiment. Mais je suis en colère, et quelquefois la colère te donne envie de résoudre des choses. Bref, je me disais que la raison pour laquelle il était écrit sur la note : « Les morts ne parlent pas », c'est parce que ces mots – en lituanien – sont incompréhensibles pour un anglophone. Alors que s'il avait été écrit : « Allez voir du côté de Dean Singlehurst »...

— Dean Singlehurst aurait déchiré le mot et s'en serait débarrassé, coupe Davy.

— Disons comme ça que Lukas a écrit la note. Il savait quoi écrire pour faire penser à un homicide, que la police mène une enquête sans que personne jette la note. Par conséquent, notre meurtrier ne parle pas et ne lit pas le lituanien.

— Ça pourrait être un Lituanien qui ne sait pas lire. Par exemple Dimitri.

— Mais Lukas aurait connu le niveau de lecture de son assassin. C'est plus probable que ça soit un Anglais.

Davy acquiesce, et tous les deux, d'épuisement, gardent un instant les yeux dans le vague.

— De toute façon, c'est Dean Singlehurst qui a commis le meurtre. Point.

— Hum, fait Davy, et Manon le voit hésiter à parler.

— Qu'est-ce qu'il y a ?

— Rien.

— Si. Crache le morceau.

Se plaçant de l'autre côté de la cuisine, il s'adosse au plan de travail, comme pour mettre une distance de sécurité entre eux.

— Je peux être honnête ? dit-il.

— S'il le faut.

— Je crois que tu as tort. Je ne pense pas que Dean soit notre coupable.

— Judas. Et pourquoi ?

— D'abord, il faudrait être sacrément stupide pour emmener Lukas de force, devant toute une foule.

— On a de bonnes raisons de penser qu'il est *effectivement* stupide.

— Peut-être, mais ça fait quand même beaucoup de personnes à surveiller, surtout quand on a le cerveau de la taille d'un pois chiche. Donc d'après toi, il est assez idiot pour commettre son crime devant une vingtaine de témoins, mais assez intelligent pour s'assurer qu'ils garderont tous le silence ? Les deux ne cadrent pas. Et pourquoi, si c'est bien Dean qu'on recherche, personne n'a encore rien dit ? Pourquoi aucun des migrants ne nous a parlé de ça ? Edikas avait tout intérêt à mettre le crime sur le dos d'une bande de tarés anti-immigration.

— Parce que... parce qu'ils ne parlent pas, c'est tout. C'est leur culture, répond Manon. Ils ne font pas confiance à l'autorité. Et puis, il se peut que Dean n'ait pas enlevé

Lukas là devant eux, mais plus tard, quand tout le monde était parti…

— Tu avances en terrain glissant. Pour le coup, je suis d'accord avec McBain. Tu t'es laissé aveugler par tes préjugés. Tu veux que ça soit Dean parce que tu n'aimes pas les types comme lui.

— OK, allons le voir pour discuter. Je porterai une caméra cachée.

Le lendemain, ils sont de retour à la Demeure du Sectarisme mais personne ne répond à la porte. Le téléphone portable de Dean sonne dans le vide. La maison semble déserte.

— J'espère qu'ils ne se sont pas enfuis, dit Manon en éteignant sa caméra. Je croyais qu'il était sans travail en ce moment.

— Il est peut-être occupé à organiser un rallye d'extrême droite, suggère Davy.

— Hum, répond Manon en humant l'air et en levant les yeux vers les fenêtres au sommet de la maison.

Se penchant, elle ouvre la boîte aux lettres encastrée dans la porte, ouvre le clapet et crie :

— Police ! Il y a quelqu'un ?

DAVY

On respire, et c'est parti, pense-t-il. Juliet est assise sur le canapé, elle regarde des sites d'agences immobilières sur son ordinateur portable. Davy arpente la pièce de long en large.

— Il y a... Juliet ? Tu peux m'écouter ? Il y a quelque chose...

— Oh regarde ! Une maison de cinq pièces à Cambridge, dit-elle.

— On n'a pas les moyens d'aller à Cambridge.

— On a besoin de plus d'espace.

— Tu veux bien m'écouter, s'il te plaît ?

— Regarde celle-là. On pourrait aller la visiter ce week-end.

— Juliet, non, il faut que je te parle, dit-il en refermant doucement son ordinateur.

— Pourquoi tu as fait ça ?

— Pour qu'on puisse discuter. Il faut que je te dise une chose. Plusieurs, même.

Silencieuse, elle le dévisage.

— Le problème, c'est que même en faisant des heures supplémentaires, je n'ai pas les moyens pour tout ça. Pas pour un mariage, une robe, une lune de miel et une maison. Je ne peux pas accepter une telle pression, Juliet.

— Mais tu gagnes bien ta vie. Je ne comprends pas pourquoi on ne pourrait pas acheter quelque chose. Où va tout ton argent ? Tu ne bois pas. Tu joues à des jeux d'argent ?

— Non.

— Tu vois des prostituées ?

— Mon Dieu, non !

— Alors quoi ?

— Je paye le loyer de ma mère.

Il regarde Juliet accuser le coup, son visage changer d'expression à mesure que son cerveau digère l'information, pas seulement sa double allégeance mais également le poids du secret qu'il a gardé.

— Pourquoi ne m'as-tu rien dit ?

— Je ne sais pas.

— Pourquoi ton père ne le paie pas ?

— Ils se sont séparés il y a dix-sept ans. Pourquoi ferait-il une chose pareille ? Il n'a plus rien à voir avec elle.

— Elle n'a pas droit à des allocations ? Pourquoi ne trouve-t-elle pas du travail ? Elle te tient sous sa coupe.

— Pas du tout. Elle ne veut rien devoir à l'État. Elle refuse d'être un fardeau.

— Sauf pour nous.

— Écoute, elle s'est occupée de moi. Elle m'a élevé seule. Elle ne m'a pas abandonné à dix ans comme mon père l'a fait. C'est mon devoir de l'aider en retour. C'est important pour moi. Je suis désolé que tu ne sois pas d'accord, mais ça me regarde.

Elle reste silencieuse un moment, à fixer ses mains. Elle semble dévastée.

— C’est tout ? dit-elle enfin.

— Qu’est-ce que tu veux dire ?

— C’est tout ce que tu me caches, ou bien il y a aussi des enfants dont j’ignore l’existence ?

— Mais non, voyons ! Il n’y a rien d’autre, je te jure.

— Je me sens comme une idiote.

— Pourquoi ?

— Parce qu’en me cachant des choses, tu ne me donnes pas l’opportunité de… d’être meilleure que je suis. Tu me laisses regarder des maisons et organiser un mariage comme si je ne m’intéressais qu’à l’argent. Alors que je croyais que le but du mariage c’était justement de donner le meilleur de nous-mêmes.

— Ça n’arrivera plus.

— Tu as peut-être raison, ou peut-être pas, dit-elle avec une infinie tristesse. Mais je ne le saurai jamais, n’est-ce pas ? Tu as tout gâché. Et c’est un peu tôt pour ça, Davy, on n’est même pas encore mariés.

— On n’a pas besoin de se marier, tu sais, dit-il, se surprenant lui-même. Ce n’est pas que je n’en ai pas envie, mais on s’est peut-être mis trop de pression, tu ne penses pas ? Tu sais que je t’aime, Juliet, mais on est peut-être bien comme on est en ce moment. Pourquoi ne pas dépenser l’argent du mariage dans de belles vacances ?

Il s’est assis à côté d’elle sur le canapé, prêt à lui prendre la main, mais elle se lève subitement en disant :

— Comme tu veux, Davy. Je vais me coucher.

ELISE

Une nuit.

Un jour.

Encore une nuit. Elle se réveille au bruit de la sonnerie du téléphone et du répondeur qui se met en route.

Elle regarde sa montre : deux heures du matin. La bouteille d'Évian qu'elle garde sur sa table de chevet est vide aux deux tiers. Et encore, elle s'est rationnée. Elle a fait pipi dans une bouteille vide qui par chance se trouvait dans sa corbeille. Lorsqu'elle s'était rendu compte qu'elle avait besoin de faire la grosse commission, elle avait vidé l'un de ses tiroirs et fait ça dedans, l'avait recouvert de mouchoirs et refermé le tiroir afin de ne pas s'étouffer avec l'odeur, tellement plus forte que dans une cuvette remplie d'eau. Quelle merveilleuse invention, les toilettes ! Elle s'était rendormie en pensant à ce que serait sa vie sans elles.

Toujours pas de sang. C'est donc que le bébé va bien, se répète-t-elle. Car son esprit ne cesse de revenir à lui et d'espérer qu'il est en bonne santé tandis que son estomac gronde de faim. Elle a des vertiges et passe son temps à dormir. Peut-être que jeûner lui fera du bien, est-ce que ça n'est pas supposé être bon pour le corps ? Un retour au temps où nos ancêtres chassaient sur les plaines du Serengeti avec de longues périodes de jeûne entre chaque butin. Mais peut-être que ça n'est pas si bon que cela pour les femmes enceintes.

Dans l'après-midi du premier jour, elle s'était rappelé un sachet de réglisse acheté à River Island, qu'elle gardait dans son placard car elle n'en aimait pas le goût. Elle l'avait avalé comme une manne tombée du ciel.

À un moment, la sonnette de la porte avait retenti mais personne n'avait ouvert. Probablement le copain de Gary Evans avec son sac plein d'instruments rouillés. Étripeur de cabillauds. Assassin de nouveau-nés.

Jour 13
MANON

Il n'y a rien que Ted aime plus que de se voir confier une mission : sortir les poubelles destinées au recyclage, balayer les feuilles mortes sur la terrasse, mélanger des ingrédients à la cuillère. Tant qu'on n'était pas dérangé de finir avec plus de désordre qu'au départ, Ted était le partenaire de travail idéal. Il accomplissait ses tâches avec un zèle immense et absolument aucune logique.

Il était aussi capital de ne pas se focaliser sur le temps quand on travaillait avec lui. Ni de lui demander quoi que ce soit en parallèle, comme par exemple mettre ses chaussures, auquel cas il se muait en parangon d'obstination butée.

— Tu ne peux pas ratisser le jardin en chaussettes, l'avertissait Manon.

— Teddy fait ça ! hurlait-il tel un sociopathe.

Bien entendu, il porte son casque. Ils lui avaient acheté un casque de protection Spiderman pour faire de la trottinette ou du vélo. S'il était impossible de lui faire mettre sur son vélo, il le portait à tous les repas. Et chaque fois qu'il allait au pot – un jeu dangereux pour tout le monde.

Manon se souvient de Mark rentrant un soir du boulot et disant :

— Bonsoir, Ted, la sécurité avant tout, je vois.

Ted dînait à table, son casque nonchalamment fixé sur son crâne.

— On n'est jamais trop prudent quand on mange des friands à la saucisse, avait répondu Manon.

Ce souvenir en suscite un autre, sa joie à entendre Mark rentrer à la maison après sa journée de travail. Tous les membres de la famille réunis sous le même toit. Elle ne se lassait jamais du bruit de la clé dans la serrure. Lorsque Teddy était bébé et sortait tout juste du bain, il courait nu dans les escaliers et se jetait dans les bras de Mark sitôt son arrivée, tel un angelot de la Renaissance.

Ou encore quand, dans la salle de bains, elle fixait d'un œil inconsolable la balance, Mark la faisait rire en criant :

— Une personne à la fois, s'il vous plaît !

Un soupir triste, et retour à l'écran de son ordinateur.

— Tu cherches vilain monsieur, dit Ted.

— Exactement, le vilain monsieur, répond Manon en buvant une gorgée de café pour se donner du courage. Est-ce que tu veux voir une photo du vilain monsieur qu'on recherche ?

— Non, maman. Teddy regarde la télé.

— Ce n'est pas la télé, ce sont des images des caméras de surveillance et c'est très important pour le travail de maman.

— Chut, maman.

— OK.

Il a mangé un biscuit dont la garniture au chocolat s'est étalée partout sur ses doigts et son menton. Laquelle garniture macule à présent le clavier de Manon. « Et si on nettoyait un peu ces mains ? » dit-elle en espérant qu'il aille lire un livre pendant quatre ou cinq heures, le temps qu'elle finisse ce qu'elle a à faire. Pourquoi n'a-t-elle pas donné naissance à l'un de ces enfants flippants aux cheveux bouclés et nœuds papillons qui feuillettent des encyclopédies à longueur de journée ? Elle soupçonne que ces gamins-là sont scolarisés à domicile. Plutôt plonger la tête dans un baquet d'huile bouillante que de donner elle-même des leçons à son fils.

— Vilain monsieur ! Vilain monsieur ! vocifère Teddy en sautant sur son siège.

— Voyons voir. Non, Ted, ça, c'est juste un papa bedonnant.

Les yeux de son fils se remplissent de larmes.

— Je veux papa bedon, dit-il, et elle le prend dans ses bras car les moments où il prend conscience de la maladie de Mark arrivent soudainement et à l'improviste, aussi doit-elle être prête à les accueillir.

Ils ne lui ont évidemment pas fait un cours sur l'oncologie, mais Teddy perçoit intensément l'état physique de Mark et leur anxiété à tous les deux. Les enfants sentent immédiatement ces choses ; penser le contraire serait se voiler la face.

Souvent, ces phases de rupture ont lieu dans le bain ou en rentrant de chez la nounou.

Elle le serre fort dans ses bras tandis qu'il renifle contre son cou.

— Papa est en haut, Ted, dit-elle. Il fait une petite sieste, c'est tout.

Son casque de vélo rend le câlin inconfortable.

— Et si on regardait un épisode de *Sam le Pompier* ? propose-t-elle à présent, le sentant sur le point de craquer, et tous les deux sont soulagés de ne plus « travailler ensemble ».

De retour à la table de la cuisine avec une nouvelle tasse de café et un clavier propre, sa concentration est meilleure. Peut-être des images de vidéosurveillance barbantes ne le sont-elles pas autant lorsque l'alternative est de contempler l'abysse.

Elle s'endort chaque nuit avec la sensation terrifiante qu'elle bascule dans un précipice. Qu'elle ne survivra pas à la chute. Que le pire est encore à venir. Tout le monde ne se sort pas d'affaire. Voilà une pensée bien réelle. Elle a l'impression qu'ils vivent avec le couperet d'une guillotine au-dessus de la tête.

Elle vient d'insérer le dernier DVD quand Ted demande à déjeuner. Elle le renvoie avec une banane afin de regarder la bande datant de la veille du décès de Lukas.

— Bingo ! crie-t-elle à l'écran en regardant l'image figée de Dean Singlehurst qui pousse un caddie au B&Q d'Elm High Street, tout en saisissant en même temps son téléphone pour appeler Davy.

— Je l'ai trouvé, dit-elle. Dean Singlehurst était au B&Q la veille de la mort de Lukas.

Silence à l'autre bout de la ligne.

— Davy ? demande-t-elle en craignant que la connexion ait été coupée.

— Ce n'est pas illégal de faire ses courses à B&Q, répond-il enfin.

— Oui, mais la *même* corde.

— Comment tu sais qu'il s'agit de la même ? Tu as réussi à voir la couleur bleue sur des images en noir et blanc ?

Elle est incapable de répondre précisément à cette question. Peut-être y avait-il une étiquette sur le paquet ? Quoi qu'il en soit, elle ne peut pas avoir tort.

— Je te répète qu'on ne devrait *pas* arrêter Dean Singlehurst, dit Glendouille McBain assise derrière son bureau à ramasser des trombones pour les ranger dans son pot à crayons de snobinarde.

— Et moi je te dis qu'il le faut.

Manon fait les cent pas dans la pièce, contenant à grand-peine sa rage de devoir justifier ses actes auprès d'une supérieure hiérarchique aussi incompétente.

Elles n'ont pas évoqué le retour de Manon au bureau ni le fait qu'elle a visionné les DVD chez elle. Combien de coupables a-t-elle épinglés ? Des tonnes. Et voilà qu'elle doit demander la permission à quelqu'un qui ne reconnaîtrait pas un mandat d'arrêt s'il lui mordait les fesses.

— Il fait des courses dans un magasin de bricolage la veille, et le lendemain, le jour de la mort de Lukas, il conduit son cortège de manifestants jusque devant le foyer de migrants. Il est complètement à bloc, il a le soutien de ce crétin de Shane Farquharson qui, accessoirement, devrait être arrêté pour complicité de meurtre. Voilà qui va attirer l'attention des médias. (À ces mots, McBain redresse vivement la tête.) Dean se prend pour le Trump de Wisbech. Des témoins certifient l'avoir vu monter à bord d'un véhicule.

— Dans ce cas où est-il ? demande McBain d'un air de défi. D'ailleurs je pensais que c'était la voiture de Tucker qui avait été localisée à Hinchingbrooke la nuit de la mort de Lukas.

— Eh bien… oui, mais on ignore qui était à l'intérieur, et vu qu'il est mort ça va être difficile de lui poser la question. Tandis que Dean crachait déjà sa haine des étrangers sur sa page Facebook avant même qu'on sache que Lukas était mort.

— Soit, mais c'est une haine généralisée. Ce n'est pas comme s'il avait écrit : « Lukas Balsys est mort. » La presse va nous accuser de mener une croisade politiquement correcte contre One Wisbech.

— Non, elle ne le fera pas, parce que, d'une, ce n'est pas le cas, et de deux, c'est lui le coupable.

— Toutes les étapes de l'enquête vont être passées au crible après son arrestation.

— Ça me va parfaitement, je les valide toutes.

— Je fais ça pour te protéger, Manon. Si la plainte aboutit, elle sortira des mains de la police pour remonter jusqu'au Bureau de l'Intérieur.

— Écoute, dit Manon en s'efforçant de ne pas prendre un ton trop condescendant. Ces choses-là arrivent *tout le temps*. Les personnes sous pression adorent porter plainte. Cela fait partie du job de l'accepter.

Elle songe à Gary Stanton, qui n'aurait pas cillé face aux menaces de Singlehurst. Et à Harriet, que ces dernières auraient au contraire enhardie. « Qu'ils aillent se faire foutre ! aurait-elle crié façon *Game of Thrones*. On y va quand même. » Mais Stanton et Harriet avaient l'assurance que provoque l'expérience. Ils connaissaient les règles du jeu, étaient déjà passés par là.

— Si je ne l'arrête pas, peut-être que Davy peut le faire, ou toi. Mets une caméra sur toi, comme ça ils n'auront aucun moyen de pression ensuite. Dean Singlehurst a tué un homme. Il l'a pendu à un arbre. Il doit être placé en garde à vue, maintenant.

— Quel serait son mobile ? Simplement que le gamin était étranger ? Ça paraît tiré par les cheveux.

— C'est tiré par les cheveux si tu n'es pas un nazi.

— Tu vois comme tu es ? Si tu l'appelles un « nazi », tu ne t'en sortiras jamais. Laisse-moi en référer à la hiérarchie, demander des conseils, d'accord ?

Manon quitte la pièce sans même hurler ou claquer la porte derrière elle.

Kim l'attend à sa sortie du bureau.

— Mme Tucker veut te voir. Je l'ai fait patienter dans la salle d'audition numéro un.

Elspeth Tucker fait les cent pas dans la salle, en serrant contre elle son bras plâtré jusqu'au coude. Elle semble débraillée et en manque de sommeil.

— Bonjour, dit Manon. Est-ce que ça va ?

— Il faut que je vous parle, répond-elle précipitamment.

— Bien sûr, asseyez-vous.

— Je préfère rester debout. C'est à propos de la voiture de Jim, la Nissan Micra.

— Oui ?

— Je l'ai prêtée à Lukas. Le jour de… sa disparition, je lui ai donné la clé de la voiture. Je l'ai fait pour qu'il puisse s'enfuir. On le traitait abominablement mal.

— Vous lui avez donné la voiture de votre mari ? demande Manon en espérant n'avoir pas l'air trop surprise, en vain.

— C'est ça.

— Pas votre voiture ?

— Non. La mienne coûte très cher. J'ai conscience que

c'était la provocation de trop pour Jim, mais à ce stade-là je m'en foutais. J'en avais tellement marre de lui. Le jour de l'incendie, il a découvert ce que j'avais fait. En réalité, c'est moi qui lui ai dit. À ce moment-là on avait déjà récupéré la voiture, mais il était fou de rage. C'est la raison pour laquelle il a mis le feu à la maison, dit-elle en se mettant à pleurer. Je voulais m'en débarrasser. Je parle de Jim. C'est atroce… de dire cela d'une personne que j'ai aimée.

— Lukas était donc en possession de la Nissan la nuit de sa mort. Il l'a conduite à Hinchingbrooke.

— Je n'en ai aucune idée. Il avait la clé. C'est moi qui la lui ai donnée.

— Comment avez-vous récupéré le véhicule ?

— Le lendemain, la clé avait été glissée dans la boîte aux lettres et la voiture était garée dans notre rue.

— Êtes-vous accompagnée en ce moment ? Connaissez-vous quelqu'un qui peut vous héberger ? Vous n'avez pas l'air dans votre état normal.

— Je vais bien, répond Elspeth en secouant la tête. Ça va aller.

— On va devoir faire analyser la voiture.

Mme Tucker fouille dans son sac à main, dont elle extrait une clé de voiture qu'elle pose sur la table devant Manon.

— Où logez-vous ? demande Manon. La maison est inhabitable.

— En effet. Je me suis installée à l'hôtel Rose and Crown.

MANON

— Suis-moi, dit Davy en conduisant Manon à la salle vidéo. Ça, reprend-il en pointant l'un des écrans, c'est l'image de vidéosurveillance où tu as repéré Dean Singlehurst au B&Q. Maintenant, regarde-la attentivement. Il n'y a pas de corde.

Elle voit Dean Singlehurst, peintre d'intérieur qui peine actuellement à trouver du travail, acheter *quelque chose* au B&Q. Dans son caddie, une masse grise indistincte. Selon toute probabilité, il doit se rendre presque tous les jours au magasin de bricolage.

— Est-ce que tu vois de la corde ? demande Davy.

Elle secoue la tête.

Comment peut-elle faire correctement son travail si elle remplit les blancs avec ce qu'elle veut bien voir ? Serait-elle une affabulatrice à la recherche du coupable qu'elle a elle-même désigné ? La base de données HOLMES existe-t-elle pour être protégée *d'elle* ? Elle est saisie par le doute. Non, on ne peut pas se fier à elle. Les bigots aussi ont des sentiments. L'inspectrice Manon Bradshaw a failli à la tâche.

Serait-ce alors que McBain est la seule à garder les idées

claires, à ne pas se fier aux apparences et tempérer les coups de sang de Manon ?

— C'est fini. Je ne peux plus mener cette enquête, dit-elle à Davy.

— Si, tu le peux. Tu traverses juste une mauvaise passe. Ça arrive même aux meilleurs. C'est compréhensible, étant donné la pression que tu subis en ce moment.

— Si je n'arrive plus à faire mon travail, il ne me reste plus rien. Je *suis* le travail.

— Alors c'est plus grave que je ne pensais. Personne ne devrait être son travail. Voyons, qu'est-ce que tu me dirais dans la même situation ?

— D'apprendre de tes erreurs. Voilà ce que je te dirais.

— Exactement.

— J'étais tellement *sûre* de moi. Réellement, je le sentais dans mes tripes.

— Je sais.

— Parle-moi de l'affaire.

— D'accord.

— D'ailleurs il faut que je te dise : Lukas avait la clé de la Nissan qui a fait le trajet jusqu'à Hinchingbrooke la nuit de sa mort.

— Ah. Très bien.

— Il faut qu'on fasse analyser le véhicule pour trouver qui se trouvait à bord.

— OK, je vais m'en charger.

— Mais alors, que fait-on des témoins qui disent avoir vu Dean monter dans une voiture à Prospect Place ?

— C'est sans doute vrai. Peut-être que quelqu'un l'a raccompagné chez lui, ou qu'ils sont allés boire des verres entre amis pour fêter ça.

— Pourquoi ne pas nous l'avoir dit dans ce cas ? Ça lui aurait fourni un alibi.

— À ce stade, il était déjà furieux contre nous.

— Qui a ramené la Nissan de la scène de crime ?

— On ne sait pas. Aucune des images du système de reconnaissance des plaques ne montre le numéro en entier, encore moins le visage du conducteur, dit Davy en se levant pour partir. Puis : Chef ? Tu es encore faite pour ce boulot. Ne t'inquiète pas.

— Faite pour quelque chose, mais peut-être pas pour ce boulot.

— Tu pourras toujours te reconvertir auprès des services de sécurité.

— Toi et moi, Davy Walker, à surveiller un entrepôt rempli de Red Bull, à regarder *Inspecteur Derrick* toute la nuit.

— C'est quoi *Inspecteur Derrick* ?

— Seigneur.

Plus tard ce même jour, il vient la voir à son bureau.

— On a un léger problème avec l'analyse scientifique de la Nissan, dit il.

— Qu'est-ce qu'il y a ?

— Elle a disparu. Impossible de mettre la main dessus. J'ai lancé une nouvelle recherche de reconnaissance des plaques. Le système l'a détectée à Frinton-on-Sea.

— Une idée de qui pourrait l'avoir prise ?

— Non.

— Alors je vais peut-être aller faire un saut à la mer.

— Ça n'a peut-être rien à voir avec les migrants. Elle a peut-être juste été volée par des jeunes.

— Je sais bien, mais qu'est-ce qu'on peut faire d'autre ?

— On pourrait retourner à la Demeure du Sectarisme pour parler à la fille de Singlehurst.

— Ça peut attendre.

— Tu ne veux pas voir Dean Singlehurst ?

— Pas vraiment, non.

MANON

Si elle prend par la route de Cambridge, elle va se retrouver coincée dans les embouteillages mais gagnera une bonne quarantaine de minutes sur le trajet alternatif proposé par Google Maps. Étant donné qu'il faut au moins deux heures pour s'y rendre, ça va être serré. Elle ne disposera que de deux heures sur place pour mener son enquête. Fly a proposé non seulement d'aller chercher Teddy à l'école mais aussi, une fois rentré à la maison, de s'occuper de Mark, quoique ce dernier soit de plus en plus autonome. En effet, il peut désormais s'habiller seul et même parfois se laver (menus soulagements), bien qu'il quitte encore rarement la maison.

Elle ignore ce qu'elle ferait sans Fly.

Le ciel du Fenland est immense et rempli de nuages énormes façon dessin animé. Elle a allumé le chauffage car – *L'été ? connaît pas.* Le pays part à vau-l'eau et la météo en est le reflet. Sa famille aussi, quoiqu'elle espère qu'ils finiront par se rétablir et atteindre un nouveau statu quo où régneront la santé, l'intimité et les loisirs (rire désabusé), le tout dans un intérieur élégant avec crochets pour manteaux fonctionnels et ampoules neuves. Elle s'est retenue de dire à

Mark : « Puisque tu es à la maison toute la journée, tu pourrais sortir la perceuse ? » Au lieu de quoi elle se contente d'un « Au revoir » tandis qu'il zappe entre les chaînes des programmes matinaux.

Peut-être le monde ne sombrera-t-il pas dans le populisme, mais elle a peu d'espoir. Autrefois, il a fallu une guerre pour s'en détourner... Peut-être quittera-t-elle la police pour devenir prof de zumba, ainsi elle sera toujours mince et en pleine forme, elle sera même accro aux exercices et saturée d'endorphines (une sensation qu'elle n'a JAMAIS expérimentée – la seule chose qu'elle ait ressentie en faisant du sport est le désir intense que le temps passe plus vite) et pourra s'enfuir avec un amant plus jeune. Peut-être.

En attendant, son objectif à court terme est d'envoyer Dean Singlehurst dans une prison de très haute sécurité où il pourra faire ami-ami avec d'autres beaufs comme lui couverts de tatouages. En fait non, peut-être qu'une prison halal lui conviendrait mieux, où les Frères musulmans se feront une joie de le travailler au corps. Dean Singlehurst en *kurta* qui à la fin de sa sentence cligne des yeux face à la lumière trop vive.

Les caméras de surveillance ont localisé la Nissan sur la route qui longe le bord de mer, que Manon parcourt à présent à l'allure d'une grabataire, scrutant le paysage derrière les embruns. Son épaule ankylosée tressaute à intervalles réguliers. Ses genoux sont raides. La tension est physique.

La mer est semblable à un drap de lit gris récemment repassé, ses quelques ridules s'évanouissant sur la rive en vaguelettes.

Cette fois elle ne recherche pas un assassin mais Matis, qu'elle soupçonne d'avoir assisté au meurtre de Lukas Balsys. Si son intuition ne la trompe pas, le témoignage de Matis placera Dean sur la scène de crime, une corde à la main, et enfin on la croira.

Soudain, elle aperçoit une petite voiture rouge dans le brouillard. Elle s'arrête. Le véhicule est garé devant le Golden Sands Cafe, dont l'enseigne arbore la même typographie des années 1970 que le BBC Television Centre qu'elle voyait enfant à la télé. Pourquoi ne pas commencer ses recherches par le snack-bar ? D'autant qu'elle a désespérément envie d'aller aux toilettes après deux heures de route. Ouvrant la porte en métal du café, elle est accueillie par l'odeur de friture dont la graisse imprègne l'air et la moindre surface plane. L'endroit ressemble à tous les snacks miteux dans lesquels elle est entrée, aussi mal-aimé que les corps qui s'y nourrissent. Quelques hommes disséminés à travers la salle lisent des tabloïds en avalant des petits déjeuners anglais, avec leurs tasses de thé géantes et leurs bouteilles de ketchup à moitié vides. Derrière le comptoir se tient une femme au visage dur et aux cheveux blond platine.

— Bonjour, dit Manon sans montrer son insigne.

Pour toute réponse, la femme lève le menton.

— Connaissez-vous un jeune homme lituanien qui s'appelle Matis ? poursuit-elle.

— Qui le demande ? répond la femme avec un accent de l'Est indéniable.

— La police du Cambridgeshire, dit Manon en exhibant aussitôt son insigne. Comment vous appelez-vous ?

La femme se fige un instant, avant de pivoter au ralenti et de gratifier Manon d'un sourire forcé.

— Lina, répond-elle. Que voulez-vous savoir ?

— J'enquête sur le meurtre de Lukas Balsys. Vous le connaissez ?

— Je l'ai connu.

— Et Matis ?

— Pourquoi ne pas monter à l'étage ? On pourra parler en privé.

— Et le café ? Il y a des clients dans la salle...

— Tout le monde dehors ! crie soudain Lina avec le charme de Poutine dirigeant une parade militaire. On ferme plus tôt ! poursuit-elle en affichant le panneau « Fermé » sur la porte d'entrée, qu'elle tient ouverte tandis que les hommes (malgré leurs plaintes ils obtempèrent docilement) sortent du café.

Il faut croire qu'ils étaient repus.

— Matis est ici ? demande Manon alors que Lina verrouille la porte.

Cette dernière se tourne pour la regarder.

— Bientôt. D'abord, venez à l'étage.

Manon tique à l'emploi de l'impératif mais réalise qu'il s'agit uniquement de la traduction approximative d'une figure de style. Le ton dur de la femme lui vient de son accent russe. Du moins, c'est ce qu'espère Manon, étant donné qu'elle est seule. Elle glisse la main dans son sac pour s'assurer que son téléphone y est.

— Est-ce que je pourrais utiliser vos WC ? demande-t-elle en suivant Lina dans l'escalier.

— C'est quoi « WC » ?

— Les toilettes. Est-ce que je peux aller aux toilettes ?

Dès qu'elle passe la porte de l'appartement à l'étage, elle perçoit l'odeur de javel. Une odeur beaucoup plus forte que requise pour un usage domestique. Plutôt comme si l'on avait cherché à désinfecter le pont d'un navire.

— Là, dit Lina en pointant une porte juste devant elles.

— Merci.

Une fois aux toilettes, et tandis qu'elle se soulage avec bonheur, Manon envoie un SMS à Davy.

Golden Sands Cafe à Frinton-on-Sea.

Procure-toi un mandat d'arrêt et rejoins-moi dès que possible.

Besoin urgent de renfort.

MATIS

Il avait regardé Lina ouvrir le bac de congélation et en sortir une moussaka, au menu du déjeuner du snack. Sous les rangées de boîtes Tupperware contenant des repas déjà préparés se trouvait un corps en position fœtale. Dépassant du coin supérieur droit du congélateur, un cou tranché, tel un crayon à papier sans sa mine. L'extrémité rouge et solidifiée par la glace. Le reste du cadavre, aux vêtements saupoudrés de givre, était dissimulé sous les boîtes en plastique étiquetées de divers noms de plats.

Matis avait toujours voulu voir un cerveau. Il portait un intérêt d'ordre scientifique à la matière grise qui le composait – cette gelée renfermant l'amour et la mémoire, la personnalité et l'âme, l'inconscient et le conscient, la créativité et la violence. Quoiquc, dans cc cas précis, il aurait été incapable de distinguer entre amour et créativité. Ce qui le surprenait à présent était son absence d'émotion face au meurtre de Dean Singlehurst. Était-ce parce qu'il le haïssait ? Ou s'était-il endurci depuis son départ de Lituanie ? Quoi qu'il en soit, ce qui aurait été inimaginable quelques semaines plus tôt avait été envisagé comme une tâche quelconque dont il fallait se débarrasser.

Le père d'Elise avait succombé relativement vite à l'arsenic, mais tandis qu'il gémissait et se contorsionnait au sol, Lina avait appuyé un coussin sur son visage en disant à Matis : « Je ne veux pas qu'il vomisse partout et qu'il salisse l'appartement. On ne sait jamais combien de temps il faudra au poison pour agir. C'est plus rapide comme ça. » À ses manières brusques et au ton de sa voix alors que Dean rendait son dernier souffle, on aurait dit quelqu'un qui change la couche d'un bébé tout en poursuivant sa discussion. Matis continuait d'être hanté par le souvenir de Lukas lui apprenant la grossesse d'Elise. Son enfant se trouvait quelque part. C'était ce qui avait failli le rendre fou.

Lorsque Matis avait été chargé de disposer du cadavre de Dean, il n'avait pas eu l'occasion de voir son cerveau. Il y avait trop de sang. Un corps, avait-il découvert, était comme une orange à la fois coriace et très juteuse qui coulait de toutes parts sans qu'il ne puisse rien y faire.

Le cou avait la consistance de la viande. Penché au-dessus de la baignoire, il avait dû le scier de toutes ses forces, comme lorsqu'on découpe un gigot d'agneau. Beaucoup de petits os, de chair, et les peu ragoûtants nodules de la colonne vertébrale. Il lui aurait fallu un hachoir à viande. Ça avait été une véritable boucherie.

— Pourquoi faut-il le découper en morceaux ? avait-il demandé à Lina après qu'elle lui eut expliqué quoi faire et comment, comme si la boucherie humaine était son passe-temps. *Coupe-lui la tête, tu veux du fromage dans ton omelette ?*

— On va cacher les morceaux dans des endroits différents, sur une longue période. On va les enterrer loin les uns des autres pour qu'ils ne soient pas découverts. Le long des voies de chemin de fer. Il y a toujours des restes humains le long des rails. Personne ne s'en préoccupe jamais.

— Où va-t-on le garder pendant qu'on se débarrasse des morceaux ?

Elle avait fait un signe de tête vers l'arrière de la maison et Matis avait compris qu'elle indiquait le bac réfrigérant dans le garage, qu'ils fermaient à clé pour protéger leur stock de nourriture.

— Il n'y a que toi et moi qui ayons la clé.

— Je suis inquiet du calme avec lequel tu prends tout ça, avait dit Matis avec un sourire las. Combien de temps avant que je me retrouve moi aussi dans le congélateur ?

— On n'avait pas le choix. Il nous aurait tués. On l'a juste devancé. N'en fais pas toute une histoire.

C'était la faute de Matis si Dean les avait retrouvés à Frinton. Il avait cru envoyer un SMS à Elise. Après lui avoir parlé de sa grossesse, Lukas avait ajouté : « Gagne de l'argent pour ton enfant. » Même maintenant, Matis se sentait obligé d'obéir à Lukas.

Écrire est plus facile qu'appeler quand on ne parle pas bien l'anglais. « Où es-tu ? » demandait son SMS. Son téléphone lui avait envoyé une notification de lecture. Mais il s'était écoulé un temps considérable avant qu'il ne reçoive une réponse. Peut-être qu'elle ne lui faisait plus confiance. Il ne pouvait pas la blâmer pour ça.

« Qui c'est ? » avait-il enfin reçu.

« Matis. »

« Qu'est-ce que tu attends de moi ? »

« Je veux être avec toi. Je sais pour l'enfant. »

Encore un long moment avant qu'il voie les « ... » lui indiquant qu'elle répondait.

« Où es-tu ? » demandait le SMS.

Il avait donné son adresse et lui avait dit de venir le chercher.

Il fallait qu'ils discutent de leur avenir.

Sauf que ça n'était pas Elise avec son sac d'affaires et le ventre portant son enfant qui avait poussé la porte du snack le lendemain. C'était son père.

Matis avait été assailli par une vague de nausée. Tremblant, il s'était tourné vers Lina et l'avait informée de l'identité de l'homme au visage grêlé face au comptoir. Cette dernière, qui était en train de faire des frites, avait acquiescé calmement et dit :

— Laisse-moi me charger de lui. Je peux peut-être lui donner quelque chose dont il a envie.

— Fais très attention. Il est dangereux.

— Écoute-moi bien, avait-elle répondu en lituanien en secouant le panier à friture pour enlever l'huile des frites. Tu vas réchauffer un plat de lasagnes. Ajoutes-y la moitié de cette poudre, avait-elle dit en lui tendant un minuscule sachet en plastique, de la taille d'un timbre. Apporte le plat à l'étage, d'accord ? Ne mets surtout pas de poudre sur d'autres aliments et ne la touche pas à mains nues, tu as compris ? avait-elle dit d'un ton de voix neutre, comme si elle lui donnait une liste de courses à acheter. Et lave-toi les mains après.

Elle s'était tournée vers Dean et, de son meilleur anglais, lui avait dit :

— Pourquoi ne pas aller discuter en privé à l'étage ?

Quand elle le voulait, elle savait jouer à fond de son charme et briser la glace.

— C'est pas vous que je veux, c'est lui, avait répondu Dean.

— Oui, oui, on parlera de tout ça en haut, avait-elle dit en lui indiquant l'escalier qui menait à l'appartement.

MANON

L’appartement est propre comme seuls peuvent l’être les lieux sans enfants. Pas de déchets en plastique, de vêtements qui jonchent le sol ou de chaussons en forme de lapin. Manon est prise de jalousie face à tant d’ordre. Tout est comme on l’a laissé. Rien n’a été déplacé au petit bonheur la chance. Tout ce qu’elle possède est constamment déplacé par une petite personne qui se fout éperdument qu’elle ne puisse pas retrouver ses lunettes ensuite. En sortant de chez elle ce matin-là, elle avait glissé sur une peluche Furby géante qui s’était mise à beugler sa pop mièvre pour enfants. Un jouet insupportable qui non seulement coûtait une fortune et prenait de la place, mais que Teddy regardait à peine.

Dans le séjour immaculé et sans âme se trouve un jeune homme qui ressemble vaguement aux photos qu’elle a vues de Matis sur les réseaux sociaux.

— Matis ? l’interpelle-t-elle.

Il lève la tête et jette un regard interrogatif à Lina.

Cette dernière lui répond en lituanien et Manon le voit bondir de son siège, si haut qu’elle l’imagine un instant heurter le plafond. Il se colle au mur. « Dis quelque chose à Lina. » S'ensuit une conversation agitée entre eux, Matis l'air terrifié, Lina répondant avec calme. Manon parierait que Lina lui donne des instructions, mais elle ne comprend évidemment pas un mot de leur échange.

— On peut vous offrir à déjeuner pendant que vous êtes là ? propose Lina avec un sourire peu naturel.

C'est l'une des femmes de Stepford, conçue sur le moule de Melania Trump, avec un on-ne-sait-quoi de glaçant et sinistre. À moins que Manon soit coupable de préjugés anti-Baltes ? On est la somme de ses idées reçues, doit-elle se rappeler.

— Lasagnes ou moussaka ? ajoute Lina avec un mouvement de tête vers la porte, indiquant à Matis de se dépêcher d'obéir.

— En fait, j'aimerais parler à Matis, dit Manon.

L'idée de déjeuner ne lui déplaît pas. Pourquoi ne pas accepter ? Une féministe lui enjoindrait de goûter ce plat de lasagnes, de jeter aux orties la crainte des lipides.

Après tout, Davy et son mandat ne seront pas là avant un moment.

MATIS

— Maintenant tu veux mettre aussi un officier de police dans le congélateur ? dit-il frénétiquement.

— Calme-toi, répond Lina. C'est une détective et on a un corps dans le garage.

— Je sais ! Et tu veux qu'on en ait deux !

— Calme-toi, j'ai dit. Tu deviens hystérique.

— Comment *toi*, tu peux être aussi calme ?

— On ignore quelles langues elle parle, donc utilise ton cerveau et ferme-la. Tout ce que tu as à faire c'est sortir des lasagnes du congélateur et ajouter le reste de poudre. On décidera plus tard ce qu'on fait de son corps. Elle m'a l'air du genre à ne pas refuser de la nourriture.

— Tu es folle. On ne peut pas tuer un officier de police.

— On peut, et c'est ce qu'on va faire. Je n'ai pas traversé la moitié de l'Europe pour aller en prison. Je n'ai pas subi tout ce que j'ai subi pour que ma route finisse ici.

— Écoute, le nazi, c'était une chose. Mais une flic ? Tu es complètement folle. Je peux lui raconter ce qui est arrivé à Lukas.

— Vous avez dit Lukas ? intervient la policière. C'est justement la raison de ma venue. Je voudrais vous interroger sur le meurtre de Lukas Balsys.

— C'est pour ça que tu es ici ? demande Matis en réévaluant soudain la situation.

Elle ignore tout de l'homme dans le bac réfrigéré. Elle est là pour parler de Lukas.

— Pour quelle autre raison serais-je ici ? fait-elle.

— Non, non. Oui, Lukas. Il est mon meilleur ami.

Enfin il va pouvoir dire la vérité. Enfin il va pouvoir respirer, cesser d'avoir constamment la boule au ventre. C'est peut-être ce dont il a besoin : se confesser.

— Sais-tu ce qui lui est arrivé ? demande la policière.

Matis hoche la tête. Il se laisse tomber dans le canapé, les deux mains agrippées aux coussins, s'y raccrochant avec la force du désespoir.

Il connaît davantage de mots maintenant. Travail. Repos. Argent. Mais il peine à les relier entre eux. Le temps des verbes, les « avoir », « a fait », « faire », « a senti ». Ceux-là lui font défaut. Les « je » et les « nous ». Il se met à taper des mots sur son téléphone, qu'il montre à la femme. Mais comme tout dans sa vie, c'est un échec. Il a besoin de formuler en mots ce qu'il a ressenti cette nuit-là.

— Les gens anglais, commence-t-il en essayant de se passer de son téléphone. Ils sont pas comme les gens du pays comme moi et Lukas.

— D'accord, dit-elle en se redressant sur le canapé, comme passionnée par son récit.

— Je peux pas… Mon anglais.

— Tu as besoin d'un interprète.

Il connaît ce terme, les hommes du foyer le lui ont appris au cas où il aurait des ennuis avec la police. Il acquiesce.

— On t'en trouvera un plus tard, poursuit-elle. Ne t'inquiète pas.

Cependant, il voudrait exprimer en mots l'horreur ressentie cette nuit-là, le désespoir qu'elle a laissé en lui. Un désespoir dont il craint qu'il ne le quitte jamais.

— Ils viennent à la maison...

— Qui ça, « ils » ? Les manifestants de One Wisbech ?

— Oui. Ils disent : « Où est Matis ? Qui est Matis ? »

Elle hoche la tête, attend la suite.

— Lukas dit : « Je suis Matis. »

Impossible de lui décrire Lukas se tenant devant lui, à faire face à cette bande de nationalistes, la main de Lukas l'empêchant par-derrière d'avancer.

Rompant son silence, la policière demande :

— Pourquoi te recherchaient-ils ?

— Elise, répond-il.

— La fille de Dean Singlehurst.

Il acquiesce.

— Les hommes, ils partent.

Il repense à son soulagement lorsque les skinheads ont quitté la maison. Ils avaient menacé Lukas, mais ce n'était que pure fanfaronnade. Et Lukas, que des ténèbres personnelles avaient envahi, n'avait pas battu en retraite. Il avait fait siennes les ténèbres, s'y était laissé engloutir.

— Il dit à moi qu'il a une voiture, reprend Matis.

— Qui a dit ça ?

— Lukas.

— Celle de M. Tucker ?

Matis acquiesce.

— Où voulait-il aller ?

Elle écoute, assise et penchée en avant. Il a voulu se défaire de son fardeau depuis si longtemps.

« Tout est de ma faute », tape-t-il sur son téléphone pour traduction.

Elle hoche la tête avec sympathie et intérêt.

Une nouvelle fois les mots lui font défaut. Leurs efforts pour communiquer les ont tous les deux épuisés, comme lorsqu'on est dans une fête très bruyante et qu'il faut hurler à l'oreille de son voisin pour se faire entendre : on ne peut s'empêcher de penser qu'il serait plus simple de ne pas parler.

Cela avait été la pire nuit de sa vie. Il n'est pas sûr de pouvoir la mettre en mots, même dans sa langue maternelle.

Avant

— Où va-t-on ? a demandé Matis.

— J'ai regardé sur une carte. Le commissariat central se trouve juste à une heure d'ici, a répondu Lukas.

Dans le coffre de la voiture, il y avait une corde, celle qu'Edikas avait achetée pour étendre le linge dans le foyer. Devinant le plan de Lukas, Matis avait tenté de l'empêcher de le mettre à exécution.

— Tu devrais prendre soin de Janina, te marier avec elle, a-t-il dit.

— Impossible, a rétorqué Lukas. Je ne peux pas faire ça. Là, au moins, je vais libérer tout le monde dans le foyer.

Une noirceur avait pris possession de Lukas. Bien sûr, il avait toujours été pessimiste, mais la profondeur de son désespoir était désormais abyssale, contagieuse.

— Tu crois agir par grandeur d'âme, lui a dit Matis. Mais en fait c'est lâche. Pourquoi ne pas juste aller à la police ? Je sais à qui il faut s'adresser, l'opération Faisan. Mais pas ça, Lukas, pas ça.

— Si on va voir la police, l'enquête va prendre du temps et Edikas nous tuera. Je refuse de mourir de sa main. Je veux choisir ma propre mort. J'ai le droit de faire ce choix.

— S'il te plaît, ne fais pas ça. Je peux nous sortir de là.

— Non, tu ne peux pas. Tu n'arrêtes pas de dire le contraire mais c'est faux. Je n'ai pas peur. Je me sens libéré de pouvoir faire ce choix. C'est le droit de chaque être humain de mettre un terme ou non à sa vie. Ils ont utilisé mon corps. À présent, c'est à moi de l'utiliser comme bon me semble. J'ai le droit de faire ce que je veux avec mon corps. De toute façon, je me sens déjà en train de mourir.

— Et tu t'en fous de ta mère, de ton père, de Janina ? Tu t'en fous de moi ?

— Certains enjeux nous dépassent. Ma mère ne gagne rien à ce que je sois dans cette maison, à faire ce travail. Je préfère mourir qu'être un esclave.

— Rien ne dure jamais pour toujours. Un jour tout ça prendra fin et notre vie deviendra meilleure. Un jour tu seras à nouveau heureux.

— Mais je saurai toujours ce qui est arrivé à Janina. C'est irréversible. Je ne peux pas vivre avec ça sur la conscience.

— Pourtant elle va devoir vivre avec.

Matis pensait pouvoir convaincre Lukas au cours du long trajet en voiture, tandis que le GPS les guidait jusqu'à Hinchingbrooke.

— Pourquoi as-tu besoin de moi alors ? a demandé Matis.

Il ne voulait surtout pas être mêlé à ça.

— Je ne veux pas mourir seul. Je crois que tu me dois cette faveur.

C'était vrai. Il lui devait même tellement plus.

— Si on le fait à côté du poste de police, ils trouveront mon corps rapidement et mèneront l'enquête. Ça veut dire aussi qu'Edikas ne pourra pas nous arrêter.

— Mais ils sauront qu'il s'agit d'un suicide.

— J'y ai pensé.

— Je ne veux pas te regarder faire ça.

— Tu es obligé.

— Et moi dans tout ça ? Qu'est-ce que je dois faire ?

— Tu vas retourner à Wisbech. Tu vas suivre l'enquête de la police. Avec les autres, tu seras libéré du foyer. Tu vas rentrer à Klaipeda. T'assurer que Janina ne manque de rien et qu'on prend soin d'elle.

— C'est toi qui devrais t'occuper d'elle.

— Je ne pense pas que tu sois en position de me dire quoi faire.

— Tu souffres du complexe du martyr, a dit Matis avec amertume. Tu crois t'en sortir en jouant les grands seigneurs, mais en fait tu laisses tout le monde dans la merde : moi, Janina, il va falloir qu'on vive avec ça. Nous, on est obligés de vivre.

Il s'est demandé si Lukas le forçait à regarder pour le punir. Et après sa mort, Matis, vomissant dans le parc, s'est alors senti libéré de Lukas. Pour la première fois, il s'est demandé si leur amitié avait été aussi bonne que cela. Qui voudrait être l'ami de quelqu'un qui se prend pour le Christ ? Aux côtés de Lukas, il avait constamment l'impression de ne pas être à la hauteur. La culpabilité était terrible. Elle l'est encore.

MANON

Pendant tout ce temps, elle est restée assise en silence à côté de Matis, qui semble perdu dans son monde à lui.

— La note, que voulait-elle dire ? demande-t-elle enfin.

Il hausse les épaules. C'est vraiment au-delà de ses mots.

Seigneur, tout cela prend des plombes et elle meurt de faim. C'est-à-dire qu'elle commence à être de mauvaise humeur.

« As-tu un ordinateur portable ? » tape-t-elle sur Google Trad.

Ainsi ils disposeront d'un écran plus large, ce qui facilitera les opérations.

— Lina a, répond-il.

Il va chercher l'engin et le pose sur la table du salon, à laquelle ils s'asseyent.

— Je dois sortir, interrompt Lina en passant la tête par la porte. Il y a des lasagnes pour vous dans la cuisine.

Manon est tentée de sauter sur ses pieds et de dire : « Au diable l'interrogatoire, allons nous remplir le ventre ! » Mais ça ferait désordre.

Si elle n'a aucun mal à écrire ses questions sur l'ordinateur afin que Matis puisse y répondre, lorsque son tour vient d'écrire (il a encore beaucoup à confesser), l'attente se mue en agonie. Alors que son estomac affamé gronde, elle doit le regarder taper sur les touches à la vitesse d'un escargot. C'est laborieux ; douloureux pour elle. Bien sûr elle pourrait attendre d'être au QG pour faire venir un interprète, mais elle veut savoir, et puis Davy ne sera pas là avant encore une heure. De plus, si elle quitte l'appartement maintenant avec Matis, elle craint que Lina ne revienne avec une équipe de nettoyeurs pour effacer toute trace de preuves.

L'interrogatoire le plus lent de l'histoire des interrogatoires lui apprend néanmoins deux choses : l'importance de la scène de crime (près d'un commissariat de police) et la façon dont Lukas est grimpé à l'arbre (par lui-même).

« Que voulait dire la note ? » était sa question initiale. Après ce qui paraît trois heures de pianotage poussif, elle peut enfin lire la réponse de Matis.

« Ça ne devait pas ressembler à une note de suicide. Autrement, il n'y aurait pas eu d'enquête de police. Je ne sais pas pourquoi il a choisi ces mots-là, sauf qu'il fallait qu'on croie à un meurtre. Il ne m'a pas demandé mon avis sur la note. »

« Pourquoi ne pas nous en avoir parlé aussitôt ? » écrit-elle en moins d'une minute, avant de se renfoncer dans sa chaise, sachant que la réponse viendra dans mille ans.

« Parce que l'enquête aurait été stoppée. Parce que j'aurais été le principal suspect. Je devais faire profil bas et attendre que l'enquête suive son cours. C'est ce que Lukas m'avait dit de faire. C'est ce que j'ai fait. Juste avant, il m'a dit que j'avais un enfant. Qu'Elise était enceinte et que je devais gagner ma vie pour prendre soin de lui. Mais je n'ai pas réussi à faire ça. Personne ne veut de moi. »

Lorsqu'elle le regarde, il a des larmes plein les yeux.

— On fait une pause ? suggère-t-elle.

ELISE

Elle a laissé sa bouteille sur le rebord de la fenêtre sous la pluie et a réussi à récolter un peu d'eau, cependant pas aussi propre qu'elle l'aurait cru. Au lieu d'un goût pur et frais, elle a une saveur métallique et une couleur marronnasse. Probablement une pluie acide. Mais bon, ça reste de l'eau.

Suite à un cours d'histoire sur les grévistes de la faim dans la prison de Maze en Irlande, elle sait que les êtres humains peuvent survivre quarante jours sans s'alimenter. Ce qui compte, c'est s'hydrater. Aussi boit-elle son eau à petites gorgées, en faisant attention de se rationner. Par chance, le ciel est généreux cet été. Elle vide sa bouteille d'urine et la pose elle aussi sur le rebord de la fenêtre. Ainsi elle peut récolter de l'eau dans la bouteille à pipi et boire dans l'autre en même temps.

Elle boit, elle dort. Boit, dort. Plus de grosse commission. De toute façon, elle n'a plus rien dans le ventre. Son père n'est toujours pas rentré. Peut-être a-t-il déménagé et décidé de n'emmener ni elle ni son bébé d'Europe de l'Est. Ça ne la dérangerait pas.

Elle rêve exclusivement de nourriture. D'œufs, en particulier. Œufs sur le plat, durs, omelettes. Çà et là, de pain et de beurre – un luxe –, puis retour aux tortillas espagnoles. Même les œufs crus la font saliver. Lorsqu'elle est éveillée, elle ne ressent rien, si ce n'est de la déprime. Un désespoir profond qu'elle n'a ressenti qu'une fois au cours d'un régime. Elle est certaine qu'une grosse tartine beurrée lui rendrait sa joie de vivre.

Quand elle sera libre. Non pas « si », mais « quand ». Elle passera une journée entière à manger tout ce que son cœur désire, peu importe les calories. Puis elle prendra un bain, et ensuite elle quittera sa famille pour toujours et jamais plus elle n'aura affaire à son père.

C'est son mantra, la litanie qu'elle se repasse en boucle dans la tête avant de replonger dans le merveilleux pays des œufs.

DAVY

Un mandat sur quelle base ?

Il envoie le SMS à Manon. Les points de suspension lui indiquent qu'elle est en train de répondre.

Odeur de javel très forte.
Forte du type scène de crime, pas forte genre « tiens la femme de ménage est passée ».
En plus, la femme qui vit avec Matis est louche.

Quelle barbe, pense Davy. Manon connaît la procédure, elle sait qu'il y a un formulaire en ligne à remplir, un appel Skype à passer aux trois magistrats devant lesquels il va devoir jurer sur la Bible et qu'il va falloir convaincre. Or une base « louche » n'a jamais convaincu personne. Jamais ils ne lui délivreront un mandat de perquisition sous prétexte que quelqu'un est « louche ». Manon le sait et il le sait. Pour cela, il leur faudrait la preuve qu'un corps se trouve sur les lieux, un indice qui relierait la victime ou le coupable à cette adresse.

Ils ont bien un corps, celui de Lukas Balsys. Seulement, il est entreposé dans la chambre froide de la morgue.

Davy va devoir aller à Frinton-on-Sea, entrer dans la propriété et fouiller discrètement les lieux. Manon les divertira pendant qu'il jette un coup d'œil dans la maison. Il doit bien exister un moyen d'y arriver. Et puis il a une idée. Il tape « collectivité locale Frinton-on-Sea » sur Google et décroche le téléphone pour appeler le district de Tendring.

MANON

Les lasagnes sont dans un plat à gratin blanc ovale. La viande hachée paraît juteuse, les grains noirs exsudent le gras. Le fromage gratiné au-dessus est d'une belle couleur dorée, craquant sans être brûlé. Elle visualise les couches de fromage fondant en dessous. Ça sent les aromates, l'origan. L'odeur chaude mêlée aux sucs de la viande lui met l'eau à la bouche.

Comment ne pas succomber ? En refusant sa douce chaleur, sa riche saveur, elle ne ferait que céder à l'oppression du patriarcat. Les lasagnes la rappellent à son féminisme, elles l'attirent de leurs fumantes volutes. Refuser les lasagnes équivaudrait à nouer un tablier (conçu à partir de chou kale) autour de sa taille de guêpe type années 1950 et courir apporter son dîner à son bourrin de mari.

Oh ! Il y a même une salade verte parsemée de feta en garniture. Il est treize heures passées. Elle aime déjeuner à onze heures au plus tard. En hiver, elle dîne même à quatre heures de l'après-midi, avant d'envoyer Teddy au lit à cinq heures. Quelle joie qu'il ne sache pas encore lire l'heure !

Matis paraît extrêmement nerveux, comme si à tout moment il allait faire une rupture d'anévrisme.

— Tu en veux ? demande-t-elle.

— Non, répond-il précipitamment.

— Sûr ?

Lorsqu'elle ramasse sa fourchette, il pousse un cri.

Et lorsque sa fourchette s'enfonce dans la couche de fromage gratiné, il met la main à son front.

— Stop ! hurle-t-il. Non ! Ne mange pas !

Elle regarde le plat de lasagnes et sent son estomac crier famine. *Il doit savoir ce qui se trouve dedans*, se raisonne-t-elle. *Forcément, il doit y avoir quelque chose de pas très bon*. Mais quelle importance après tout ? Même si c'est de la viande de cheval, ce n'est pas comme si elle était enceinte.

DAVY

Il arrive au Golden Sands Cafe en même temps que les inspecteurs chargés du contrôle sanitaire des restaurants.

Ils tapent à la porte malgré le panneau « Fermé ». Puis ils patientent tandis que les nuages s'amassent au-dessus de la mer. La route qui longe la côte est détrempée, de même que les bornes noires qui jalonnent le front de mer. L'une des inspectrices porte un badge sur lequel est inscrit « Lindy Worthington ».

— Peut-être y a-t-il une issue de secours, dit Davy en avançant sur le trottoir.

À gauche de l'entrée principale du snack se trouve une porte d'immeuble dotée d'une sonnette qu'il actionne.

Un jeune homme à la pâleur grise typiquement lituanienne lui ouvre.

Plutôt que de lever son insigne et de se voir potentiellement refuser l'entrée, Davy cède la place aux contrôleurs sanitaires, ces derniers ayant le droit d'inspecter n'importe quel lieu qui vend de la nourriture. Ils devraient être munis de gyrophares et de béliers, songe-t-il.

Davy les suit à l'intérieur.

Il découvre Manon assise dans le séjour, face à un

ordinateur portable. Matis grimpe l'escalier en courant derrière Davy. Lindy Worthington et ses collègues ont pénétré dans la salle de restaurant et sont en train de fouiller la cuisine. Davy sent l'odeur de javel – en quantités industrielles, exactement comme Manon l'a décrit.

— Tout va bien ? lui demande-t-il.

— D'abord ils m'offrent un plat de lasagnes, puis ils me disent de ne pas y toucher, répond-elle, et Davy perçoit sa colère. Ensuite, ce taré le jette à la poubelle. Au fait, Matis sait ce qui est arrivé à Lukas. Je n'ai pas pu l'interroger jusqu'au bout parce qu'il nous faut un interprète et d'ailleurs, si je dois le regarder taper sur un clavier une minute de plus, il se peut que je me suicide. Quoi qu'il en soit, pour faire court, Lukas s'est tué en choisissant un lieu à côté du commissariat et a laissé une note qui conduirait à une enquête pour que la police découvre leur condition d'esclaves.

Remontant les escaliers en courant, Lindy Worthington se campe devant eux, à bout de souffle.

— Qui c'est ? demande Manon.

— Inspection sanitaire, répond Davy. C'était plus rapide qu'obtenir un mandat.

— J'ai besoin des clés du congélateur, dit Lindy.

Matis, dont les yeux voltigent de l'un à l'autre des nouveaux arrivants avec une expression inquiète, regarde Manon tandis qu'elle tape sur l'ordinateur « clés du congélateur ».

— J'ai pas. C'est Lina, répond-il.

— J'ai un coupe-boulons dans mon coffre, propose Davy. Ça devrait faire l'affaire.

— Va le chercher et fais-nous sauter ce cadenas, lui dit Manon.

Ils se précipitent au rez-de-chaussée et se rassemblent devant le congélateur dans le garage. Manon tient Matis à l'œil – sa fébrilité est telle qu'elle craint qu'il essaie de s'enfuir. Elle songe à lui passer les menottes, mais cela briserait l'entente qu'ils ont nouée et se ressentirait lors de leur prochaine audition.

Ils regardent Lindy Worthington ouvrir le bac réfrigérant. À l'intérieur se trouvent des rangées de plats déjà préparés rectangulaires. Lindy en soulève quelques-uns et le corps apparaît.

— Pas mécontente d'avoir évité les lasagnes, dit Manon.

— Qui est-ce ? demande Davy.

— Il n'a pas de tête, répond Manon. Attends ! Dean Singlehurst n'avait-il pas un tatouage comme celui-ci sur les jointures ?

— Cette fois on va pouvoir l'embarquer sans qu'il oppose de résistance, remarque Davy.

— Appelle la police scientifique. Et fais venir Derry. J'imagine que les inspecteurs sanitaires auront des choses à redire sur l'hygiène du restaurant.

Dans un coin du garage, Lindy Worthington, blanche comme un linge, écrit furieusement sur un carnet.

— C'est votre premier corps dans un congélo ? demande Manon d'un ton enjoué.

— Euh… oui, répond-elle, virant subitement au vert.

— Arrête de crâner, chuchote Davy à l'oreille de Manon.

Matis, lui, affiche une expression démente.

— Où est Lina ? Où est-elle ?

— Matis, comment Dean t'a-t-il retrouvé ? demande Manon.

— J'écris texto à Elise. Elle a enfant. Il a son téléphone.

— On ferait mieux de s'assurer qu'elle va bien, dit Manon à Davy.

Puis elle appelle le standard de la police :

— Je veux qu'on envoie des officiers à une adresse à Wisbech. Une jeune fille court un grave danger. Envoyez également une ambulance. Elle est enceinte.

ELISE

Elle est prise de tels vertiges que la chambre valse autour d'elle. Elle a l'impression que son corps lévite au-dessus du lit. Si c'est cela la mort, ce n'est pas désagréable.

La dernière chose qu'elle entend est « Police ! Police ! », suivi d'un cognement sourd. Un rêve de sauvetage créé par son cerveau à l'agonie ?

Elle perd connaissance.

MANON

Après avoir récupéré les bandes des caméras de surveillance à Frinton, ils parviennent à localiser Lina, notamment grâce à sa touffe platine. *Voyons Lina*, pense Manon. *Tu aurais pu t'acheter une perruque, au moins.*

Ils la regardent discuter avec un homme vêtu d'un manteau en peau de mouton des années 1970, type Martin Shaw dans *Les Professionnels*.

— Wouah ! Qui c'est *ça* ? demande Manon à Bridget.

— Jonas, le bras droit de Vasil.

— Je ne dirais pas non.

— Comme toutes les femmes du Cambridgeshire. La version lituanienne de Channing Tatum. Le don Juan local, quand il n'est pas en train de poser des terrasses.

— Tout pareil, dit Davy.

Bridget est prise d'un fou rire et Davy s'empourpre. *Ces deux-là...* pense Manon avec admiration.

— Donc Jonas est venu chercher Lina. Qu'est-ce qu'il va faire avec elle ? demande-t-elle à Bridget.

— Le succès de Jonas auprès des femmes est une épine dans le cœur de Vasil. Une menace au mâle alpha, si tu veux. Soit Vasil va mettre la rivalité de côté et s'enfuir avec eux, billets d'avion en main, soit il aura donné des instructions à Jonas pour se débarrasser de Lina. Se débarrasser littéralement, bien sûr. Impossible de savoir entre les deux.

— On a mis Vasil sous surveillance ?

— Oui. Comme il a dû s'en rendre compte, il va sûrement chercher à s'évader.

— Est-ce qu'on a le numéro de portable de Jonas ?

— Oui.

— OK. On va le localiser et les suivre de très près. Il ne faudrait pas qu'il arrive quoi que ce soit à Lina sous notre surveillance.

— Une femme si douce, intervient Davy, et Bridget glousse.

Ils trouvent leur trace au Sofitel de l'aéroport d'Heathrow, où Lina et Jonas ont pris une suite de luxe et font flamber la carte bleue. Manon et Davy s'y sont rendus directement depuis Frinton. Bridget les a rejoints de Wisbech.

Manon s'entretient discrètement avec le directeur de l'hôtel, lequel exprime son inquiétude à propos de la note.

— Ne vous en faites pas, dit Manon, sous-entendant – à tort – que la police la réglera.

Ils doivent rester à couvert en attendant l'arrivée de Vasil. S'ils arrêtent Lina et Jonas, Vasil sera mis au courant et fuira vers des contrées plus clémentes et sans accord d'extradition.

— Il faut qu'on arrête Lina sous inculpation d'homicide, dit Manon.

— Et *moi*, dit Bridget avec impatience, il faut que j'arrête Vasil et Jonas pour exploitation d'êtres humains.

Manon regarde sa montre. Elle doit également rentrer

auprès de Mark, Teddy et Fly. Et acheter de la lessive Persil pas bio. Pourquoi ces choses n'arrivent-elles pas pendant les heures de travail ? Matis est en garde à vue, il attend son audition. Là aussi, le temps presse. *Voilà* pourquoi elle aime les affaires classées : pas de risque de dépassement d'horaires. Elle prend Davy à part.

— Qu'est-ce qu'on fait maintenant ? demande-t-elle. Ça peut prendre des heures. Matis est en garde à vue et le sablier est presque vide. Je crois qu'on va avoir besoin de l'équipe numéro deux. On ne peut pas gérer les affaires Lukas, Saulius et Dean Singlehurst avec une seule équipe.

— J'appelle McBain ? propose Davy.

— C'est moi qui devrais le faire, dit-elle en soupirant profondément. En fait, tu sais quoi ? Fais-le, toi. Ça passera mieux venant de toi.

À sa décharge, McBain se lance dans l'action, ameutant des officiers de trois comtés pour une opération commune sur le Sofitel, suite à laquelle Lina, Vasil et Jonas sont mis en état d'arrestation.

Davy reste superviser l'opération mais Manon prend le chemin du retour. Elle a coffré suffisamment de coupables tout au long de sa carrière et ne désire voir personne d'autre que sa famille. Plus tard, lorsque Davy l'appelle pour la tenir au courant, il dit :

— Je suppose qu'il va y avoir une montagne de paperasse à remplir maintenant.

— Oui, répond-elle. On va baigner dedans jusqu'à Noël.

— On regarde les infos de vingt-deux heures ? demande Mark.

— Tu sais quoi ? Je ne crois même pas en être capable.

Certains jours, les nouvelles au journal télévisé ou les gros titres de la presse sont tels qu'une angoisse existentielle insoutenable la saisit – le sentiment que l'Histoire passe aux oubliettes. Un retour au milieu des années 1930. On sait comment cela a fini. L'échec systématique des gouvernants, si retentissant qu'en comparaison McBain apparaît comme le Messie. Une personne sur vingt croit que l'Holocauste n'a jamais eu lieu ou que l'on exagère les faits. Fly était rentré de l'école un jour et, alors qu'il faisait un devoir d'histoire, lui avait dit qu'Hitler était arrivé au pouvoir à cause de la pauvreté en Allemagne suite à la Première Guerre mondiale. Elle avait pivoté brusquement et crié : *On ne peut pas expliquer le mal de cette façon. On ne peut pas juste... le psychologiser ! L'enfermer dans une coquille et prétendre que c'est fini !* « Wow, calme-toi maman », avait-il répondu. Elle n'avait pas su lui dire combien ce qu'on apprend aux enfants à l'école était important.

Elle va devoir auditionner Matis rapidement mais n'a pas le cœur à le faire. Quelle satisfaction y a-t-il à inculper quelqu'un qui s'est fait exploiter ? Le sentiment que le bien vainc le mal, ce fil conducteur à chacune de ses enquêtes, est bel et bien enterré pour celle-ci. Elle a toujours compté sur une vision tranchée, noire ou blanche, pour révéler la beauté de son métier. Là, tout est gris. Tout n'est que tristesse et perte. Peut-être les affaires classées et une vie de routine ne sont-elles pas un si mauvais choix. Peut-être Davy a-t-il davantage les épaules pour ce métier, étant donné l'excitation qu'il en tire. Peut-être les plaisirs de la vie reposent-ils sur un curry aux pois chiches et donner le bain au bébé plutôt que sur la découverte de torses humains dans des congélateurs.

— Vas-y, toi, regarde les infos, dit-elle à Mark. Je vais me coucher.

Plus tard

Matis a été inculpé du meurtre de Dean Singlehurst et de la tentative d'assassinat sur Manon Bradshaw après que l'examen toxicologique eut révélé des traces d'arsenic dans les lasagnes. Glenda est folle de joie : pensez donc, une double arrestation sans dépôt de plainte. Non seulement les morts ne parlent pas, mais ils ne peuvent pas non plus recourir à la police des polices.

C'est Vasil qui a offert le Golden Sands Cafe à Lina, probablement pour éloigner Matis et l'empêcher de le dénoncer à l'opération Faisan. En d'autres circonstances, Edikas aurait tabassé Matis ou menacé de le tuer, avec en prime une ou deux morsures de chien. Mais le filet s'était resserré autour de Vasil et il le savait, aussi avait-il changé de tactique pour s'assurer le silence de Matis.

Lina, s'est-il avéré, était davantage Mme Vasil que la Mme Vasil officielle, laquelle a emmené ses enfants à Klaipeda avec une grosse partie de la fortune de son mari. Comme pour Edikas, la police lituanienne n'a pas pu ou pas voulu la localiser.

Elise, en convalescence à l'hôpital (elle souffrait d'hypoglycémie et a été remise sur pied avec un bon verre de jus d'orange) et dont le bébé a survécu, a raconté à Manon les plans de son père pour la faire avorter par un écailleur de poissons dont la fille, s'est-il trouvé, ne sera plus jamais capable d'avoir d'enfants. Petite satisfaction, lui aussi a été arrêté.

Kim a pris en main l'affaire Saulius.

— Cette femme mérite une promotion, avait dit Manon à McBain. Elle est brillante.

Sous la supervision de Kim, une fois qu'il a eu entendu les mots « homicide involontaire », l'agriculteur est soudain devenu extrêmement volubile à propos du recrutement des travailleurs clandestins et du type nommé Edikas qui jouait l'intermédiaire. « Je ne les ai pas payés en main propre, avait-il avoué. J'ai payé Edikas. J'étais persuadé qu'il leur remettrait l'argent. »

Matis a essayé de tout mettre sur le dos de Lina. C'est elle, affirmait-il, qui avait tué Dean Singlehurst puis découpé son corps en morceaux. C'est elle qui avait mis de l'arsenic dans la nourriture de Manon, comme elle l'avait fait avec Dean. « D'ailleurs, je ne saurais pas où me procurer du poison. »

« Faut avouer qu'il m'a empêché de manger les lasagnes », avait dit Manon aux officiers, elle-même n'ayant pas le droit d'enquêter sur la tentative d'assassinat dont elle a été victime.

La tête de Dean a fini par rouler hors d'un camion-benne dans la carrière de Mepal, à la sortie de l'A142 à côté d'Ely. Les traits de son visage semblaient étonnamment paisibles – comme s'il avait finalement cessé de haïr tout le monde. L'analyse scientifique de la Nissan a révélé des traces du sang de Dean dans le coffre. Manon imaginait Lina sortant du snack en tenant la tête de Dean par les cheveux, comme pour jeter des déchets dans le vide-ordures.

Armée des caisses de documents administratifs trouvés dans le grenier d'Edikas et du témoignage de l'agriculteur, l'opération Faisan a démantelé le réseau lituanien, libérant tous les migrants asservis et vidant les foyers où ils logeaient dans des conditions inhumaines.

Si seulement M. Tucker était là pour voir ça, a pensé Davy tristement tandis que le jardin de devant était débarrassé de ses monceaux de détritus. La plupart des cauchemars ont une fin, pour peu qu'on leur en donne le temps. *Cela aussi passera* n'était pas une si mauvaise philosophie de vie.

Des ouvriers étaient à l'œuvre au domicile des Tucker, ravagé par l'incendie. Mme Tucker allait et venait, supervisant les travaux. « Non, la charpente doit être peinte en Sable de Mer », disait-elle.

— Je suis passée à une couche de fromage gratiné de la mort, a confié Manon à Davy, comme s'il s'agissait de l'unique morale à tirer de cette déplorable affaire.

Concernant le décès de Lukas Balsys, le juge a conclu à un verdict ouvert, comme il arrive parfois en cas de suicide suspect. Aidé d'un interprète, Matis a pu livrer son témoignage.

— Ce n'est pas juste à cause de Janina, avait-il raconté. Lukas était malade. Il se sentait épouvantablement mal dans sa peau. Il était déjà pessimiste, mais la situation ici l'a rendu profondément dépressif. Il était complètement perdu. C'est moi qui suis responsable de ça.

À ces mots, il avait fondu en larmes dans le box des témoins, paraissant subitement un tout petit enfant.

À cause du verdict ouvert, Ludmilla Balsys s'est vu refuser la compensation que Davy souhaitait tant qu'elle reçoive. Le corps de Lukas a été rapatrié en Lituanie pour un enterrement auquel Janina n'a pas assisté.

Davy a été soulagé de voir Juliet s'intéresser à des destinations de bord de mer en Angleterre pour leurs vacances.

— J'ai toujours rêvé de visiter la Côte jurassique, lui a-t-il confié. Partir à la chasse aux fossiles à Lyme Regis.

— On pourrait lire *Sarah et le Lieutenant français* et se renseigner sur la vie de Mary Anning, s'est réjouie Juliet.

Manon a suggéré à Bridget d'intégrer un Lituanien à l'équipe de l'opération Faisan. Elle avait même l'homme qu'il lui fallait.

— On le surnomme Dimitri le Taré, a-t-elle poursuivi.

— Je n'aime pas beaucoup ça, a répondu Bridget.

— Crois-moi, c'est un amour, a dit Manon en se demandant combien de temps il faudrait à Bridget pour avoir le béguin pour Dimitri.

Moins d'une demi-journée, pariait-elle.

MANON

Elle est de retour dans le bureau de McBain, de même qu'un élève turbulent se retrouve sans cesse convoqué chez la directrice d'école. Est-ce le moment où on va la pousser vers la sortie, ou pire, l'assigner à la circulation ?

— J'ai eu une discussion avec sir Campbell Baxter hier, commence sa supérieure en savourant le name-dropping – elle qui n'aime rien tant que frimer avec ses « amis » hauts placés et se pavaner sur son réseau.

Ça y est, c'est arrivé aux oreilles de Soupe Campbell, ainsi que le préfet du Cambridgeshire est universellement connu. Il a été nommé au poste après que sir Brian Peabody eut été victime d'une rupture d'anévrisme.

— Il a débloqué des fonds spéciaux pour mener une enquête sur l'ensemble du groupe One Wisbech, y compris Shane Farquharson, pour incitation à la haine raciale. La hiérarchie se montre très enthousiaste…

Sans blague, pense Manon. Farquharson est une épine dans le pied des copains politicards de Soupe Campbell. Lorsqu'on est préfet, on se met à fréquenter le secrétaire d'État et consorts, et qui ces gens détestent-ils plus que l'opposition ? UKIP. Des charges criminelles : voilà ce qu'a ordonné la démocratie.

— Aussi, poursuit McBain comme si elle était dans le secret des dieux, nous avons selon sir Campbell Baxter tous les éléments nécessaires pour mener à bien l'enquête.

— Et la plainte de Nigel ? demande Manon. Ne suis-je pas *persona non grata* en ce moment ? Ne m'a-t-on pas mise en congé jardinage ?

Seigneur, que ne donnerait-elle pas pour un congé jardinage. *Trouver des crochets pour débarrasser le sol du tas de manteaux, vider enfin le panier à linge sale. Lire un livre dans le bain !* Elle est tellement fatiguée.

— Eh bien, non, toussote McBain. Après une série d'entretiens avec l'équipe, l'inspecteur-chef Connolly a conclu que la plainte était sans fondement.

Ça alors, l'équipe m'a soutenue.

— En fait, Campbell Baxter souhaite que tu te charges de l'enquête, ajoute McBain.

Soupe Campbell me demande personnellement. Consécration !

— C'est pourquoi j'ai eu un mot avec Nigel, poursuit McBain. Je lui ai suggéré qu'un poste en tant qu'officier de liaison scolaire déchargerait son emploi du temps et lui garantirait un environnement professionnel plus familial. Bref, l'occasion d'un nouveau départ. Il a accepté l'offre.

Un homme paresseux saute sur l'opportunité de travailler moins. Une source d'inspiration pour les jeunes !

— Je crois en effet qu'ils cochent toutes les cases de l'incitation à la haine raciale, répond Manon. Le problème, ce sont les témoins. Les migrants sont tous partis par monts et par vaux, et je doute que les membres de One Wisbech se dénoncent les uns les autres. Il y a bien Elise Singlehurst, c'est un témoin capital. Et Mme Tucker. De plus, leur page Facebook est carrément incriminante.

— Je suis certaine que tu trouveras le moyen d'arriver au bon résultat. On a les fonds nécessaires, utilisons-les. Sans compter que, grâce au procès de Farquharson, les projecteurs vont être braqués sur nous – dans le bon sens du terme. Une équipe d'investigation d'élite, voilà qui va plaire à la presse.

Cet été-là (l'été de la rémission de Mark et du passage haut la main par Fly du brevet des collèges), la canicule a été plus forte que jamais. La chaleur était si épaisse qu'on aurait pu mordre dedans. Le genre qui vous terrasse à la descente de l'avion dans un pays tropical. Qui s'enroule autour de votre visage comme de la laine.

Cet été-là, une libellule s'est retrouvée prisonnière dans la cuisine de Manon, ses ailes comme du papier crissant frénétiquement contre la vitre tandis qu'elle tentait de s'échapper. Pas joli. Et puis l'ennui était revenu.

Transpiration abondante, jambes lourdes, tête qui combat la chaleur laineuse. Gestes lents, l'intérieur moins désagréable que l'extérieur. Nuits brûlantes et agitées, draps dont on ne cesse de se couvrir et de se découvrir. Paupières collées, bouche sèche. Haies florissantes, gazon jauni. Pénurie de ventilateurs partout dans le pays. Dès neuf heures du matin, il faisait vingt-neuf degrés. À trois heures de l'après-midi, trente-cinq.

Un été passé à boire des glaçons et à pourchasser l'ombre, changeant de trottoir pour s'en délecter ne serait-ce qu'une seconde. Un été d'incendies à travers champs, forêts et appartements urbains. Au crépuscule, le tintement de la vaisselle venant des jardins voisins, les ciels embrasés, le goutte-à-goutte des systèmes de canalisation, seulement pour voir la température baisser d'un ou deux degrés. Pleurs d'enfants incapables de dormir dans la touffeur. Sur les cordes à linge, shorts qui sèchent jusqu'à devenir cartonneux. Un été à sentir la sueur perler derrière ses genoux, même assis face à la télévision.

Peter a changé de société et est retourné auprès de Bryony, laquelle l'a accueilli avec une résignation triste.

— Ce n'est plus comme avant, confie cette dernière à Manon. Quelque chose s'est brisé.

— Fatalement, réplique Manon.

— Mais je suis contente qu'il soit revenu. Pour les enfants.

— Oh, ma chérie.

— On « travaille dessus », poursuit-elle en mimant des guillemets. C'est épuisant.

— Sois patiente.

— C'est ce que je fais. Mais je comprends qu'on puisse avoir envie d'une histoire jolie et nouvelle et pas complètement déprimante.

— Peut-être que tu apprendras à aimer ce qui a été brisé. Tu sais, comme un vieux pull mangé de trous de mites.

— Il s'agit d'un mariage. C'est difficile de pardonner à quelqu'un. Si je suis honnête avec moi-même, je ne suis même pas sûre de bien l'aimer. Et toi, comment ça va ?

— Oh, ça va, répond Manon avec un soupir.

Mark et elle sont revenus à une sorte de normalité, ponctuée de scanners à l'hôpital. Pour l'instant, le danger est écarté.

— Je n'arrête pas de me dire que, OK, ce n'est qu'une étape à passer. Mais il y a toujours quelque chose qui nous attend derrière. Quoi qu'il en soit, je pense à raccrocher. Changer de vie radicalement, dit à présent Manon avec emphase.

— Ah oui ? Quels changements tu as en tête ? demande Bryony.

— Quitter la police pour faire du free-lance. Travailler de chez moi me permettra d'assister tous les jours aux cours de zumba, peut-être même deux fois par jour, et de me faire un corps de rêve.

— Combien de fois tu y vas en ce moment ?

— Je n'ai pas encore trouvé le bon cours, c'est tout.

— Tu ne peux pas quitter la police. Tu *es* la police.

— Non, en fait. J'ai perdu la niaque. Toutes ces âneries dont je me berçais, *les gentils versus les méchants*, eh bien je ne sais plus qui est qui, maintenant. Il n'y a pas de gentils ou de méchants, seulement des exploiteurs et des exploités. Ça rend le boulot quasiment impossible à faire. L'année dernière, j'ai arrêté un type qui avait tiré une balle dans le genou de son père. Son père qui le violait depuis qu'il avait quatre ans. J'aurais voulu lui tendre mon arme et lui dire : « Vas-y, tire-lui dans l'autre et on en reste là. » Ce n'est pas ainsi que doit réagir un représentant des forces de l'ordre. Par exemple Matis. Il a dix-neuf ans, bordel de merde. C'est juste un enfant, presque du même âge que Fly. Et il s'apprête à passer la moitié de sa vie en prison. Alors à quoi bon ? D'accord, il sera nourri, blanchi et logé, mais la violence est endémique dans les prisons. Les prisons n'offrent rien du tout. Les restrictions budgétaires sont telles que les détenus restent en cellule vingt-trois heures par jour. Matis n'obtiendra aucun diplôme, il n'apprendra probablement même pas l'anglais. Et puis à sa remise en liberté, disons à quarante ans, il sera incapable de rien faire, constituera un poids pour la société. Quelle gloire dois-je tirer de ça ? Pour être officier de police, il faut être doté de la morale d'un enfant de dix ans.

— C'est sans doute pour ça que je vais bien.

— N'empêche, tu ne pourras pas faire la même chose jusqu'à ta mort.

— Pourquoi pas ? Pourquoi ne pourrait-on pas aller dans le même bureau, faire l'amour avec la même personne et commander les mêmes plats à emporter pendant trente ans ? Où est le problème ? Pourquoi devrait-on sans cesse se réinventer ? s'écrie Bri avec amertume. De toute façon, quoi qu'on fasse, ça foire toujours, merde !

— Peut-être qu'on vit trop longtemps, dit Manon, tentant de l'amadouer car Bri et elle ne peuvent être dans deux camps opposés. C'est pourquoi, au lieu d'une seule vie, une seule carrière, un mariage, on a besoin de se composer plusieurs vies.

— Comment gagneras-tu de l'argent ? demande Bri, cette fois d'un ton maussade.

— Peut-être que Mark aura plus de chance de ce côté-là, répond Manon en haussant les épaules. De toute façon, beaucoup de boîtes requièrent les services d'un ex-officier de police pour la sécurité et la protection de VIP ou de personnes à titre individuel.

— Tu ne vas quand même pas te reconvertir dans la protection personnelle ! Tu t'imagines en train de courir aux côtés d'une limousine comme une espèce de Clint Eastwood essoufflé ?

— Sauf que je ne serai pas essoufflée, hein.

— Ah oui, la zumba. J'oubliais.

— Et les films policiers, les écrivains de thrillers, eux aussi consultent la police.

— S'il te plaît, ne t'en va pas. Avec qui je vais déjeuner d'une eau chaude aromatisée au poivre à la cantine ?

— Colin sera toujours là. S'il ne devient pas le bras droit de Shane Farquharson.

Bri a les larmes aux yeux. Pour la consoler, Manon tente d'égayer l'atmosphère.

— C'est une tendance naturelle de vouloir évoluer, changer, s'épanouir, ajoute-t-elle.

— Beurk, lance Bri en se levant avec un crissement théâtral de sa chaise. Je ne veux plus entendre un mot. J'ai l'impression d'être avec Peter : lui aussi s'est « épanoui » avec une érection qu'il a fourrée dans Shena. Je suis ce qui ne change pas, *moi*, dit-elle en se frappant le cœur du plat de la main. Moi ! Je suis l'option « impasse ». Le film de la soupe avec Colin. Merde, j'en ai ma claque.

À présent, elle sanglote ouvertement.

— Oh, Bri, je ne voulais pas te faire du mal.

— Eh bien, tu l'as fait, et *lui* aussi. Je veux que tout reste exactement pareil. Tout le temps. Pourquoi c'est si mal ?

Délicatement, Manon prend Bri dans ses bras.

— Je ne t'abandonne pas, bécasse.

— On dirait.

— Attention à pas me mettre de la morve partout, c'est nettoyage à sec uniquement. Si c'est ce que tu ressens, je ne m'en irai pas. Aussi simple que ça. Ou bien... tu pourrais rejoindre Bradshaw Consulting. Bureaux sous les combles. Internet. Voire un chauffage d'appoint, si tu demandes gentiment. Machine à café. Shopping en ligne sur le site Marks & Spencer. Je sais que tu en rêves.

— M'a tout l'air de l'autoroute pour la faillite.

— C'est ma seule chance de perdre du poids. Je parle sérieusement. Mon visage ressemble à une grosse boule de pâte à pain. Je suis composée de tête à quatre-vingt-dix-sept pour cent. On commande des snacks ?

Lorsqu'on leur apporte les divins petits ramequins d'amandes salées et d'olives, Manon reprend :

— De toutes les choses que j'ai perdues, c'est mon cerveau qui me manque le plus.

Elle arrive *presque* à suivre une série télévisée mais se retrouve souvent hébétée ou endormie, la bouche ouverte, la tête renversée contre le dossier du canapé. Et puis les *trous de mémoire*. L'impression d'avoir le cerveau comme du gruyère. Elle perd toutes ses affaires, tout le temps. S'époumone vainement contre la maison pour lui avoir avalé ses lunettes de vue, son iPhone, son agenda, tel reçu de carte bleue, telle ribambelle de chaussettes uniques, son petit haut préféré. Elle passe son temps à chercher sans jamais rien trouver, à errer de chambre en chambre sans se rappeler ce qu'elle y cherche. Faire les valises pour les vacances est devenu un cauchemar : toujours quelqu'un sans culottes ni chaussettes, généralement elle.

— Mon périnée me manque, dit Bri. À ce propos, j'ai la toux en ce moment.

— Oh non. La lessive !

— Comme tu dis. *Et* j'ai fait une séance de yoga sous intense pression du périnée.

— Tu as explosé ?

— Pire.

— Tu t'es fait dessus ?

L'air penaud, elle acquiesce.

— La prof de yoga est venue pile à ce moment-là pour corriger ma position. La position de la partie basse de mon corps, pour être exacte. Et j'ai bien vu qu'elle s'est pris en plein nez une bouffée d'ammoniac de ma culotte.

— L'enfer. Le parfum des gentlemen. Elle doit sûrement penser que tu es une sans-abri. Tu vois ces pubs de couches pour femmes ? C'est nous qu'elles visent.

— Je sais. Plus celles pour les pantalons à taille élastique au dos du magazine *Telegraph*.

— J'achète ! Les seules publicités ciblées qu'on me propose sont pour les pantoufles, les douches italiennes et les entreprises de pompes funèbres. Pile ce dans quoi je compte investir.

De la même autrice

Présumée disparue, Les Arènes, 2018
Personne inconnue, Les Arènes, 2019

Dans la même collection

EQUINOX

Racket, Dominique Manotti, mars 2018
Un feu dans la plaine, Thomas Sands, mars 2018
Ceci est mon corps, Patrick Michael Finn, avril 2018
Mamie Luger, Benoît Philippon, mai 2018
Requiem pour Miranda, Sylvain Kermici, septembre 2018
Présumée disparue, Susie Steiner, octobre 2018
L'éternité n'est pas pour nous, Patrick Delperdange, octobre 2018
Les Féroces, Jedidiah Ayres, novembre 2018
L'Étoile du Nord, D.B. John, janvier 2019
Mauvais œil, Marie Van Moere, janvier 2019
La Vague, Ingrid Astier, février 2019
Paradigma, Pia Petersen, février 2019
Cherry, Nico Walker, avril 2019
Ma douleur est sauvagerie, Pierric Guittaut, avril 2019
Le Triomphant, Clément Milian, mai 2019
Glory Hole, Frédéric Jaccaud, mai 2019
L'Icône, Thierry Marignac, septembre 2019
Personne inconnue, Susie Steiner, septembre 2019
La Meute, Thomas Bronnec, octobre 2019
Le Second Disciple, Kenan Görgün, novembre 2019
City of Windows, Robert Pobi, janvier 2020
C'est pour ton bien, Patrick Delperdange, février 2020
Donbass, Benoît Vitkine, février 2020
Joueuse, Benoît Philippon, mars 2020
Marseille 73, Dominique Manotti, juin 2020
The Cry, Helen Fitzgerald, juin 2020
L'Un des tiens, Thomas Sands, octobre 2020
Tu me manqueras demain, Heine Bakkeid, octobre 2020
Lëd, Caryl Férey, janvier 2021
Tous complices !, Benoit Marchisio, février 2021
Un dernier ballon pour la route, Benjamin Dierstein, mars 2021
Serial Bomber, Robert Pobi, avril 2021
L'Heure du loup, Pierric Guittaut, avril 2021
Rendez-vous au paradis, Heine Bakkeid, mai 2021
Pandémonium, Sylvain Kermici, août 2021
Green Man, David Klass, septembre 2021

L'EXEMPLAIRE QUE VOUS TENEZ ENTRE LES MAINS
A ÉTÉ RENDU POSSIBLE GRÂCE AU TRAVAIL DE TOUTE UNE ÉQUIPE.

ÉDITION : Aurélien Masson
COUVERTURE ET CONCEPTION GRAPHIQUE : Éric Pillault
ILLUSTRATION : Jessy Deshais
RÉVISION : Emmanuel Dazin, Jean-Luc Demizieux et Isabelle Paccalet
MISE EN PAGE : Soft Office
PHOTOGRAVURE : Point 11
FABRICATION : Lucie Le Bon
COMMERCIAL ET MARKETING : Pierre Bottura
RELATIONS LIBRAIRES : Jean-Baptiste Noailhat et Damien Nassar
PRESSE ET COMMUNICATION : Hind Boutaljante avec Axelle Vergeade
LES ARÈNES DU SAVOIR : Pierre Bottura avec Marc Blactot, Laura Darmon,
Adèle Hybre, Guillaume Lollier et Clémentine Malgras

RUE JACOB DIFFUSION : Élise Lacaze (direction), Katia Berry (grand Sud-Est),
François-Marie Bironneau (Nord et Est), Charlotte Jeunesse
(Paris et région parisienne), Christelle Guilleminot (grand Sud-Ouest),
Laure Sagot (grand Ouest), Diane Maretheu (coordination),
Charlotte Knibiehly (ventes directes) et Camille Saunier
(librairies spécialisées)

DISTRIBUTION : Interforum

DROITS FRANCE ET JURIDIQUE : Geoffroy Fauchier-Magnan
DROITS ÉTRANGERS : Sophie Langlais
ACCUEIL ET LIBRAIRIE : Laurence Zarra
ANIMATION : Sophie Quetteville
ENVOIS AUX JOURNALISTES ET LIBRAIRES : Vidal Ruiz Martinez
COMPTABILITÉ ET DROITS D'AUTEUR : Christelle Lemonnier,
Camille Breynaert et Christine Blaise
SERVICES GÉNÉRAUX : Isadora Monteiro Dos Reis

[illegible]

[illegible]

[illegible] Marenco

[illegible]

[illegible] Jessy [illegible]

[illegible] Emmanuel [illegible], Jean-Luc Demolzière et Isabelle Pascale

[illegible] CIT Office

[illegible]

[illegible] Lucia Le Bon

[illegible] Pierre [illegible]

[illegible] Jean-Baptiste Noailhat et Damien Nassar

[illegible] Axelle Verjade

[illegible] Pierre Bonnafoux, [illegible] Laure Darmon,

[illegible] Adèle [illegible], Guillaume [illegible] et Clémentine Meygras

[illegible] Elsa [illegible] (direction), [illegible] (Nord et Sud-Est),

[illegible] (Nord et Est), Charlotte Jeanneau

[illegible] (Sud-Ouest)

Laure [illegible] (Nord et Ouest), Diane Matthieu (coordination),

Charlotte [illegible] et Camille Stupler

[illegible]

[illegible]

[illegible]

Sophie [illegible]

[illegible] Laurence Zarrou

[illegible] Sophie Quetteville

[illegible] Ruiz Martinez

[illegible] Christelle Lemonnier,

Camille Breyniert et Christine Blaise

[illegible] Montero Dos Reis

Titre original : *Remain Silent*

Les Arènes,
17-19, rue Visconti, 75006 Paris
Tél. 01 42 17 47 80
arenes@arenes.fr
www.arenes.fr

L'ensemble de cet ouvrage a été réalisé dans le respect
des règles environnementales en vigueur. Il a été imprimé
par un imprimeur certifié Imprim'vert, sur du Lac 2000 PEFC
pour l'intérieur et une carte Metsäboard PEFC pour la couverture.

Achevé d'imprimer sur les presses de l'imprimerie Normandie Roto Impression s.a.s.
à Lonrai (Orne) en août 2021.

ISSN : 2609-7966
ISBN : 979-10-375-0297-1
N° d'impression : 2103914
Dépôt légal : septembre 2021